伍尔夫文集

Virginia Woolf

到灯塔去 To the Lighthouse

〔英〕弗吉尼亚·伍尔夫 著　瞿世镜 译

上海译文出版社

弗吉尼亚·伍尔夫
Virginia Woolf

目 录

译本序

如果说伍尔夫在《达洛卫夫人》中描写了她自己和她丈夫的一部分性格，那么她在一九二七年发表的长篇小说《到灯塔去》中描绘的是她父母的性格。她在日记中写道：“这部作品将是相当短的；将写出父亲的全部性格；还有母亲的性格；还有圣·艾夫斯群岛；还有童年；以及我通常写入书中的一切东西——生与死，等等。但是，中心是父亲的性格，……。”[①]这部小说中的主要人物拉姆齐夫妇的原型，就是弗吉尼亚的父母。

《到灯塔去》的情节极其简单：拉姆齐先生全家和朋友们到海滨别墅去度暑假。拉姆齐夫人答应六岁的小儿子詹姆斯，如果翌日天晴，可乘船去游览矗立在海中岩礁上的灯塔。由于气候不佳，詹姆斯到灯塔去的愿望在那年夏天始终没有实现。第一次世界大战结束后，拉姆齐先生和子女、宾客重游故地，詹姆斯终于如愿以偿，和父亲、姊妹驾了一叶轻舟到灯塔去。但是岁月流逝、物是人非，拉姆齐夫人早已溘然长逝。

这部小说在结构上分为三个部分。

第一部“窗”，占全书篇幅三分之一以上。时间是九月的某一个下午和黄昏；地点是拉姆齐的海滨别墅；人物包括拉姆齐夫妇，他们的八个子女、几位宾客。客厅的窗口是沟通窗内和窗外两部分的一个框架；在窗内给詹姆斯讲故事的拉姆齐夫人，时刻意识到在窗外平台上踯躅的丈夫和在草坪上作画的莉丽。在这个平凡的下午，没有发生任何不寻常的事情。莉丽把窗口的母子图作为她油画的背景，但她觉得眼花缭乱，把握不住眼前的景象。拉姆齐先生在夫人讲故事时走过来干扰，并且坚持说第二天不会晴朗，不能到灯塔去，使小詹姆斯十分恼火。拉姆齐夫人给丈夫以安慰和鼓励，使充满自卑感的塔斯莱先生恢复自信，促成了保罗和敏泰的姻缘，并且希望莉丽和班克斯结合。最后，可爱的黄昏在她主持的晚餐宴会上融洽无间的谈笑声中结束。

第二部“岁月流逝”，开始时书中人物准备就寝，在这部分结束时，一些同样的人物又重复同样的动作，但是在时间上已相隔了整整十年。这十年时间，作者用一段简短而抒情的散文来加以描述，它所占的篇幅不到十分之一。似乎经过一夜的睡眠，十年时间就朦胧恍惚地消逝了。在这段时间里，爆发了第一次世界大战，拉姆齐夫人逝世了，普鲁难产而死，安德鲁在战争中牺牲了，诗人卡迈克尔赢得了拉姆齐先生所没有的声誉。大战结束后，拉姆齐一家重返别墅，其中有些人准备来完成他们在第一部中没有完成的业

① 《一位作家的日记》(1925年5月14日)第76页。

绩，以了心中的宿愿。

第三部“灯塔”，比第一部略短。拉姆齐先生决心到灯塔去，并且命令詹姆斯和凯姆同去。这一部分记述了航行过程中父子三人的内心活动。和这次航行并行交错的另一条叙事线索，是莉丽试图完成以母子图为背景的那幅油画。拉姆齐先生跃上灯塔时，在画架旁边目送他们的莉丽，隐隐约约地看到他们登上彼岸，她得到了创作的灵感，挥笔完成了她的画。航行和绘画圆满结束，小说也就此告终。

三部分的标题各有其不同的象征意义。第一部的标题“窗”是一个沟通内外的框架，它象征拉姆齐夫人的心灵之窗。夫人凭她敏锐的感觉，由内向外直观地洞察人们的思想情绪；各种人物和事件，由外向内投射到夫人的意识屏幕上来。第二部的标题“岁月流逝”，象征时间、寂静和死亡取得了暂时的主宰地位。夫人的一切努力，似乎都成了“转瞬之间就会消失的彩虹”。第三部的标题“灯塔”，象征拉姆齐夫人内在的精神光芒。夫人在世时，经常意识到“那远远的、稳定的光，就是她的光”。夫人死后，拉姆齐先生到灯塔去朝觐，莉丽完成她的油画，都是为了纪念她。这说明夫人虽死犹生，尽管经历了时间和死亡的严峻考验，她的精神之光终未泯灭，仍长存于人们的记忆之中。既然灯塔象征夫人的内在精神，那么小说的总标题《到灯塔去》，就是象征人们战胜时间和死亡去获得这种内在精神的内心航程。三个部分在长度上的变化

“长——短——长”，恰巧合乎灯塔之光在黑夜中茫茫大海上照耀的节奏。

在西方音乐的“曲式学”中，有一种三部形式，其结构的排列方式是A——B——A’：

A——第一主题；
B——第二主题(和第一主题形成对比，称为“对比部”)；
A’——第一主题的再现(往往是第一主题的变奏)。

《到灯塔去》的结构恰恰和这乐曲的结构形式相吻合。第一部以拉姆齐夫人为主题(第一主题)；第二部以时间的流逝为主题(第二主题)；第三部以对于拉姆齐夫人的回忆为主题(第一主题的再现和变奏)。这样的结构安排，在对比和匀称的基础之上，给人以美的感受。

《到灯塔去》体现出现代资本主义社会中生活的混乱本质。女主人公拉姆齐夫人和主要配角莉丽与拉姆齐先生都清楚地意识到包围着他们的混乱而无秩序的气氛。他们被混乱所困扰，又力图从一片混乱之中辨认出一个清晰的图案，摸索出一些规律，建立起某种秩序。

拉姆齐夫人被某些文学评论家看作夏娃、圣母或女神的化身。[①]然而，她是一个真实的、活生生的人。她是一位温柔善良、

① F·L·奥弗卡许：《与灯塔面面相觑》，约瑟夫·博特纳主编：《〈到灯塔去〉一书中的神话模式》。

富于直觉、风姿绰约的夫人。她善于持家和社交，喜欢为亲友排难解纷，促使他们和睦共处，并且经常访贫问苦，助人为乐。就像莉丽所说的那样，要了解夫人的各个方面，你需要“有五十双眼睛”来观察，但还不足以窥其全貌。拉姆齐夫人意识到，“争吵、分歧、意见不合、各种偏见交织在人生的每一丝纤维之中”。对于这些人生的缺陷，她总想全力加以补救。在晚餐桌上，她苦心孤诣地调动每一个人的积极性，吸引大家参加谈话，创造出一种融洽无间的友好气氛。她终于在流动变迁的日常生活潮流之外，创造了一个焕发着心灵之美的孤岛，使参加晚宴的亲友们感到，他们至少暂时处于一个受到庇护的稳定的世界中。夫人的社交艺术和莉丽的绘画艺术所追求的目标是一致的——把混乱的日常生活整理得有条不紊，从而探索人生的意义，发掘深藏于表象之下的内在真实。

莉丽必须作画，因为她被一种“真实感”所驱使，她觉得非要用色彩和形态来把它表现出来不可。她企图用艺术来给杂乱无章、变动不居的生活创造出一个井然有序、稳定巩固的外貌。对她说来，“一支画笔，就是这个充满斗争、毁灭和混乱的世界中唯一可以信赖的东西”。正是绘画艺术，使莉丽体会到：“在一片混乱之中，存在着一定的形态；这永恒的岁月流逝(她瞧着白云在空中飘过，树叶在风中摇曳)，被铸成了固定的东西。”莉丽说，“你”、“我”、“她”，都“随着岁月的流逝而灰飞烟灭，什么也不会留存，一切都在不断变化之中；但是，文字和绘画却不是如此，它们可以永存”。因此，莉丽的画究竟是挂在大厅里还是扔在沙发下，是无关紧要的；就像诗人的文字一样，只要它是真诚地表现了某种被深深地感觉到的内在的“真实”，就达到了目的。

不论复杂多变的生活使拉姆齐先生感到多么痛苦，他都能从他的工作中得到安慰。那就是企图用理性和逻辑从混沌之中发现规律和秩序。他向人类理解力的极限进军，在朦胧之中辨认出一个思想的模式，而那一片混乱几乎将他压倒。他在解答了“Q”之谜以后，又向新的未知领域“R”挺进。他那种夸张的英雄主义，有时令人哑然失笑；但他自动承担探索真理的任务，又令人肃然起敬。

作者企图在《到灯塔去》这部书中探讨人生的意义和自我的本质。第一，是否有可能在不牺牲自我的个性特征这个前提之下，来获得人与人之间的相互谅解和同情？第二，自我是否有可能在一片混沌之中认识和把握真实，在一个混乱的时代里建立起某种秩序？第三，自我是否有可能逃脱流逝不息的时间的魔掌，不顾死亡的威胁而长存不朽？

作者通过莉丽等人物之口提出了这些疑问，并且通过情节的发展逐步回答了这些问题。拉姆齐先生和夫人的性格截然不同，但是他们相辅相成、伉俪情深。拉姆齐夫人和塔斯莱先生的性格也迥然相异，但她也能给他以同情和帮助。不仅如此，她还促使互相反感的塔斯莱和莉丽的关系融洽起来。莉丽把她和塔斯莱在海滨的片刻友谊和谅解作为一种美好的回忆，“像一件艺术品一般”永远珍藏在心中。拉姆齐夫人就是一位把充满分歧、争论和混乱的人与人之间关系变得和谐融洽的艺术家。可见作者对第一个问题的答案是肯定的。

夫人在她亲友的小圈子里寻求真实、建立秩序。她取得的成功是有限度的。她所最器重的子女夭折了；她所促成的婚姻破裂了；莉丽和班克斯也未按照她的心愿结合。拉姆齐先生在理性的王国内寻求真理和秩序，但他的哲学研究始终囿于“Q”的范围，难越雷池一步。莉丽的油画在心中构思了十年，最后终于完成，但她自己未必满意，亦无知音欣赏。个人的能力毕竟是有限度的，但只要在各自力所能及的范围之内真诚地追求探索，人生还是有意义的。这就是作者对第二个问题的回答。

在第二部中，混乱、寂静和死亡似乎占了上风；拉姆齐夫人死了，她的一切努力似乎皆付诸东流。但是，在结尾部分，拉姆齐夫人的形象又在莉丽眼前浮现出来，莉丽完成了她的画，拉姆齐先生抵达了灯塔，这都说明夫人的人格光芒像灯塔一般在人们的记忆中闪耀不灭。归根结蒂，还是爱战胜了死，人类的奋斗战胜了岁月的流逝。这就是作者对第三个问题的回答。这，也就是《到灯塔去》这部小说的主题。

《到灯塔去》的第一个艺术特征，是叙事的主观性，也就是从人物主观的角度来叙述，作者本人毫不介入，采取隐退到幕后的超脱态度。伍尔夫在《雅各之室》和《达洛卫夫人》中已经使用了这种方法，在《到灯塔去》中，她对于这种方法的运用更加炉火纯青。现实主义小说采用“全知角度”的叙述，优点是作者洞察一切，叙述明白晓畅；缺点是作者夹在读者和书中人物之间，指手划脚，使人感到失真而浮浅。于是伍尔夫就废弃了“全知角度”而改用“内心独白”、“内部分析”和“感性印象”。“内心独白”是作者使用第一人称，让人物把他在某一特殊情景中的思想情绪、主观感受用自言自语的方式直接叙述出来，而且这往往是一种无声的叙述，实际上是一种沉思冥想，是一种内心的意识流动。伍尔夫的短篇小说《墙上的斑点》就是用内心独白写成的。《到灯塔去》中也有这种笔法，如第三部中莉丽的独白。《到灯塔去》的第一部，主要是使用“内部分析”写法，这种写法仍用第三人称，但作家不是站在她自己的立场来叙述，而是通过书中不同人物的视角来叙述，其内容不是作家本人的想法，而是人物的观念、感受和思索，这实际上是一种间接的内心独白。使用这种方法，角度可以不断变换，十分灵活，而且可以使不同的角度互相补充，取得一种全面的效果。因此，伍尔夫特别爱用这种笔法。《到灯塔去》的第二部主要是“感性印象”，这是作者用她自己的语言来记录纯粹的五官感觉，描述对于客观世界的主观印象，人物受脑中不时掠过的各种印象的支配。伍尔夫的感觉既精细入微，又包罗万象，通过她那种力透纸背的印象主义笔触，我们看到了各种画面，闻到了花的香气，听到了大海的涛声。

这部作品自始至终是从主观的、内省的角度来表达的。伍尔夫通过人物的意识流动、自我感觉和沉思遐想，巧妙地表现人物的性格，展示人物的经历，勾勒人物的面貌。她对人物的观察细致入微，甚至能够捕捉意识之流中一刹那间的情绪波动和思想转折，把它如实地记录下来，从而把每个人物错综复杂、变化万端的心理状态描摹得淋漓尽致。因此，爱·摩·福斯特说："伍尔夫是在原子和秒的宇宙中工作。"莫洛亚认为，伍尔夫打开了读者的眼界，"使他能在表面事件之下，发现那种刚刚能知觉到的思想和感情的活动。"①

我们只要阅读《到灯塔去》的开头三节，拉姆齐夫妇、塔斯莱和詹姆斯四个人物的性格就跃然纸上。我们对他们的衣着穿戴、外形轮廓，印象不很深刻；但是对于他们的个性特征、心理活动，却了如指掌。拉姆齐夫人的慈母心肠，拉姆齐先生的严酷、求实，詹姆斯的"恋母情结"和塔斯莱的"自卑情结"，都给我们留下了深刻印象。伍尔夫使我们不但能够把握住人物个性特征的总体，而且通过描写"同情心的上涨和退缩"、瞬间印象、回忆和幻想等等，使我们对于人物心理上每一个微妙的变化，都觉得历历在目。

我不妨在这里举两个例子。塔斯莱给小詹姆斯泼冷水，打破了他到灯塔去的美梦，使拉姆齐夫人觉得他十分讨厌。他向夫人吐露心曲，叙述了自己的身世，赢得了她的好感。他不想去看马戏，那

① 请参阅：《伍尔夫研究》，上海文艺出版社，1988 年。

股冬烘味儿，又叫她难受。夫人最关心的还是她的丈夫。拉姆齐先生需要牺牲别人来满足他的虚荣心，塔斯莱做了牺牲品，她又有点幸灾乐祸。伍尔夫描写拉姆齐夫人听到她丈夫和塔斯莱在窗外的谈话声突然中断，她的心情陡然变化，觉得海浪的节奏和响度也改变了，可谓神来之笔。伍尔夫就是这样把握住瞬息万变的情绪和若即若离的现实之间的关系，把主观的、内在的精神世界和客观的、外在的现实世界交织在一起。

塔斯莱陪拉姆齐夫人进城，在出发时还充满着自卑感，归来时却感到十分自豪，其中曲折微妙的心理变化过程，也都写得丝丝入扣。这段插曲看来似乎是在写塔斯莱，实际上是通过他主观感觉的变化来烘托拉姆齐夫人的性格。伍尔夫写人物的心理活动，就像抽丝剥茧一样，一层又一层地向纵深挖掘。

从叙事的主观性，又派生出这部小说的另外三个艺术特征——象征性，抒情性，主观时间和客观时间的交叉、对比。

意识流小说家使用主观性的叙事方法来探索内心的奥秘、发掘内在的真实，就免不了要借助于象征。因为，微妙的心理活动本来就是捉摸不定、只可意会、难以言传。所以，柏格森说："我们研究纯粹情绪性的心理状态时，……我们就'先天地'知道：除非通过某种象征的表示，我们几乎无法数出它们。"①

① 柏格森：《时间与自由意志》，商务印书馆，1958 年。

后期象征派诗人托·斯·艾略特提出，要通过“客观对应物”的象征暗示，来表现思想情绪。伍尔夫受到他的影响，把这种方法运用到她的意识流小说之中，通过各种比喻、意象、联想，甚至结构来达到象征暗示的效果。《到灯塔去》这部小说的整个结构和各部分的标题都具有象征意义。这一点我在前面已经作了分析。

在《到灯塔去》第二部中，作者经常用象征暗示来表达主观的感觉印象。例如，她把海风描述为“探头探脑”的幽灵，把跛足的管家婆的行动描写为“像一条船一样在大海里颠簸荡漾”，“看上去就像一条热带鱼在映出万道金蛇的一泓清水中穿梭游泳”。这种写法，宛如象征派的诗歌，具有极其强烈的主观色彩。它的艺术效果，使我们想起国画中“但求神似、不求形似”的“写意”画。

有时候，象征手法也会产生一种模棱两可、扑朔迷离的感觉。例如，伍尔夫在第二部中描写寂静的空屋，其中有一句是：“苍蝇在充满阳光的房间里结成了一张网。”读者也许会奇怪：苍蝇如何能结网？这里就需要使用一下我们的想象力。也许是空屋久无人迹，群蝇在阳光下飞舞，密如蛛网；也许是空屋无人打扫，屋角的蛛网上黏了好多死蝇。如果用传统的客观叙述手法，写成“群蝇在充满阳光的房间里飞舞”或“屋角的蛛网上粘满了死蝇”，就削弱了主观色彩，使我们没有使用想象力的余地，读起来就索然无味了。因此，象征派诗人玛拉美说：“要明白地指出对象来，无异于把诗给予我们的满足削弱了四分之三。”[①]

特别值得注意的是，伍尔夫不仅借用了诗歌中的象征手法，而且借鉴了音乐中的“主导动机”，用反复出现的“主导意象”来象征人物的性格。在《雅各之室》中，伍尔夫就开始使用这种方法。在《到灯塔去》中，她又进一步运用这种方法来表现拉姆齐夫妇的性格，实际上也就是她父母的性格。

> 拉姆齐夫人……立即迸发出一阵能量的甘霖，一股喷雾般的水珠；……她生气蓬勃、充满着生命力，好像她体内蕴藏的全部能量正在被熔化为力量，在燃烧、在发光……。那个缺乏生命力的男性，猛然跃入这股甘美肥沃的生命的泉水和雾珠中去，就像一只贫乏而空虚的厚脸皮的鸟嘴，拼命地吮吸。[②]

拉姆齐夫人生就一副菩萨心肠，她对周围的一切人都十分关切，特别是对于她的丈夫，更是无微不至地关怀，时常给他以安慰和爱抚，使他暴躁的情绪平静下来。伍尔夫把这种慈母胸怀比作化育万物的雨露、甘霖。拉姆齐先生是个自我中心的人物，他在学术上太过分的抱负难以实现，精神上受了挫折，就要到他的夫人那儿去求

---

① 玛拉美：《关于文学的发展》；《玛拉美全集》，七星丛书，1945 年。

② 《到灯塔去》，哈考特·布雷斯，1955 年，第 7 页。

得庇护与安慰。因此伍尔夫把他比作拼命吮吸甘霖的鸟嘴。这两个“主导意象”在《到灯塔去》中反复不断地出现，成了这两个人物性格的象征。她又用另外一个意象来象征他们两人之间夫唱妇随的亲密关系：“就像同时奏出一高一低两个音符，让它们和谐地共鸣所产生的互相衬托的效果。”弗吉尼亚的姐姐文尼莎认为，《到灯塔去》一书中对于她父母性格的刻划，是非常成功的。

勃卢姆斯伯里的青年作家莫蒂默说：“谁也没写出过弗吉尼亚·伍尔夫那样好的散文。人们羡慕她所看到的世界是如此美丽——她眼中‘看到的尽是一块块翠玉和珊瑚，好像整个世界都是宝石镶成的’。”她受到罗杰·弗赖伊的影响，叙事写景不是对于外部世界自然主义的描摹或“照相式”的再现，而是要像后印象派的绘画那样，表现出有强烈个性的自我眼中所观察到的世界，追求独特的意境和艺术效果。这使她优美抒情的文字带有与众不同的诗情画意，甚至看到桌上一盘普通的水果，也会联想到海神的宴会和酒神的葡萄。她对于遣词造句，又处处精心推敲斟酌，不但注意到结构的匀称，甚至注意到音节的对称和谐，产生一种音乐和诗歌的效果。

西方评论家们普遍认为，《到灯塔去》的第二部，是伍尔夫独特的抒情风格的典范。多·斯·富尔写道：

> 她那印象主义的细腻笔触，惊人洗炼的描写，在《到灯塔

去》这部热情洋溢的小说中，达到了臻于完善的地步。海洋与黑夜浑然一体，时间围绕着一个中心流逝。晶莹的海水，以其涛声和波浪，赋予日常生活、岩石结构、布满水洼、流沙和海风的世界以节奏。创造了友善、微妙而又敏感的气氛。表现了永恒的情趣。①

同时，我们也应该注意到，伍尔夫那种娓娓谈心的文体，是和她的意识流技巧默契配合的。作品中的对话有时不加引号，宛如人物无声的思索。有时对话突然中断，语气突然改换，文字突然转折，透露出人物的思维或情绪发生了波折或变化。我们阅读伍尔夫的文字，就好像作者在对我们低声细语，和我们促膝谈心，在不知不觉之间，带领我们进入了人物的内心世界，随着他们一块儿思潮起伏，分享他们的喜怒哀乐，体验到意识流手法所造成的特殊效果。可见伍尔夫优美抒情的文体和意识流技巧是珠联璧合、浑然一体的。

柏格森把人们常识所公认的时间观念称为“空间时间”，把它看作各个时刻依次延伸的、表现宽度的数量概念。他认为“心理时间”才是“纯粹的时间”、“真正的时间”，它是各个时刻互相渗

① 多米尼克·斯皮埃斯·富尔：《弗吉尼亚·伍尔夫》，法国拉罗斯大百科全书，1976 年，译文请参阅：《伍尔夫研究》，上海文艺出版社，1988 年。

透的、表现强度的质量概念。他认为，我们越是进入意识的深处，“空间时间”的概念就越不适用[①]。柏格森的“心理时间”理论，对意识流小说家产生了很大的影响，他们“在写书时可以像一把扇子似地把时间打开或者折拢”[②]，或者把几分钟时间扩展到好几页篇幅，或者把一段较长的时间加以压缩，或者把眼前所看到，所回忆，所想象的现在、过去、将来的各种情景交织、穿插、汇集起来，彼此交错地呈现在读者眼前，取得一种特殊的戏剧化效果。伍尔夫在《达洛卫夫人》中就曾使用这种时间处理方法。有些学者认为，可能她并未读过柏格森的哲学著作，也许她是通过阅读普鲁斯特的意识流小说，间接地受到了柏格森的影响[③]。

在《到灯塔去》这部小说中，伍尔夫对于时间的特殊处理方法，比前面一部小说中的更加引人注目。此书的第一部，从客观时间来说，只有一个下午和黄昏，但从“心理时间”来看，由于记录人物的意识流动，穿插了许多回忆和想象，现在、过去、将来交错在一起，因此就显得很长。第二部从客观时间来说，有十年之久，但是因为空屋无人居住，从“心理时间”的角度来看，它不过是短暂的瞬间而已。在第一部的末尾，夫人在餐桌上回忆起二十年前她与曼宁一家的友谊，这过去的景象如同静止而美丽的“梦幻世界”

---

① 柏格森：《时间与自由意志》。

② 伊丽莎白·鲍温：《小说的技巧》。

③ 歇夫·库默：《柏格森与意识流小说》，伦敦，布莱基出版社，1962 年。

一般，保存在她的记忆之中，回想起来，“就像重新阅读一本好书”。在这个例子中，拉姆齐夫人的思绪飘流到往昔的岁月中去，它是清清楚楚地被包含在客观时间的框架之中的。但是，有时伍尔夫在描述人物的回忆或想象之时，并不用传统的方式来标明时间从当前客观时刻的转移。例如，第一部中塔斯莱陪拉姆齐夫人进城那一段，似乎是按照外部的客观时间在直接叙述。其实不然。塔斯莱坚持说第二天气候不佳，不能到灯塔去。拉姆齐夫人心中觉得他讨厌：“真的，他可说够了……她对着他瞧。他真是个丑八怪，孩子们说……”从孩子们的评语，夫人想到他的咬文嚼字和拘泥于事实。接着，夫人注意到，孩子们吃完午饭之后像小鹿一般溜走了。这使她想起，有一天当孩子们走后，塔斯莱跟着她进了餐厅，她感觉到他手足无措的窘态，就请他陪伴她进城。接下去的好几页，详细地描写这两个人物在进城途中的内心感受。

但是，作者并未指明这段插曲是在意识屏幕上出现的回忆画面，而不是眼前发生的事实。但是，当读者顺着塔斯莱意识流动的线索经历了整个插曲之后，站在窗前的塔斯莱对于天气的评论，及时地打断了拉姆齐夫人的思路，使她回到当前的现实中来。作者在第二小节中写道：

> 塔斯莱站在窗前说，“明儿灯塔去不成了。”讨厌的小伙子，拉姆齐夫人想道：为什么老是说那句话呢？

这里虽然没有像传统小说那样使用任何标点符号或附加说明来指出前面使用了“心理时间”，但细心的读者可以不很困难地依据拉姆齐夫人的联想和第二小节中客观时间的框架，判断出上面一段插曲显然是属于主观的回忆。

然而，在伍尔夫笔下，客观时间和主观时间的区别是极其显著的：外界的各种事件，在整部小说中只占极小的篇幅，而主观意识屏幕上对这些外界事件的反映，却浮想联翩，发挥得淋漓尽致。在《到灯塔去》全书中所表现出来的主要“真实”，是染上鲜明主观色彩的内在真实。在小说的第三部，詹姆斯终于来到了灯塔脚下，呈现在他眼前的是赤裸裸的笔直的塔身，上面有小窗，周围晒着衣服，虽然他多年来在心目中还存在着另一幅灯塔的图景：“一座银色的、烟雾朦胧的塔，有一只黄色的大眼睛。”他觉得两幅图画都是精确的，两种景象都是“真实的”。“因为，世界上没有任何东西只是简单的一回事儿。”作者的用意很清楚：每一件事物都有其客观的和主观的形态，前者是物质的、躯体的，后者是精神的、心灵的。仁者见仁，智者见智。而伍尔夫本人，显然是偏重于精神方面的唯灵论者①。

如果我们把伍尔夫的三部意识流小说加以比较，我们就会发现：《雅各之室》虽然富有诗意，但是枝节过多，主人公雅各有点

---

① 弗吉尼亚·伍尔夫：《论现代小说》。

儿虚无缥缈；《达洛卫夫人》虽然克服了前面一部小说太过空灵的缺点，但又显得过于模式化；只有《到灯塔去》在诗的境界与现实的生活之间维持着微妙的平衡，达到了更高的艺术水准。在《到灯塔去》这部小说中，客观时间和心理时间、主观真实与客观真实、直接描述和象征暗示，错综复杂地交织在一起。因此，既需要有五十双眼睛来观察一个人物，又需要从不同的角度来观察一座灯塔；对于显然非常简单的事件，也可以有截然不同的观念和感受。具有多方面性格的人物，沉思着超越时空限制的各种问题；带有诗情画意的抒情语言；富于象征意义的结构形式——所有这些因素，使《到灯塔去》成为伍尔夫意识流小说中的压卷之作。评论家布莱克斯东说："在阅读了《灯塔》之后去阅读任何一本普通的小说，会使你觉得自己是离开了白天的光芒而投身到木偶和纸板做成的世界中去。""这本书内涵异常丰富，……充满着思想，充满着感情……它是一个活生生的整体。"[①]我认为，这是一个十分恰当的评价。

瞿世镜

① 伯纳德·布莱克斯东：《弗吉尼亚·伍尔夫：一篇评论》，伦敦，霍加思出版社，1949 年。

第一部　窗

1

“好，要是明儿天晴，准让你去，”拉姆齐夫人说。“可是你得很早起床，”她补充道。

这话对她的儿子说来，是一个非同寻常的喜讯，好像此事已成定局：到灯塔去的远游势在必行，过了今晚一个黑夜，明日航行一天，那盼望多年的奇迹，就近在眼前了。詹姆斯才六岁，即使在这样的年龄，他已经属于那个伟大的种族，他们不能把两种不同的感觉分开，一定要让对于未来的期望和它的喜悦与忧愁来给即将到手的事物蒙上一层云雾，对于这种人来说，甚至在幼年时期，感觉的每一次变化转折，都有力量去把那情绪消沉或容光焕发的瞬间结晶固定下来。詹姆斯·拉姆齐席地而坐，剪着陆海军商店的商品目录上的插图，当他的母亲对他讲话时，他正怀着极大的喜悦修饰一幅冰箱图片。连它也染上了喜悦的色彩。窗外车声辚辚，刈草机在草坪上滚过，白杨树在风中沙沙作响，叶瓣儿在下雨之前变得苍白黯淡，白嘴鸦在空中鸣啼，扫帚触及地板，衣裾发出窸窣声——这一切在他心目中都是如此绚丽多彩，清晰可辨，可以说他已经掌握了一种个人的密码，一门属于他自己的神秘语言，虽然从外表上看来，他神色凛然，固执严厉，额角高高的，个性强烈的蓝眼睛坦率正直、纯洁无瑕，看到人类的弱点，他就微微地皱起眉头，因此，他的母亲瞧着他干净利索地剪下那幅冰箱图片，在想象之中，仿佛看到他披着红色的绶带，穿着法官的长袍，坐在审判席上，或者在公众事务的某种危机之中，掌管着一项严肃而重要的事业。

“可是，”他的父亲走了过来，站在客厅窗前说道，“明天晴不了。”

要是手边有一把斧头，或者一根拨火棍，任何一种可以捅穿他父亲心窝的致命凶器，詹姆斯在当时当地就会把它抓到手中。拉姆齐先生一出场，就在他的孩子心中激起如此极端的情绪，现在他站在那儿，像刀子一样瘦削，像刀刃一般单薄，带着一种讽刺挖苦的表情咧着嘴笑；他不仅对儿子的失望感到满意，对妻子的烦恼也加以嘲弄(詹姆斯觉得她在各方面都比他强一万倍)，而且对自己的精确判断暗自得意。他说的是事实，永远是事实。他不会弄虚作假；他从不歪曲事实；他也从来不会把一句刺耳的话说得婉转一点，去敷衍讨好任何人，更不用说他的孩子们，他们是他的亲骨肉，必须从小就认识到人生是艰辛的，事实是不会让步的，要走向那传说中的世界，在那儿，我们最光辉的希望也会熄灭，我们脆弱的孤舟淹没在茫茫黑暗之中(说到这儿，拉姆齐先生会挺直他的脊梁，眯起他蓝色的小眼睛，遥望远处的地平线），一个人所需要的最重要的品质，是勇气、真实、毅力。

“但是说不定明儿会天晴——我想天气会转晴的，”拉姆齐夫人说，一面不耐烦地轻轻扭直她正在编织的红棕色绒线袜子。要是她能在今晚把它织完，要是他们明天真的能到灯塔去，那袜子就带去送给灯塔看守人的小男孩，他的髋关节患了结核病；她还要把一大堆旧杂志和一些烟草一起送去，真的，只要她能找到什么搁着没用反而使房间不整洁的东西，她就拿去送给那些可怜的人，他们一定烦闷极了，除了擦拭灯罩，修剪灯芯，整理他们那块园地聊以自娱外，整天就坐在那儿，没事可做。如果你被禁锢在一片网球场大小的岩石上，一困就是一个月，在暴风雨的季节也许更长一点，你会有什么感觉呢？她会这么问道；而且没有信件和报纸，什么人也见不到；如果你结了婚，你看不到自己的妻子，也不知道自己的儿女情况如何——不知道他们是否病了，是否摔断了大腿或胳膊；一个星期又一个星期过去了，你看着单调不变的浪花飞溅，而后可怕的暴风雨来临，窗户上溅满了浪花，鸟儿撞击着那盏塔灯，整块岩礁都在震动，你可不敢把头探出门外，恐怕被巨浪卷入大海；要是遇到那种情况，你又会觉得如何呢？她特别向她的女儿们这样提出问题。因此，她用一种相当不同的语气接着说，必须尽可能给他们一些安慰。

“风向朝西，”无神论者塔斯莱一边说，一边伸开瘦骨嶙峋的手指，让风从指缝里穿过以便测试风向，因为在这傍晚时分，他正和拉姆齐先生在室外的平台上来来回回地散步。换句话说，要帆船向灯塔靠拢，这是最不利的风向。是的，他老是说些不中听的话，拉姆齐夫人想道，这个人真讨厌，他又在重复拉姆齐先生说过的话，那会使詹姆斯更加失望；但是，在另一方面，她又不愿让孩子们嘲笑他。他们都称他为“无神论者”，“那个渺小的无神论者”。露丝讥笑他；普鲁嘲弄他；安德鲁、杰斯泼和罗杰挖苦他；甚至那条掉了牙的老狗贝吉也咬过他。塔斯莱之所以成为众矢之的，照南希的说法，是因为他已经是一路追随他们直到希布里堤群岛的第一百一十位小伙子了，要是能让他们清静独处，那可要好多了。

“胡说，”拉姆齐夫人十分严厉地说。他们从她那儿学到了夸大其词的习惯，他们暗示(那倒也的确是事实)她邀请了太多的客人，甚至别墅里都住不下了，不得不把一些客人安置到城里去；撇开这些不谈，她不能容忍任何人对她的客人无礼，尤其是对那些一贫如洗的青年男子，她的丈夫说他们“才艺超群”，他们是他的崇拜者，是到这儿来度假期的。她的确把所有的异性都置于她的卵翼之下，对他们爱护备至；她自己也说不上来，这是为了什么原因，也许是因为他们的骑士风度、英勇刚毅，也许是因为他们签订了条约、统治了印度、控制了金融，显示了非凡的气魄；归根结蒂，还是为了他们对她的态度，一种孩子气的信赖和崇敬；没有一个女人会对此漠然置之而不是欣然接受；一位上了年纪的妇女，可以坦然接受青年男子的这种敬慕之情而不失身分，要是年轻姑娘受到这种崇拜，那可是一场灾难——谢天谢地，她的女儿们可千万别受到这种崇拜！——一位姑娘不会刻骨铭心地感受它的价值和内涵！

她回过身来严厉地训斥南希。塔斯莱先生并未追随他们，她说。他是被邀请来的。

他们得想个办法来解决所有的问题。也许会有更简单的办法，更省力的办法，她叹息道。她在镜中看到自己灰白的头发、憔悴的面容，才五十岁啊，她想道，也许她本来有可能把各种事情安排得好一点——她的丈夫；家庭经济；他的书籍。至于就她个人而论，她对自己所作的决定，绝对不会有丝毫的后悔，她从不回避困难，亦不敷衍塞责。她的女儿普鲁、南希、露丝的目光离开了她们的餐盘，抬起头来望着她，在她严厉地说了关于查尔士·塔斯莱的那几句话以后，她有点儿令人望而生畏，她们现在只能默默地玩味着她们的非正统观念，这些观念是她们在和她不同的生活中培养出来的，也许就是在巴黎的生活，一种更为自由奔放的生活；她们认为不必老是关心照料那些男人，因为，对于尊敬妇女和骑士风度，对于不列颠银行和印度帝国，对于戴指环的手指和饰花边的结婚礼服，她们在心中都默然提出疑问，虽然对她们说来，这一切包含着某种在本质上非常美丽的东西，它唤醒了埋藏在她们少女心中的男子气概，并且使她们在母亲的注视之下，坐在餐桌旁边，对她那种异常的严厉态度和极端的谦恭有礼肃然起敬，就像看到一位皇后从泥巴里抬起一个乞丐肮脏的双脚，用清水把它们洗净，当她们说起那个讨厌的无神论者一路追随她们——或者更确切一点说，是被邀请——到这个群岛来和她们共度假期时，母亲的谆谆告诫，使她们肃然起敬。

“明天不可能到灯塔去，”塔斯莱啪的一声合拢他的双手说道。他正和她的丈夫一起站在窗前。真的，他也该说够了！她真希望他和丈夫继续谈天，别来打扰她和詹姆斯。她对着他瞧。孩子们说，他驼背弓腰，两颊深陷，真是个丑八怪。他连板球也不会玩；他笨拙地拨弄球板，推来挡去，瞎打一通。安德鲁说他是个专爱挖苦别人的畜生。他们知道他最大的嗜好是什么，那就是和拉姆齐先生一起不停地来回踱步，一面唠唠叨叨地说什么某人赢得了这个荣誉，某人获得了那项奖金，某人是“第一流的”拉丁文诗人，某人“颇有才华，但我认为他的论断基本上缺乏依据”，某人毫无疑问“是巴里奥的学者中首屈一指的人物”，某人暂时在布列斯托或贝特福德韬光养晦，等到他涉及数学和哲学某些方面的那篇论文公开发表之日，他势必闻名遐迩，拉姆齐先生如果有意拜读，他身边正好有这篇大作第一部分的清样。他们俩扯的净是这些事儿。

想到塔斯莱先生的咬文嚼字，她自己有时候也忍俊不禁，哑然失笑。记得有一天，她顺口说了句“大浪滔天”之类的话。是的，查尔士·塔斯莱说，是稍为有点儿风浪。“您的衣服都湿透了吧？”她问道。塔斯莱把衣服拧了拧，把袜子摸了一下说：“是有点儿潮，可没湿透。”

但是，孩子们说，他们所厌恶的倒不是这些，不是他的容貌，不是他的言谈举止，而是他本身——他看问题的观点。孩子们抱怨说，每当他们兴高采烈地谈论什么有趣的事情，譬如人物啦，音乐啦，历史啦，或者说今日傍晚气候宜人，为什么不在室外多坐一会儿啦，那个塔斯莱先生总要插嘴，唱几句反调；他老是自吹自擂，贬低别人，你说东他偏说西，不把别人的意见全盘否定，他不会心满意足，善罢甘休。他们说，他甚至会在参观美术画廊时问人家是否喜欢他的领带。天晓得！露丝说，才不喜欢呢！

刚吃完饭，拉姆齐夫妇的八个儿女就像小鹿一般悄悄地溜走了，他们躲进了自己的卧室，那儿才是他们自己的小天地，在整幢屋子里，再也没有别的隐蔽之处，可以让他们展开争论了，他们在那儿把各种事情都一桩桩地议论一番：塔斯莱的领带；一八三二年的英国议会选举法修正案；海鸥与蝴蝶；各种人物等等。孩子们的卧室就在屋子的顶楼，各室之间仅有一板之隔，每一声脚步响都清晰可闻，当孩子们喋喋不休地争论之时，阳光照进了这一间间小阁楼，那瑞士姑娘[1]正在为她住在格立森山谷身患癌症奄奄一息的父亲低声啜泣，阳光把房间里的球拍、法兰绒衬衣、草帽、墨水瓶、

① 她是拉姆齐家的婢女。

颜料罐、甲虫和小鸟脑壳都照亮了，阳光照射到一条条钉在墙上的海藻，使它们散发出一股盐分和水草的味儿，在海水浴后用过的、黏着沙砾的毛巾上，也带有这种气味。

争吵，分歧，意见不合，各种偏见交织在人生的每一丝纤维之中；啊，为什么孩子们小小年纪就已经开始争论不休？拉姆齐夫人不禁为之叹息。他们实在太喜欢评头品足了，她的孩子们。他们简直胡说八道，荒唐透顶。她拉着詹姆斯的手，离开了餐室；只有他不愿和哥哥姐姐们一块儿走开，总是依傍着母亲。她觉得简直有点儿荒谬——天晓得，人们的分歧已经够多的了，他们为什么还要人为地制造分歧？真正的分歧，她站在客厅窗前想道，已经够多的了，实在太多了。在那一瞬间，她想到人生的贫富悬殊，贵贱不同，区别何其显著；她怀着一半内疚、一半崇敬的心情，想起了她的子女从她那儿继承的高贵血统；因为，在她的血管中，不是奔流着那带有神话色彩的意大利名门望族的高贵血液吗？意大利的大家闺秀们，在十九世纪分散到英国各地家庭的客厅里，她们谈吐风雅，热情奔放，令人倾倒；而她所有的机智、毅力和韧性，都是来自这些先辈，不是来自感觉迟钝的英国人，或者冷酷无情的苏格兰人；然而，更加引起她深思的，却是另外那个问题，她在这儿和伦敦每时每刻都亲眼目睹的那种贫富悬殊的景象。当她挽着一只手提包，亲自去访问一位穷苦的寡妇或一位为生存而挣扎的妇女之时，她手里拿着笔记本和铅笔，仔细地、分门别类地一项一项记录每家每户的收入和支出、就业或失业的情况，她希望自己不再是一位以私人身分去行善的妇女(她的施舍一半是为了平息自己的愤慨，一半是为了满足自己的好奇心)，她希望自己成为她不谙世故的心目中非常敬佩的那种阐明社会问题的调查者。

她站在那儿，握着詹姆斯的手，觉得这些问题好像永远也解决不了。他们所嘲笑的那个年轻人，跟着她走进了客厅，他站在桌子旁边，心神不定地玩弄着手里的什么东西，惘然若失，她不必回头去瞧，就能感觉到他手足无措的窘态。他们都走了——孩子们；敏泰·多伊尔和保罗·雷莱；奥古斯都·卡迈克尔；她的丈夫——他们全都走了。于是她转过身来，叹了口气说：“塔斯莱先生，你不讨厌和我一块儿出去走一趟吧？”

她要进城去办点小事情；她得先进里屋去写一两封信，戴上她的帽子；这也许要花上十来分钟。十分钟后，她提着篮子，拿着一把女式阳伞，向塔斯莱示意，她已带好必需物品，可以准备出发了，不过，当他们走过打网球的草地球场时，她必须停留一下，问问卡迈克尔先生可要带些什么东西，他正在那儿沐日光浴，他那双黄色的猫儿眼半睁半闭，也就像猫眼一样，它们在阳光下反映出颤动的树枝和飘过的浮云，但是丝毫也没有透露出内心的思想或感情。

他们要去进行一次伟大的远征，她笑着说。他们要进城去。他可要点儿什么。“邮票？信纸？烟草？”她站在他身旁建议。可是，不，他什么也不要。他双手十字交叉放在他的大肚子上，他眯着眼睛，好像他很想有礼地回答她的一片殷勤(她颇有魅力，不过有点儿神经过敏)，但是他办不到，他沉醉在包围着他们的令人昏昏欲睡的一片葱翠之中，他默默无言，怀着一种宽大仁慈的好心肠，懒洋洋地凝视着那些房子、整个世界、所有的人，因为，在吃午饭的时候，他曾经把几滴药水悄悄地注入他的玻璃杯中，孩子们认为，这就说明了为什么他原来乳白色的胡须会染上一线像金丝雀的绒毛那样鲜艳的黄色。不，什么也不要，他喃喃自语道。

在他们走向渔村的那条路上，拉姆齐夫人说，要是卡迈克尔先生没缔结那不幸的婚姻，他本来可以成为一位大哲学家。她端端正正撑着那把黑色的阳伞，带着一种难以描摹的、有所期待的神态向前走，就像她要去会见在街角等待她的什么人似的。她透露了卡迈克尔先生的身世：他在牛津与一位姑娘陷入了情网，很早就结了婚；身无分文，去了印度；翻译了一点诗歌，“我相信那挺美；”他想给男孩子们教点波斯文或梵文，可那又顶什么事？——结果他就躺在那儿草地上，就像他们刚才见到的那副模样。

塔斯莱受宠若惊；他一贯受人冷待，拉姆齐夫人把这些话都给他说了，使他大为宽怀。他又恢复了自信。拉姆齐夫人独具慧眼，竟然能赏识在穷困潦倒之中的男子的高度才华，并且承认所有当妻子的——她并不责怪那位姑娘，并且相信他们的结合曾经是幸福的——都要顺从地支持她们丈夫的工作。她使塔斯莱有了一种前所未有的自豪感，他想，要是他们坐出租汽车的话，他情愿自己来付车费。他可以给她拿着那个小小的手提包吗？不，不，她说，她总是自个儿拿着它。她是这样的。是的，他觉得她确实如此。他感觉到许多东西，某种使他情绪激动而又心烦意乱的东西，究竟是为了什么原因，他可说不上来。他真希望有一天她能看到他头戴博士帽，身披博士袍，跻身于学者的行列中缓缓而行。他将成为一名研究员，一位教授，他觉得这一切都是可能的，他看见他自己——但是她在看什么？一个在贴广告的人。那幅在风中噼啪作响的巨型广告画，渐渐地被平整地贴到墙上，广告工人的糨糊刷子每挥动一次，就展现出一些新的大腿、铁环、马匹和炫人眼目的红颜绿色，画卷在美丽地、平坦地铺展开来，直到那幅马戏团的广告覆盖了半堵墙壁：一百名骑手，二十四正在表演的海豹，还有狮子、老虎……患近视的拉姆齐夫人伸长了脖子，把广告上的文字念出来……“即将访问本市，”她念道。叫个一条胳膊的男人那样站在梯子顶端，这活儿可太危险了，她惊呼道——两年前，他的左臂被割麦机切断了。

“让咱们大家都去！”她大声说，一边继续往前走，好像那些骑手和马匹使她充满了孩子般的狂喜，并且使她忘却了她对那广告工人的怜悯。

“咱们都去，”他一个字一个字地说，机械地重复了她说过的话，然而却带着一种使她畏缩的忸怩不安。“让咱们到马戏团去。”不。他词不达意。他感到不自然。但这是为什么？她觉得奇怪。他怎么啦？这会儿她挺喜欢他。小时候没人带他们去看过马戏吗？她问道。从来没看过，他回答说。好像她恰巧提了个他期望已久的问题；好像这些天来他一直渴望着对她倾诉，他们为什么没看过马戏。那是有九个兄弟姊妹的大家庭，全靠他父亲操劳度日。“我父亲是个药剂师，拉姆齐夫人。他开着一个小药房。”塔斯莱十三岁就独自谋生了。他在冬天常常穿不上大衣。在大学里，他从来也没有能力“报答别人的殷勤款待”（这就是他所使用的生硬枯燥的语言）。他不得不让他的各种日用品的使用期限比别人的延长一倍；他抽最廉价的烟草，那种粗烟丝，就像码头上那些老人吸的一样。他埋头苦干——每天得干上七个小时；他目前的研究课题是某种事物对于某人的影响——他们且说且走，拉姆齐夫人并未真正领会他的意思，只是断断续续地听到一些词儿……学位论文……研究员……审稿人……讲师。她没法听懂他脱口而出的那些讨厌的、学院式的术语，但是她暗自思忖，现在她终于明白了，为什么去看马戏这个话题一下子打消了他的矜持态度，可怜的小伙子啊，使他在顷刻之间把有关他父母、兄弟、姊妹的全部情况和盘托出。她可得留心别让他们再嘲弄他；她得把这个告诉普鲁。她猜想，他喜欢对别人说起如何与拉姆齐一家去看易卜生的戏剧，而不是去看马戏。他真是个一本正经的冬烘学究，是啊，一个叫人难以忍受的讨厌鬼。虽然他们已经到了城里，走在大街上，车辆在鹅卵石的街道上隆隆驶过，他还在滔滔不绝地谈论住宅、教学、工人、帮助自己的阶级、学术讲座等等，直到她觉得他似乎已经完全恢复了自信，已经从马戏团所引起的自卑感中解脱出来，而且(现在她又觉得挺喜欢他了)他已经准备告诉她关于——但是在这儿，两侧的房屋已远远被抛在后面，他们已来到了开阔的码头上，整个海湾展现在他们面前，拉姆齐夫人不禁喊道：“噢，多美！”她面对着一望无际的蔚蓝色的海洋；那灰白色的灯塔，矗立在远处朦胧的烟光雾色之中；在右边，目光所及之处，是那披覆着野草的绿色沙丘，它在海水的激荡之下渐渐崩塌，形成一道道柔和、低回的皱折；那夹带泥沙的海水，好像不停地向着杳无人烟的仙乡梦国奔流。

那片景色，她停下了脚步，睁大了变得更加灰暗的眼睛说道，正是她的丈夫所最喜爱的。

她沉默了片刻。现在，她说，艺术家们已经来到了这儿。果然，离他们仅仅数步之遥，就站着一位画家，他头戴巴拿马草帽，足登黄色皮靴，严肃、温和、专注；尽管有十来个男孩在围观，他红润的圆脸上流露出怡然自得、心满意足的表情；他凝视着前方的景色，每望一眼，就把画笔的笔尖蘸一下调色板上一堆堆绿色或粉红色的柔软颜料。自从三年前画家庞思福特先生来过之后，她说，所有的画儿全是这般模样：一片暗绿色的海水，点缀着几艘柠檬黄的帆船，而在海滩上是穿着粉红色衣裙的妇女。

当他们走过的时候，她审慎地瞥视那幅画。她祖母的朋友们，她说，作起画来可煞费苦心；他们先把颜料混和，然后研磨，再罩上湿布，使颜色保持滋润。

因此，塔斯莱先生猜想，她的意思是要他看出那个人画得马马虎虎。人家是这样说的吧？那些色彩不协调？是这样说的吧？有一种异乎寻常的感情，在这次散步过程中不断地发展着；当他在花园里要替拉姆齐夫人拿手提包的时候，这感情就开始萌发了；在城里，当他想把自己的一切都告诉她的时候，这感情已经增强了；在这异常的感情影响之下，他看到自己的形象和他向来熟悉的一切事物，都有点扭曲变形了。这可是太奇怪了。

她带他到一幢狭小简陋的房子里去，她要上楼一会儿，去看望一位妇女；他站在客厅里等候。他听见她轻快的脚步在上面响着；他听见她说话的声调高兴活泼，后来又转为低沉；他瞧着那些席子、茶叶罐和玻璃罩；他等得不耐烦了；他渴望走上归途；他决定要替她拿着手提包；他听见她走了出来，关上了门；他听见她说，他们该把窗户开着，把门关上，他们需要什么东西，当场就提出来好啦（她准是在对一个孩子说话）；她突然走了进来，默默地站在那儿（好像她刚才在楼上客套应酬了一番，现在要让自己安静自在一会儿），她在佩着蓝色缎带嘉德勋章的维多利亚女王肖像前面静静地伫立了片刻；他恍然大悟，是这么回事儿，对，是这么回事儿：她是他生平所见过的最美的人物。

她的眼里星光闪烁，头发上笼着面纱，胸前捧着樱草花和紫罗兰——他在胡思乱想些什么呀？她至少五十岁了；她已经有了八个儿女。她从万花丛中轻盈地走来，怀里抱着凋谢的花蕾和坠地的羔羊；她的眼里星光闪烁，她的鬈发在风中飘拂——他接过了她的手提包。

“再见，爱尔西，”她说。他们在街上走着，她端端正正地撑着她的阳伞缓缓而行，好像盼着要到街角去会见什么人似的；查尔士·塔斯莱生平第一次感到无比骄傲；一个正在路旁挖排水沟的工人停下手来，垂着胳膊望着她；查尔士·塔斯莱第一次感到无比的骄傲，感觉到那吹拂着她鬈发的微风，感觉到那樱草花和紫罗兰的香味，因为他正和一位美丽的妇女并肩而行，而且他还给她拿着手提包。

2

“明天灯塔可去不成了，詹姆斯，”他站在窗边尴尬地说，但是为了尊重拉姆齐夫人，他尽量把声调说得婉转一点，至少带点儿和蔼可亲的意味。

讨厌的小伙子，拉姆齐夫人想道，为什么老是说那句话呢？

3

“也许睡了一宵醒来，你会发现太阳在照耀，鸟儿在歌唱。”

她抚摸着那小男孩的头发，充满同情地说。因为她看得出来，她丈夫刻薄地说明天不会晴朗，已经破坏了孩子的情绪。她发现，孩子热烈地渴望要到灯塔去，而她的丈夫刻薄地说明日不会天晴，好像还没说个够，这个讨厌的小伙子又来唠叨一遍。

“也许明儿天会晴的，”她抚摸着他的头发说道。

现在她只好把詹姆斯剪下的冰箱图片夸奖一番，并且把商品目录一页一页地翻过去，希望能找到干草耙或刈草机之类的图片，那些叉尖儿和握手柄一定要技巧熟练、思想集中才能剪下来。这些年轻人都拙劣地模仿她的丈夫，她想，要是他说可能会下雨，他们就会说肯定有场龙卷风。

正当她翻着书页寻找干草耙或刈草机图片的时候，她被突然打断了。窗外粗嘎的低语声，常常因为说话者把烟斗从嘴里取出来或放进去而不规则地中断，虽然她听不见他们在谈些什么（她坐在窗户里边，那窗子向平台敞开着），那低语声使她能够肯定男人们正在平台上开怀畅谈，这谈话声已持续了半个小时，网球落在球拍上笃笃地响，玩板球的孩子们不时突然发出尖锐的喊声：“怎么啦？怎么回事儿？”在她听到的这一连串高高低低的声调之中，窗外的谈话声占有特殊的地位，它使她感到宽慰，现在它却停止了。巨浪落在海滩上单调的响声，在她的心目中，多半是一种有规律的、镇定的节拍，好像在她和孩子们坐在一块儿的时候，令人安心地一遍又一遍地重复某一首古老催眠曲中的词句，那是大自然在喃喃低语："我在保护你——我在支持你，"但是，有时候，特别是当她的心思从她手中正在干着的活儿稍微转移开去，突然出乎意料地，那浪潮声的含义就不那么仁慈了，它好像一阵骇人的隆隆鼓声，敲响了生命的节拍，使人想起这个海岛被冲毁了，被巨浪卷走吞没了，并且好像在警告她：她匆匆忙忙干了这样又干那样，可是岁月在悄悄地流逝，一切都不过是转瞬即逝的彩虹罢了——那原来被别的声音所湮没、所掩盖的浪潮声，现在突然像雷声一般在她的耳际轰鸣，使她在一阵恐惧的冲动中抬起头来。

他们停止了谈话，那就是她情绪突然变化的原因。过了一秒钟，她就从那种神经紧张的状态中解脱出来，好像为了补偿她刚才那种不必要的感情损耗，她走向了另一个极端，她感到冷漠、有趣，甚至有点儿幸灾乐祸，她猜测的结论是：可怜的查尔士·塔斯莱已经被她的丈夫驳得体无完肤。这对她说来是无关紧要的。如果她的丈夫需要牺牲品的话(而且他确实需要)，她很高兴把刚才和她的小儿子过不去的查尔士·塔斯莱交给他处置。

她抬起头，又静听了片刻，好像她在等待某种听惯了的声音，某种规则的、机械的声音；后来，她听到了某种有节奏的声音，一半像说话，一半像吟诗；她的丈夫一面在平台上来回踯躅，一面发出某种介乎感慨和歌咏之间的声调；她的心情又感到宽慰了，她肯定一切都恢复正常了，就重新低头注视放在膝上的那本商品说明书，找出一幅六刃折刀的图片，詹姆斯得非常小心，才能把它剪下来。

突然间一声大叫，好像出自半睡半醒的梦游者之口：

“冒着枪林弹雨”[①]

或者诸如此类的诗句，在她耳际强烈地震响，使她提心吊胆地转过身来环顾四周，看看是否有人听见他的喊声。她很高兴地发现只有莉丽·布里斯库在场；那可没什么关系。但是，看到那位姑娘站在草坪边缘绘画，这使她想起，她曾经答应把她自己的头部尽可能地保持原来的姿势，好让莉丽把她画下来。莉丽的画！拉姆齐夫人不禁微笑。她有中国人一般的小眼睛，而且满脸皱纹，她是永远嫁不出去的；她的画也不会有人重视；她是一个有独立精神的小人物，而拉姆齐夫人就是喜欢她这一点；因此，想起了她的诺言，她低下了她的头。

4

真的，他几乎把她的画架撞翻。他一面高呼“威风凛凛，我们策马前行”，一面挥舞着双手，向她直冲过来，但是，谢天谢地，

---

① 这是拉姆齐先生在朗诵库珀的诗歌《飘泊者》。

他突然调转马头，离她而去，她猜想，他就要在巴拉克拉伐战役[①]中英勇牺牲啦。从来没人像他这样既滑稽又吓人。但是，只要他继续这样手舞足蹈、大声吟诵，她就是安全的；他不会停下来看她的画。那可是一件叫莉丽·布里斯库受不了的事儿。甚至当她注视着画布上的斑块、线条、色彩，注视着坐在窗内的拉姆齐夫人和詹姆斯之时，她神经的触须仍对周围的环境保持警惕，唯恐有人会蹑手蹑足地走过来，突然盯着她的画瞧。现在她所有的感觉都敏锐起来，注意地看，使劲地看，直到墙壁和那边的茄玛娜花的颜色深深地映入她的眼帘。她注意到有人从屋里出来，向她走来；但从走路的姿态可以看出，这是威廉·班克斯，因此，虽然她的画笔在颤抖，她没有(如果是塔斯莱先生，保罗·雷莱，敏泰·多伊尔或者实际上是别的什么人，她就会)把她的画翻过来覆在草地上，她仍旧让它立着。威廉·班克斯站在她身旁。

他们俩都在村子里借宿，一块儿走进走出，晚上在门口的蹭鞋垫上分手之际，他们曾经对那些汤，那些孩子，以及诸如此类的东西作过小小的评论，这使他们建立起一种互相谅解的关系。因此，当他现在带着他那种评判的神态站在她身旁(他年龄大得可以做她的父亲，是一位植物学家，一个鳏夫，身上总是带着肥皂味儿，小心谨慎，十分干净)，她只是站在那儿不动。他也站在那儿，她的

---

① 巴拉克拉伐是英法联军和沙俄军队于1854年10月在克里米亚战争中的一个战役。

皮鞋好极了，他发觉。那鞋可以让足趾自然地舒展。和她住在一幢房子里，他已经注意到她的生活是多么有规律，她总是在早餐之前就出去作画了，他想，她孑然一身，大概很穷，当然没有多伊尔小姐的美貌或魅力，但她通情达理，颇有见识，所以在他眼中，她比那位年轻的小姐更胜一筹。譬如说，当拉姆齐先生对着他们怒形于色，一面指手划脚，一面大声呵叱时，他确信布里斯库小姐心里明白：

“什么人又闯祸啦。”

拉姆齐先生凝视着他们。他目光盯着他们，却好像没见到他们。那使他们俩觉得有点尴尬。他们俩无意之中看到了他们本来没想到会看见的事情。他们侵犯了别人的隐私。因此，莉丽想道，班克斯先生可能是想找个借口躲开，走到听不见拉姆齐先生吟诗的地方去，所以他几乎马上就说，有点儿凉飕飕的，建议去散散步。对，她愿意去散步。然而，她对她的画又恋恋不舍地望了一眼。

茄玛娜花呈鲜艳的紫色；那墙壁洁白耀眼。既然她看到它们是这般模样，如果她不把它们画成青紫和洁白，她就会觉得问心有愧，尽管自从画家庞思福特先生来过之后，把一切都看成是苍白、雅致而半透明的，已成为一种时尚。然而，在颜色底下还有形态。当她注视之时，她可以把这一切看得如此清楚，如此确有把握；正当她握笔在手，那片景色就整个儿变了样。就在她要把那心目中的画面移植到画布上去的顷刻之间，那些魔鬼缠上了她，往往几乎叫她掉下眼泪，并且使这个把概念变成作品的过程和一个小孩穿过一条黑暗的弄堂一样可怕。这就是她经常的感觉——她得和概念与现实之间的可怕差距抗争，来保持她的勇气，并且说，“这就是我所见到的景象；这就是我所见到的景象，”借此抓住她的视觉印象的一些可怜的残余，把它揣在胸前，而有成百上千种力量，要竭力把这一点儿残余印象也从她那儿夺走。就在此刻，在凉飕飕的秋风里，她正要开始挥笔作画，其他的杂念纷至沓来：她自己的能力不足，她多么渺小可怜，她要在布罗姆顿路为她的父亲操持家务，她还得尽力控制住自己强烈的冲动，别去拜倒在拉姆齐夫人脚下(谢谢老天爷，迄今为止，她一直克制住了)，并且对她说——但是，又能对她说些什么呢？“我爱上你了？”不，这不真实。“我爱上了这一切，”说时她把手向那篱笆、屋子和孩子们一挥。这多荒谬，这是不可能的。一个人不可能把自己的真实思想表达出来。因此，现在她把她的画笔整整齐齐一支靠一支放进盒子里，并且对威廉·班克斯说：“天气突然转凉了，太阳发出的热量好像也减弱了。”她一边说一边环顾四周。因为还有足够的光线，草地仍保持着柔和的深绿色，那幢房子在点缀着怒放的紫花的一片葱翠之中显得十分醒目，白嘴鸦在蔚蓝的苍穹下悲鸣。然而，有什么东西在流动，在空气中展开银翼一闪而过。毕竟已经是九月了，是九月中甸，而且是六点钟以后的黄昏时分。于是他们按照习惯的路线漫步走过花园，穿过网球场，越过蒲苇丛，走到厚实的树篱的缺口处，那儿用火红的铁栅防护着，它就像燃着煤块的火盆一般通红。在篱笆的缺口之间，可以见到海湾的一角，那蓝色的海水，看上去比以往任何时候更加湛蓝。

出于某种需要，他们每天傍晚总要到那儿去走一遭。好像在陆地上已经变得僵化的思想，会随着海水的漂流扬帆而去，并且给他们的躯体也带来某种松弛之感。起初，那有节奏的蓝色的浪潮涌进了海湾，使它染上了一片蓝色，令人心旷神怡，仿佛连躯体也在随波逐流地游泳，只是在下一个瞬间，它就被咆哮的波涛上刺眼的黑色涟漪掩盖，令人兴味索然。然后，在那块巨大的岩礁背后，几乎在每天傍晚，都会喷出一股白色的泉水，它喷射的时间是不规则的，因此，你就不得不睁着眼睛等待它，而当它终于出现之时，就感到一阵欣悦；在你等待的时候，你会看到，在苍白的、半圆形的海滩上，一阵阵涌来的浪潮，一次又一次平静地蜕下了一层层珠母的薄膜。

他们俩站在那儿微笑。他们先是被奔腾的波涛，后来又被一艘破浪疾驶的帆船激起了一种共同的欢乐感觉。那条帆船在海湾里划开一道弯曲的波痕，停了下来，船身颤抖着，让它的风帆降落；然后，出于一种要使这幅画面完整的自然本能，在注视了帆船的迅速活动之后，他们俩遥望远处的沙丘，他们刚才所感到的欢乐荡然无存，一种忧伤的情绪油然而起——因为那画面还有不足之处，因为远处的景色似乎要比观景者多活一百万年(莉丽想道)，早在那时，这片景色就已经在和俯瞰着沉睡的大地的天空娓娓交谈了。

望着远处的沙丘，威廉·班克斯想起了拉姆齐：想起了在威斯特摩兰的一条小径，想起了拉姆齐，带着那种似乎是他的本色的寂寞孤僻，独自一人沿着那条道路踯躅。他的散步突然被打断了，威廉·班克斯回想起来(这肯定是由于某种确实发生过的意外事件)，被一只伸出翅膀来保护一窝鸡雏的老母鸡打断了。拉姆齐停下脚步，用手杖指着老母鸡说“漂亮——漂亮”，一束奇异的光照进了他的心窝。班克斯想道，那表明他性情质朴，同情弱者，但是，他好像觉得，也就是在那条岔道上，就在那儿，他们的友谊中断了。在那以后，拉姆齐结了婚。后来出于某种原因，他们的友谊的核心消失了。他说不出这究竟是谁的过错，只是，过了一阵，重叙友情代替了另结新欢。正是为了叙旧，他们又重逢了。然而，在他和沙丘之间这一番默默无声的对话中，他坚持认为，他对拉姆齐的友情丝毫也没有减退；他的友谊，就在那儿，好像一个年轻人的躯体，在泥土里躺了一个世纪，他的嘴唇依旧鲜红，这就是他的友谊，敏锐而现实地，横陈在海湾对岸的沙丘中。

他为这友谊焦虑不安，也许是为了摆脱他自己心中那种憔悴不堪的感觉而焦虑不安——因为拉姆齐在一群活蹦乱跳的孩子中生活，而班克斯是没儿没女的鳏夫——他焦虑不安，但愿莉丽·布里斯库不要贬低拉姆齐(在他自己的领域中，他是个伟大的人物)，而同时又能理解他们之间的关系。他们之间的友谊早已开始，在威斯特摩兰的一条岔道上，当那只母鸡卵翼它的小鸡之时，他们的友谊枯竭了；此后拉姆齐结了婚，于是他们就分道扬镳，当然，谁也没有过错，只是存在着某种趋势，当他们重逢之时，仍有这种貌合神离的趋势。

是的。就那么回事儿。他说完了。他从那片景色转过身去。他转身往回头那条道路走去，走上了汽车道。要不是那些沙丘给他揭示了埋藏在泥沼之中的、嘴唇鲜红的友谊的遗骸，他决不会注意到那些他原来不去注意的事情——例如，凯姆，那个小姑娘，拉姆齐最小的女儿，她正在沙滩上采香爱丽丝花。她任性得可怕。她不愿听保姆的话，“给这位先生一朵鲜花。”不！不！不！她就是不给！她捏紧拳头。她直跺脚。班克斯感到衰老而凄凉。他的一片友情，不知怎么被她误解了。他的模样必定已经憔悴不堪了。

拉姆齐一家并不富裕。他们究竟如何设法维护这一切，可真是个奇迹。八个孩子！靠哲学研究来养活八个孩子！这儿是孩子们中的另一个。这回是杰斯泼，他悠闲地走过，去打一会鸟，他说。他走过时漫不经心地和莉丽握握手，就像是握住一只打气筒的柄，这使班克斯先生酸溜溜地说，她可真是大家的宠儿。现在还得考虑教育问题(不错，也许拉姆齐夫人还有些她自己的事要考虑)，更不必说那些“了不起的家伙”全是些身材高大、瘦骨嶙峋、毫不留情的年轻人，他们平时要消耗多少鞋袜啊。至于要搞清他们的名字和长幼次序，他可实在办不到。他私下用英国国王和女王的名字来称呼他们——任性的凯姆，冷酷的詹姆斯，公正的安德鲁，美丽的普鲁——普鲁将会有美丽的姿容，他想，她没法长得不美，而安德鲁会有聪明的脑袋。当他走上了汽车道而莉丽给他的各种评语加上一个是或非的结论之时(她热爱他们所有的人，她热爱这个世界)，他衡量着拉姆齐的境遇，怜悯他，嫉妒他，似乎他看到拉姆齐年方弱冠就享有离群索居、严肃稳重的声誉，而现在他确实像展开翅膀咯咯叫的母鸡一般受到子女的拖累，因而抛弃了他过去的一切荣誉。他们的确给了他一些乐趣，威廉·班克斯承认这一点；如果凯姆给他的衣服插上一支鲜花，或者爬上他的肩头去看一幅维苏威火山爆发图，那肯定是十分愉快的；但是，他的老友们不会不感觉到，他们也毁坏了一些东西。现在一位陌生人会怎么想？这位莉丽·布里斯库会怎么想？谁能不注意到他身上滋长起来的那些坏习惯？也许是怪癖，是弱点？如此有才华的人物，竟然会处于如此低下的精神境界，实在令人吃惊——不过这句话太苛刻了——他竟然如此依赖于人们的赞扬。

“噢，但是，”莉丽说，“想一想他的工作吧！”

每当她“想起他的工作”，她总是在想象中清清楚楚地看到自己面前一张厨房里用的大桌子。这是安德鲁干的好事。她问他，他爸爸写的书是讲什么的。“主体、客体与真实之本质，”安德鲁说。她说，老天爷，她可不懂那是什么意思。“那末你就想象一下，厨房里有张桌子，”他对她说，“而你却不在那儿。”①

因此，现在每当她想起拉姆齐先生的工作，她眼前总会浮现出一张擦洗干净的厨桌。目前它就悬浮在一棵梨树的椏杈上，因为他们已经来到了果园。她费劲地努力集中思想，不是把注意力集中在有银色节疤的树皮上，或者那鱼形的树叶上，而是集中在一张厨桌的幻影上，一张那种擦洗干净的木板桌子，带着节节疤疤的木纹，完整扎实就是它多年来所显示的优点，现在它就四脚朝天地悬空在那儿。当然啰，如果把美丽的黄昏，火红的晚霞，湛蓝的海水和银色的树皮浓缩成一张白色的四条腿的桌子，如果一个人老是这样看到事物生硬的本质，如果他就是如此来消磨时光(而这样做是最优秀的思想家的标志)，这样的人物自然就不能用普通的标准来加以衡量。

班克斯先生喜欢她，因为她叫他“想想他的工作”。他已经想过了，他经常想，反复想。不知道有多少次，他曾经说：“拉姆齐先生是四十岁以前达到事业高峰的那些人中的一个。”当他只有二十五岁的时候，他就在他写的一本小书里对哲学作出了肯定无疑的贡献；此后所写的文章，或多或少是同一个主题的扩展和重复。无

① 英国哲学家贝克莱说：“我说我写字用的桌子存在，这就是说，我看见它，摸到它。假若我走出书房以后还说它存在，这个意思就是说，假若我在书房中，我就可以感知它，……”(《人类知识原理》)拉姆齐是哲学家，因此安德鲁才借用这个比喻，来说明他的工作性质。

论如何，对某种事业作出贡献的人，毕竟为数不多，他说着就在梨树旁边停了下来。这话可说得用词得体、异常精确，公正不阿。突然间，好像他一挥手就把她的感情释放了出来，她对他的印象已经积累了一大堆，现在她对他的全部感受，像沉重的雪崩一般倾泻出来。那是一种激动的情绪。然后，在一阵烟雾之中，升起了他存在的实质。那是另一种感觉。她被自己强烈的感受惊愕得发呆了；那是他的严峻，他的善良所激起的感觉。我尊敬您（她在内心默默地对他说），在各方面完全尊敬您；您不慕虚荣；您完全无私；您比拉姆齐先生更好；您是我所认识的最好的人；您没有妻室儿女（她渴望着要去抚慰他孤独的心灵，但是不带任何性感）；您为科学而生存（不由自主地，在她眼前浮现出一片片马铃薯标本）；赞扬对您说来是一种污辱；您真是个宽宏大量，心地纯洁，英勇无畏的人啊！然而，同时她又想起，他竟然路远迢迢带一个贴身男仆到这儿来；他不许狗儿爬上椅子；他会滔滔不绝地谈论蔬菜里的盐分和英国厨师烹调手艺的拙劣（直到拉姆齐先生砰地一声关上了门，拂袖而去）。

这又如何解释，所有这一切？你如何去判断别人，如何去看待他们？你如何把各种因素综合起来，得出结论，断定你对某人的好恶？那些评语究竟又有什么意义？现在她站在那儿，对着那棵梨树发愣。对于这两位男子的印象，接二连三地涌上心头。要跟上她的思路，就好像要跟上一个难以笔录的说话极快的声音，而这就是她自己的声音在说话，她要避免对不可否认的、永恒的、矛盾的事物作出立即的反应，甚至那梨树树皮上的裂缝和节瘤，也不可改变地永久留在那儿了。您有伟大之处，她继续说下去，但是拉姆齐先生却没有这种伟大；他心眼儿小，自私，虚荣，个人主义；他被宠坏了；他是个暴君；他把拉姆齐夫人折磨得要死；但他具有您(她对班克斯先生说)所没有的东西；他不懂得人情世故；他对日常琐事一无所知；他爱狗和他的孩子们。他有八个孩子，班克斯先生却一个也没有。那天晚上，他不是披上两件衣服，让拉姆齐夫人给他理发，把他的头发剪到一只烤布丁的盆子里去吗？这许多念头纷至沓来，像一群蚊子一般上下飞舞。它们是各自分离的，但是全被控制在一个看不见的、有弹性的网中——它们在莉丽的头脑里飞舞，在梨树的桠枝间飞舞(那只擦洗过的厨桌的幻象，她对拉姆齐先生的智力深深仰慕的象征，仍旧悬浮在那儿)，直到她越转越快的念头由于太过紧张而分裂了，她才感到松了口气。在近处传来一声枪响，在枪声的余波之中，飞起了一群受了惊吓、吱吱喳喳、骚动不宁的椋鸟。

“杰斯泼！”班克斯先生说。他们转身朝椋鸟飞越平台的方向走去，尾随着空中惊散疾飞的鸟群，穿过了高高的篱笆的缺口，一直走到拉姆齐先生跟前。他忧郁地对着他们哼了一声。“谁又闯祸啦！”

正在吟诗的拉姆齐先生完全沉浸在自我陶醉之中，他的双眸激动得闪闪发光，他那忧郁而紧张的挑战的目光，现在突然和他们的目光相遇了，互相凝视了片刻，在快要认出他们的一刹那间，他颤抖了；于是他想举起手来遮住脸庞，但手刚举到一半，又停了下来，好像在急躁的、羞愧的痛苦之中，他要闪避、甩开他们正常的目光，好像他恳求他们把明知不可避免的事儿延宕片刻，好像他的吟诵被人打岔所引起的孩子气的愤恨给他们留下了深刻的印象；然而，甚至在他被人撞见的一刹那间，他也没有彻底垮下来，而是决心要执著于这种痛快的情绪，这种既使他羞愧又使他沉醉的不合规范的狂热吟诵——他突然转过身去，砰地一声对着他们关上了他私室的门。莉丽·布里斯库和班克斯先生不安地仰望天空，发现刚才被杰斯泼的枪声惊散的那群椋鸟，正栖息在那几棵榆树的树梢上。

5

拉姆齐夫人抬起头，望见威廉·班克斯和莉丽经过窗前。“如果明儿天不放晴，”她说，“还有后天呢。现在……”她边说边在心里思忖：莉丽那双斜嵌在苍白而有皱纹的小脸蛋上的中国式眼睛挺秀气，不过要一个聪明的男人才会发现。“现在站起来，让我量一量你的腿。”因为，也许他们明天会到灯塔去，她必须看一看那袜统是否还需要加长一二英寸。

她嫣然微笑，因为这时在她脑袋里闪过的可是个好主意——威廉和莉丽应该结婚。她拿起那双混色毛线袜子，袜口上带着十字交叉的钢针，去量詹姆斯的腿。

“亲爱的，站着别动。”她说。出于嫉妒，詹姆斯不愿意为灯塔看守人的小孩当量袜子的标尺。他故意烦躁不安地动来动去。如果他老是那个样子，她怎么能看出袜子是太长还是太短呢？她问道。

她最小的孩子，她的宝贝儿，给什么鬼迷了心窍？她抬起头来，看见了那个房间，看见了那些椅子，觉得它们破旧不堪。那些椅垫的芯子，像那天安德鲁说过的那样，漏得遍地都是。但是，买了好椅子，让它们整个冬天放在这儿湿淋淋地烂掉，又有什么好处？她问道。在冬天，这儿只有个老妈子看屋，这房子肯定会淅淅沥沥地漏水。没关系，房租正好是两个半便士一天，孩子们挺喜欢它。让她的丈夫远离他的图书馆、讲座和弟子们三千英里，或者，如果她必须说得确切一点的话，三百英里，对他可是件大好事；何况这儿还有接待宾客的房间。那些草席、行军床和摇摇晃晃的桌椅，在伦敦早已服役期满——在这儿它们倒是挺不错；还有一两张照片，还有一些书。书，她想，是会自动增加的。她可从来没时间看书，哎哟！甚至那些别人送她的书，上面还有诗人的亲笔题词“赠给必须服从她愿望的夫人”……“比海伦更为幸福的当代佳人”……说来也丢人，这些书她从来也没读过。还有克罗姆的《论意识》和贝茨的《论波里尼细亚人的野蛮风俗》（“亲爱的，站着别动，”她说）——那些书不论哪一本都不能送到灯塔去。到了一定的时候，她猜想，这屋子会破旧不堪，以至于不得不采取一些措施。如果他们肯听她的话，在进屋以前把脚擦一下，别把海滩上的泥沙带进来，那也许是个办法。她不得不让他们带螃蟹进屋，如果安德鲁真的要解剖它们的话；或者杰斯泼相信用海藻也可以煮汤，你可没法阻挡；或者是露丝选中的东西——贝壳、芦苇、石块；因为她的孩子们都有点儿天才，但各人的嗜好大不相同。而结果呢，当她拿袜子去量詹姆斯的腿时，她叹了口气，把整个房间从地板到天花板打量一番，结果就是如此：秋来暑往，年复一年，屋里的家具日益破旧，草席在褪色，糊墙纸的碎片在风中噼啪作响，你再也分辨不出那纸上印着玫瑰的花纹。还有，如果一幢房子所有的门户都是永远开着，而整个苏格兰没有一个锁匠会修理门上的插销，东西肯定都会霉烂。每一扇门都开着。她听了一下。客厅的门开着；大厅的门开着；听起来好像卧室的门也开着；而楼梯平台上的窗肯定开着，因为那是她自己开的。窗必须开着，门必须关起来——就这么简单的事儿，难道他们就没人记得住？她常常在晚上走进女仆的房间，发现窗户都关着，屋子像烤炉一样密不透风。只有那个瑞士姑娘玛丽的房间是个例外，她宁可不洗澡也不能没有新鲜空气。在家乡，她曾经说过：“那些山峦多么美丽。”她的父亲正在远方奄奄待毙，拉姆齐夫人知道。他就要离开他的子女，让他们当孤儿了。她一边责备婢女，一边示范(该怎么铺床，怎么开窗，像一个法国女人一样，把双手一会儿合拢，一会儿伸开)，在这个姑娘说话的时候，她身旁所有的被褥都悄悄地自动折叠好了，就像一只鸟儿在阳光下飞翔了一阵之后，它的翅膀悄悄地自己收拢，它的蓝色的羽毛一下子由明亮的蓝钢色变成了淡紫。她默默地站在那儿，因为没话可说。他患了喉癌。她在回想——她如何站在那儿，那姑娘又如何说，“家乡的山峦多么美丽”，但是没有希望，无论如何没有希望。她感到一阵烦躁，厉声对詹姆斯说：

“站着别动。别不耐烦。”他马上明白她是真的发火了，就把腿站直了让她量。

灯塔看守人索尔莱的小男孩可能个儿要比詹姆斯矮小得多，即使把这个情况也估计在内，那袜子还至少短了半英寸。

“太短了，”她说，“实在太短了。”

从来没人看上去显得如此沮丧，愁苦而阴郁，在黑暗之中，在从地面的阳光通向地底的深渊的竖井里下坠的途中，也许一滴泪珠涌上了眼角；泪珠儿往下淌；涌来涌去的潮水接纳了它，又平静了下来。从来没人看上去显得如此沮丧。

但是，人们在议论，难道除了外表的忧伤，就没什么别的了吗？她的美貌和丰采后面——有什么东西隐藏着？他用枪打碎了自己的脑袋吗，他们问道。他在他们结婚之前的那个星期中死去了吗——那另一位更早的情人？人家听到了有关他的流言蜚语。或者真的没发生过什么事情？除了一个美丽无比、不受干扰的外表，就再也没什么别的了？因为，当她遇到伟大的热情、爱情的骚乱和事业的挫折之时，她本来可以在一些亲密无间的场合，轻易地透露出她自己也知道、感觉到或经历了的这一切，但她却始终守口如瓶。她当时就知道——没听人说她就知道。她单纯的心灵一下子就猜测到聪明人往往会搞错的事情。她单纯的心灵，使她的思想自然而然地飞扑到事实真相之上，像石块的下坠一样干脆，像飞鸟的降落一般精确。而这事实真相，已被愉快、轻松、坦然地接受了——这也许仅是假象而已。

有一次，班克斯先生在电话里听到她的声音大为动心，虽然她不过是在告诉他火车的时刻表罢了。“大自然用来塑造您的那种黏土可实在罕见呀，”他说。他在想象之中，清清楚楚地看到她站在电话线的另一端，像希腊雕塑一样体态优美、身材挺直，眼珠碧蓝。和这样一位女性通电话，似乎是多么不相称呀。希腊神话中赐人以美丽和欢乐的三位格雷丝女神，似乎在绿草如茵、长满了长春花的园地里携手合作，才塑造出那张脸庞。他该搭十点三十分的火车到厄斯顿去。

“但她像个孩子似地丝毫也没意识到自己的美貌，”班克斯先生说，一边把电话听筒挂回原处。他穿过房间，到窗前去看那些工人在他的屋子后面建造旅馆的工程进展如何。当他看到在那尚未竣工的墙壁之间，工人们穿梭往来乱成一团，他又想起了拉姆齐夫人。他想，总有一些不协调的因素，掺杂到她脸上的和谐气氛中去。她把一顶打猎用的草帽随手往头上一戴；她穿着一双雨靴奔过草地去抓住一个淘气的孩子。因此，如果你想到的仅仅是她的美貌，你还得想起那些颤动着的、活生生的东西(他看到那些工人把砖块运到脚手架的一条小木板上)，并且把它添进那帧肖像中去。或者，如果你仅仅把她当作一个女人来看待，你就会赋予她一些奇特的怪癖——她不喜欢被人倾慕——或者她有某种潜在的愿望，要抛弃她优雅高贵的仪表，好像美貌和所有男子们对美貌的赞扬都叫她厌烦，而她别无所求，但愿能和其他人一样，平平常常。他不知道。他可不知道。他得去干活了。

她在编织那双红棕色的绒线袜子。那只镀金的画框，披在画框上的那条绿色的纱巾，那幅鉴定过的米开朗琪罗①的不朽杰作，把她头部的轮廓可笑地衬托出来。拉姆齐夫人平静下来，刚才那种严厉的态度消失了，她把小男孩的头抬起来，吻一下他的额角。“让我们另外找一张图片来剪吧，”她说。

6

出了什么事儿?

---

① 米开朗琪罗(1475—1564)，意大利文艺复兴时期的艺术大师。

谁又闯了祸啦。

她从沉思中猝然惊醒，长时期毫无意义地留在她脑海中的话语，现在有了具体的含义。“谁又闯了祸——”她的近视眼注视着她的丈夫，他现在正向着她直冲过来。她坚定的目光凝视着他，直到他走近眼前，她才明白(那句诗的简单的韵律，在她的头脑中自动地对偶)：出了什么事儿，谁又闯了祸啦。但她一辈子也甭想猜得出来究竟是怎么回事。

他哆嗦，他颤抖。他所有的虚荣心，他对自己辉煌的才华所有的骄傲自满，他像闪电雷鸣一般的磅礴气势，他像一只兀鹰一般带领着他的队伍穿越死亡的幽谷[1]之时那种勇猛的气概，已经被粉碎了，被摧毁了。冒着枪林弹雨，威风凛凛，我们跃马前行，冲过死亡的幽谷，排枪齐射，大炮轰鸣——突然间他和莉丽·布里斯库、威廉·班克斯面对面地撞见了。他哆嗦，他颤抖。

她无论如何不会在此刻和他攀谈。从他避开去的目光，还有那一些他个人的怪僻行径，从这些熟悉的信号之中可以看出，他好像要把自己隐藏起来，躲入一角不受侵犯的地方，好让自己在那儿恢复心理上的平衡；她心里明白：他被人激怒了，惹火了。她拍拍詹姆斯的头，把她对于丈夫的感觉也传给了孩子。当她看到他把陆海军商店的商品说明书中一位绅士的白衬衫用粉笔涂成黄色之时，她

① “穿过死亡的幽谷”这句话出自《圣经·旧约·诗篇》第23篇。

想，如果他将来成为一位大画家，她会多么高兴。为什么他就不能当画家？他的额角可长得好极啦。后来，当她的丈夫再一次打她面前经过，她举目一望，发现那种精神崩溃的表情已经被掩盖起来了；家庭的温暖气氛占了上风；生活的习惯又婉转低吟它消愁息怒的韵律，因此，当他重新再走过来时，他特意停下脚步，在窗前弯下了腰，突然异想天开地用一条小树枝嘲弄地搔搔詹姆斯赤裸的小腿。她责备他刚才不该把“那个可怜的年轻人”塔斯莱先生打发走。塔斯莱必须到屋里去写他的学位论文，他说。

“总有一天，詹姆斯也得写他的学位论文，”他讽刺地加上一句，用他手中的树枝轻拂孩子的腿。

心里痛恨他的父亲，詹姆斯挥手挡开那根树枝。拉姆齐以一种他所特有的方式，严厉和幽默兼而有之，用那条小树枝来逗弄他小儿子裸露的腿部。

她想要把这双讨厌的袜子织完，明天好去送给索尔莱的小孩，拉姆齐夫人说。

他们明天完全不可能到灯塔去，拉姆齐先生粗暴地打断她说。

他怎么知道？她反问道。风向是经常会改变的。

她说的话极端没道理，那种愚蠢的妇人之见使他勃然大怒。他方才跃马穿越死亡的幽谷，却被人惊破了美梦，气得颤抖；而现在，她却蔑视事实，使他的孩子们把希望寄托在完全不可能发生的事情上，实际上，这就是说谎。他气得在石阶上跺脚。“真该死！”他说。但是，她说了些什么呢？不过说明日可能天晴罢了。可能明日就是晴天。

气温在下降，风向又朝西，这就不可能。

如此令人吃惊地丝毫不顾别人的感情而去追求真实，如此任性、如此粗暴地扯下薄薄的文明的面纱，对她说来，是对于人类礼仪的可怕的蹂躏。因此，她迷惑地茫然凝视，她低头不语，好像让那倾盆而下、有棱有角的冰雹，那湿透衣裙的污水，都溅落到她身上而不加反抗。她没什么可说的。

他默默地站在她身旁。他终于非常谦卑地说，如果她高兴的话，他愿意去问问海岸警卫队的气象哨。

再也没有比他更受她尊敬的人了。

她已乐于接受他的意见啦，她说。他们不必准备夹肉面包了——不过如此而已。既然她是一位女性，自然而然地他们就整天来找她：某人要这个，另一位要那个；孩子们正在成长；她经常感觉到，她不过是一块吸饱了人类各种各样感情的海绵罢了。刚才他还说，真该死。他说过肯定会下雨。可是现在他又说，明天不会下雨；于是一个平安的天国之门，立即就在她面前开启了。他是她最尊敬的人。她觉得自己还不配给他系鞋带。

刚才那阵暴躁的脾气，（在吟诗的想象境界中）带领他的队伍冲锋陷阵时那种手舞足蹈的样子，已经使他感到羞愧，拉姆齐先生不好意思地又戳了一下他儿子的光腿，这时，好像他已经获得她的允许而可以告退了，他的举动使他的妻子很奇特地联想起动物园中的大海狮，在吞食了给它的鱼儿之后，它向后翻个筋斗退回水中，笨拙地游开去，使池中的水向两旁激荡。拉姆齐先生潜入了一片暮色之中。傍晚的空气已经变得更为稀薄，它正在把树叶和篱笆的形体悄悄地吞没，似乎是作为补偿，它又把一种白天所没有的色泽和幽香偿还给玫瑰和石竹花。

“谁又闯祸啦？”他又说了一声，他迈着大步走开了，在平台上踱来踱去。

然而，那声调已经起了多么奇妙的变化啊！那声调宛如杜鹃的鸣啼；“在六月里，他的声音走了调；”好像他正在重新试试调门儿，他在作暂时性的试探，要找出一句话来表达一种新的情绪，而手头只有这句话，他就用上了它，尽管它有点不太悦耳。不过这听起来可有点滑稽——“谁又闯祸啦”——用那样的声调来说，几乎像一个问句，带着优美的韵律，一点确信的语气也没有。拉姆齐夫人不禁微笑。他在踱来踱去的时候，嘴里还哼着它，过了不久，毫无疑问，他渐渐地把它忘了，他终于沉默了。

他安全了，他又恢复了他孑然独处不受干扰的状态。他停下脚步点燃了烟斗，对窗内的妻儿瞧了一眼，好比坐在一列特快火车中看书的人，举目一望，看到窗外有一个农场、一棵树、一排茅舍，觉得就好像是一幅插图。他的目光重新回到书页上，那插图正好证实了书中的内容。他的信心加强了，他的心情满足了。就这样，拉姆齐的目光并未分辨出他所看到的究竟是他的儿子还是妻子，对他们两人的一瞥鼓舞了他，满足了他，使他的思想集中到他卓越的头脑正在竭力思考的问题上去，获得一种完全清晰透辟的理解。

那是一个卓越的脑袋。如果思想就像钢琴的键盘，可以分为若干个音键，或者像二十六个按次序排列的英文字母，那么他卓越的脑袋可以稳定而精确地把这些字母飞快地一个一个辨认出来而不费吹灰之力，一直到，譬如说，字母 Q。他已经达到了 Q。在整个英国，几乎没有人曾经达到过 Q。他在插着天竺葵的石瓮面前停留了片刻。他看到他的妻儿一起坐在窗内，但现在看来非常遥远，就像正在拾贝壳的孩子们，他们天真无邪地集中注意力于脚边微不足道的东西，而对于他所看到的厄运，他们却毫无戒备。他们需要他的保护，他就来保护他们。但是，Q 以后又如何？接下去是什么？在 Q 以后有一连串字母，最后一个字母，凡胎肉眼是几乎看不见的，但它在远处闪烁着红光。在整整一代人中，只有一个人能够一度到达 Z。尽管如此，要是他自己能够达到 R，就很不错了。这儿至少是 Q。他的脚跟牢牢地立在 Q 上。对于 Q，他是有把握的。Q，是他所能够阐明的。假如 Q 就是 Q——后面是 R——想到这儿，他把烟斗在石瓮的柄部响亮地敲了两三下，磕去了烟灰，他的思考又继续下去。“接着就是 R……”他打起精神。他坚持不懈。

能够拯救带着六片饼干和一壶淡水在波涛汹涌的大海上漂泊的一船难友的优秀素质——毅力、公正、远见、忠诚和技巧，会来帮助他。下一步就是R——R又是什么?

一扇百叶窗,像一条蜥蜴的眼皮一样,在他强烈注视的双眸之上闪烁开阖,使他看不清字母R的真相。在那眼皮阖拢的黑暗的一刹那间,他听到了人们说——他是个失败者——R是他不可企及的东西。他永远也达不到R。向R冲刺,再来一次。R——

他具有优秀的素质,这会使他在越过千里冰封、万籁俱寂的北极地区的一次孤独的探险远征中成为领队、向导和顾问。这种人物的性格,既不盲目乐观,又不悲观失望,能够沉着镇定地观察未来,正视现实。这些素质会再一次来帮助他。R——

那条蜥蜴的眼皮又在闪烁开阖。他的额角上青筋凸露。在石瓮中的天竺葵变得令人惊奇地清晰可见,出乎意料地,他能够看见,在它的叶片中间,展现出那两类人物之间古老的、明显的差别;一方面是具有超人力量的扎扎实实稳步前进的人物,他们按部就班地埋头苦干,坚持不懈,从头至尾按顺序把二十六个字母全部复写出来;另一方面是有天赋、有灵感的人物,他们奇迹般地在一刹那间把所有的字母一气呵成地全部攻克——那是天才的方式。他不是天才;他没有那种天赋;但是他有,或者说应该有,精确地按顺序复写从A到Z每一个字母的能力。目前他停留在Q。进军,接下去就向R进军。

雪花开始飘扬,云雾笼罩山巅,他知道自己将在黎明之前死去,决不会玷辱探险队长身份的种种情绪,悄悄涌上他的心头,使他的双眸黯然失色,当他在平台上踯躅一圈的两分钟之内,甚至使他显出衰迈苍老的模样。但他不愿躺在那儿束手待毙；他要寻找一片悬崖峭壁，他要站在那儿，凝视着暴风雪，直到生命的最后时刻，他的目光仍力图穿透那茫茫的黑暗，他要站着死去。他将永远也达不到R。

他呆若木鸡，站在开满了天竺葵的石瓮旁边。他问自己：在十亿人之中，究竟能有几人，可以达到Z？当然，一位希望渺茫的队长，可能会如此自问，并不叛离他以往经历的征途而坦然回答："也许只有一个。"在一代人中间，只有一个。如果他不是那个人，他就该受到责备吗？如果他已经踏踏实实地埋头苦干，已经毫无保留地竭尽全力，是否还要受到非难？他的声誉能够维持多久？是否可以允许一位垂死的英雄，在他瞑目之前想一想，此后人们将如何来评论他？他的英名也许能延续两千年之久。而两千年又意味着什么？（拉姆齐先生凝视着篱笆，讽刺地问道。）如果你从山顶上遥望那虚度的漫长岁月，它到底又意味着什么？你脚下踢到的那颗石子，也会比莎士比亚活得更久。他自己的微弱光芒，会不很辉煌地照耀一两年，然后会融合在某个更大的光芒之中，而那光芒，又会再融合到一片更加巨大的光芒中去。（他的目光向篱笆中间，向虬蟠错杂的枝桠中间望去。）如果在死亡使他的肢体僵硬而失去活动能力之前，他确实略有意识地把冻得麻木的手指举到眉梢，并且挺起胸膛去迎接死亡，那末，当搜索部队来到之时，他们就会发现，他以一个军人的美好姿态，在他的岗位上以身殉职了，而他所率领的探险队伍毕竟已经攀登到一定的高度，可以看到岁月的虚度和星球的陨落，谁还能去责备那孤立无援的探险队的队长呢？拉姆齐先生挺起胸膛，巍然屹立在石瓮旁边。

如果，他这样伫立片刻，想到了自己的声誉，想到了搜索部队，想到了充满感激之情的追随者们在他的遗骸之上建立起来的纪念石堆[①]，有谁会来责备他呢？最后，如果他已经竭尽全力、历尽艰险，昏然入睡而不在乎是否还会复苏（他现在觉得足趾有点刺痛而感到他还活着，而且基本上并不反对活下去），但他需要同情，需要威士忌酒，需要立即向别人倾诉他痛苦的经历，谁又能来责备这位注定要灭亡的探险队长呢？当那位英雄卸下铠甲，伫立窗前，凝视他的妻儿，谁能不暗暗庆幸？起初，她离得很远，渐渐地越来越近，直到嘴唇、书本和头颅都清晰地映入他的眼帘，尽管他感到极其孤独，并且想到了那虚度的岁月和陨落的星球，他觉得她依然妩媚可爱、新奇动人。最后，他把烟斗放进口袋里，在她面前低下了他漂亮的脑袋——如果他向这位绝代佳人致敬，谁又能责备他呢？

7

但他的儿子痛恨他。詹姆斯痛恨他走到他们跟前来，痛恨他停

---

① 西方的探险者们常用圆锥形的石堆来作为界标或纪念碑。

下脚步俯视他们；他痛恨他来打扰他们；他痛恨他得意洋洋、自命不凡的姿态；痛恨他才华过人的脑袋；痛恨他的精确性和个人主义（因为他就站在那儿，强迫他们去注意他）；而他最痛恨的是他父亲情绪激动时颤抖的鼻音，那声音在他们周围振动，扰乱了他们母子之间纯洁无瑕、单纯美好的关系。他目不转睛地低头看书，希望这能使他的父亲走开；他用手指点着一个字，想要把母亲的注意力吸引回来。他愤怒地发现，他的父亲脚步一停，他母亲的注意力马上就涣散了。但是他枉费心机。没有什么办法可以使拉姆齐先生走开去。他就站在那儿，要求取得他们的同情。

拉姆齐夫人刚才一直把儿子揽在怀中懒洋洋地坐着，现在精神振作起来，侧转身子，好像要费劲地欠身起立，而且立即向空中迸发出一阵能量的甘霖，一股喷雾的水珠；她看上去生气蓬勃、充满活力，好像她体内蕴藏的全部能量正在被融化为力量，它在燃烧、在发光（虽然她安详地坐着、重新拿起了她的袜子），而那个缺乏生命力的不幸的男性，投身到这股甘美肥沃的生命的泉水和雾珠中去，就像一只光秃秃的黄铜的鸟嘴[1]，拼命地吮吸。他需要同情。他是个失败者，他说。拉姆齐夫人晃动一下手中的钢针。拉姆齐先生的目光没有离开她的脸庞，他重复地说，他是个失败者。她反驳他说的话。“查尔士·塔斯莱认为……，”她说。但他并不就此满

---

① 原文 brass，可译为黄铜的；厚颜无耻的。

足。他需要更多的东西。他需要同情，首先要肯定他的天才，然后要让他进入他们的生活圈子，给他以温暖和安慰，使他的理智恢复，把他心灵的空虚贫乏化为充实富饶，而且使整幢房子的每一个房间都充满生命——那间客厅；客厅后面的厨房；厨房上面的卧室；卧室上面的育儿室；它们都必须用家具来布置，用生命来充实。

查尔士·塔斯莱认为他是当代最伟大的形而上学家，她说。但他需要更多的东西。他需要同情。他要得到保证，确信他处于生活的中心；确信他是人们所需要的人物；不仅仅在这儿是如此，而且在全世界都是如此。她晃动闪闪发光的钢针，胸有成竹地挺直了身躯，把客厅和厨房都变得焕然一新，叫他在那儿宽心释虑，踱进踱出，怡然自得。她笑容可掬，织着绒线。站在她两膝之间的詹姆斯，毫不动弹，只觉得在她体内骤然燃烧起来的全部力量，正在被那黄铜的鸟嘴拼命地吮吸，被那刻薄的男性的弯刀无情地砍伐，一次又一次，他要求得到她的同情。

他是一个失败者，他重复道。那么，你看一下吧，感觉一下吧。晃动手中闪闪发光的钢针，她环顾四周，看看窗外，看看室内，看看詹姆斯，没有一丝一毫的怀疑，她以她欢快的笑声，泰然自若的神态，充沛的精力(就像一个保姆拿着一盏灯穿过一间黑屋，来使一个倔强的孩子安心)，来向他保证：一切都是真实的；屋子里充满着生命；花园里微风在吹拂。如果他绝对地信任她，就没有任何东西可以伤害他；无论他(在学术领域中)钻得多么深，攀得多么高，他会发现，她几乎一秒钟也没有离开过他。如此夸耀她自己追随左右、关心爱护的能力，拉姆齐夫人觉得她几乎连一个自己能够加以辨认的躯壳也没留下[1]；她的一切都慷慨大方地贡献给他，被消耗殆尽，而詹姆斯呢，直挺挺地站在她的两膝之间，感觉到她已升华为一棵枝叶茂盛、硕果累累、缀满红花的果树，而那个黄铜的鸟嘴，那把渴血的弯刀，他的父亲，那个自私的男人，扑过去拼命地吮吸、砍伐，要求得到她的同情。

听够了她安慰的话语，像一个心满意足地入睡的孩子，他恢复了元气，获得了新生，他用谦卑的、充满感激的眼光瞧着她，最后终于同意去打一盘球；他要去看看孩子们玩板球。他走了。

顷刻之间，拉姆齐夫人好像一朵盛开之后的残花一般，一瓣紧贴着一瓣地皱缩了，整个躯体筋疲力尽地瘫软了，(在极度疲惫的状态之中)她只剩下一点儿力气，还能动一动指头来翻阅格林童话，她感到一阵悸动，就像脉搏的一次跳动，已经达到它的顶点，现在又缓缓地静止下来，她感到了那种成功地创造的狂喜悸动。

当他走开去的时候，这脉搏的每一次跳动，似乎都把她和她的丈夫结合在一起，而且给他们双方都带来一种安慰，就像同时奏出一高一低两个音符，让它们和谐地共鸣所产生的互相衬托的效果一

① 五尔夫的意思是说，由于过分夸张，拉姆齐夫人几乎认不清自己的真面目了。

样。尽管如此，当琴瑟和谐的乐声消散之际，拉姆齐夫人重新回过头来阅读格林童话，她不仅觉得肉体上的疲劳(不仅是此刻，从此以后，她常常有这种疲劳的感觉)，她的疲劳之中，还带有某种出于其他原因的令人不快的感觉。当她在大声朗读渔夫老婆的故事之时，她并不确切地知道这种感觉从何而来，在翻转书页之时，她停了下来，听见一股海浪沉闷地溅落，带有一种不祥的预感，这时她理解到了她产生不满之感的原因，但她也决不会允许自己用语言把它表达出来：她不喜欢感到她自己比她的丈夫优越，即使是在一刹那间也不行；不仅如此，当她和他说话之时，她不能完全肯定她所说的都是事实，这可叫她受不了。大学需要他，人们需要他，他的讲座和著作极其重要——对于这一切，她从未有过片刻的怀疑；但是，他们两人之间的关系，他那样公开地在众目睽睽之下来求助于她，这使她感到不安；因为，这样人们就会说他依赖于她，而实际上他们应该懂得：在他们两人之中，他是无可比拟地更为重要的一个；她对于世界的贡献，和他的贡献相比，是微不足道的。而且，还有另外一点——她往往不敢告诉他事实的真相，例如，她不敢告诉他：温室屋顶的修理费用也许会达到五十英镑；关于他的著作的实际情况，她也不敢提起，恐怕他会猜测到他的新著并不是他最好的作品，她本来就有点儿怀疑那本书并非杰作(那是她从威廉·班克斯那儿听来的)；此外还有一些日常生活中的小事，也得躲躲闪闪地隐藏起来，孩子们都看到了这种情况，并且成为他们精神上的负担——所有这一切，都削弱了琴瑟和谐的完整、纯洁的乐趣，使这协调共鸣的乐声在她的耳际阴郁、单调地消散。

一个人影投射到书页上；她抬头一看，是奥古斯都·卡迈克尔先生，恰恰在这个节骨眼儿上，拖着脚步懒洋洋地走过；正当她想起人与人之间的关系是多么不恰当，想起最完美的事情也白璧有瑕，想起她不能忍受这个考验：她有实事求是的天性，为了爱她的丈夫，她却不得不违背事实；正当她痛苦地感觉到自己干了可怜的蠢事，感到夸张和谎言阻碍了她去发挥真正的作用——正当她如此不体面地因为觉察到自己的优越地位而感到烦恼之时，卡迈克尔先生穿着他的黄拖鞋没精打采地走过，而她身上的某种精灵却使她认为，她必须向他打个招呼：

“进屋去吗，卡迈克尔先生？”

8

他一声不吭。他是抽鸦片的。孩子们说他已经让鸦片把他的胡须也熏黄了。也许确实如此。她觉得那可怜的人很不幸，他每年要到他们这里来，作为对现实的一种逃避；然而，她每年都有同样的感觉：他不信任她。她说，“我要进城去。要我给您带点邮票、纸张或烟草吗？”而她觉得，他总是畏缩地拒绝。他不信任她。这是他妻子干的好事。她想起了他妻子对他的恶劣态度。在圣约翰胡同那个可怕的小房间里，当她亲眼看见那可恶的婆娘把他从屋子里赶出去时，她简直吓得目瞪口呆。他蓬首垢面；他的外衣染上了污迹；他像一个无所事事的老年人那样疲惫厌倦；而她居然会把他赶出房间去。她用令人讨厌的腔调说道，“现在我要和拉姆齐夫人谈一会儿，”于是，拉姆齐夫人看到他一生中数不尽的苦难似乎都浮现在眼前了。他连买烟草的钱也没有吗？他不得不伸手向她要钱吗？要两个半先令？要十八个便士？啊，想起那个女人使他遭受的种种屈辱，她简直难以忍受。可现在他总是避开她，（她猜不透这是出于什么原因，也许是因为那个女人亏待了他，使他对于女性敬而远之。）他从来不把任何事情告诉她。但她还能为他再做些什么呢？已经给他腾出了一个阳光充足的房间。孩子们都待他挺好。她从来没有对他有过一丝一毫不欢迎的表示。实际上，她往往特意去对他表示友好：您要邮票吗？您要烟草吗？这本书也许您会喜欢？她常用诸如此类的方式来对他表示关心。毕竟——毕竟（想到这儿，她不知不觉地挺直身躯，她难得注意到的自己的美丽姿容，就展现在她眼前），毕竟，一般来说，她不费吹灰之力就能使人们喜欢她。例如，乔治·曼宁和华莱士先生，尽管他们是知名人士，他们会在黄昏时分来到她这儿，安静地在炉火旁边和她娓娓而谈。她不能不察觉到，她具有火炬般光彩照人的美，她把这美的火炬带到她所进入的任何一个房间。尽管她尽可能用纱巾把它掩盖起来，尽管她的美强加于她的那种单调的负担使她畏缩，她的美还是显而易见的。她受人赞赏。她被人爱慕。她曾走进坐着哀悼者的房间，人们在她面前涕泣涟涟。男子们，还有妇女们，向她倾诉各种各样的心事。他们让自己和她一起得到一种坦率纯朴的宽慰。卡迈克尔先生竟然避开她。这使她感到异常不快。这伤了她的心。而且是不明显地、不恰当地伤了她的心。在她对她的丈夫感到最强烈的不满之时，碰到这不愉快的事情，这使她耿耿于怀。现在卡迈克尔先生穿着黄拖鞋，腋下夹着一本书，懒洋洋地拖着脚跟走过，对她的邀请漠然点了点头。她感觉到他不信任她；她感到她想给他人以帮助和安慰的种种愿望，不过是虚荣心罢了。她如此出于本能地渴望帮助别人、安慰别人，是为了使自己得到满足，是为了使别人对她赞叹："啊，拉姆齐夫人！可爱的拉姆齐夫人……拉姆齐夫人，可真没说的！"并且使别人需要她，派人来邀请她，大家都爱慕她。她心中暗暗追求的不就是这些东西吗？因此，卡迈克尔先生像现在那样避开她，走到一个什么角落里去，没完没了地吟他的离合诗，①她不仅觉得她助人为乐的天性被人冷落了，并且使她意识到她本身的某些渺小之处，感觉到人与人之间的关系，即使在最好的情况下，也多么美中不足，多么卑鄙，多么自私自利。憔悴而疲惫不堪，她确切无疑地知道(她的面颊瘦削，头发灰白)她已经不再是一

① 离合诗(actostic)是几行诗句头一个词的词首字母或最后一个词的词尾字母能够组合成词的一种特殊诗体。

个使别人的眼睛迸射出喜悦的光芒的美人儿了，她最好还是集中思想去讲那个渔夫和他老婆的故事，以便使那个极其敏感的孩子，她的幼子詹姆斯，平静下来(她的子女中再也没有像他那样敏感的了)。

“那个渔夫变得心情沉重，”她大声朗读。“他不愿意去。他想，‘这是不应该的。’然而，他还是去了。当他来到海边，海水是深紫的、蓝黑的、灰暗的、混浊的。它不再是黄绿色的了，但它是平静的。当他站在海边说道——”

拉姆齐夫人真希望她的丈夫不要选择这样的时刻在他们面前停下脚步。为什么他不像他刚才所说的那样，去看孩子们玩板球呢？但他没说话；他瞧了一眼，点了点头，表示赞许，又继续往前走去。他悄悄地走了过去，他看见他前面的篱笆一次又一次围绕着他脚步的停留而旋转，象征着某种结论；他看见他的妻和孩子；他重新看到那些经常点缀他思想进程的、插着蔓延开去的红色天竺葵的石瓮，在天竺葵的叶瓣之间，书写着(好像它们是一张张的纸片)、记载着快速阅读时潦草地记录下来的笔记——他看到了这一切，忽然想起了《泰晤士报》上一篇文章中关于每年访问莎士比亚故乡的美国人的估计数字。如果莎士比亚从未存在过，他问道，这个世界的面貌和今天的现状会大不相同吗？文明的进展是否取决于伟大的人物？现在普通人的命运，是否要比古埃及法老王时代人们的命运好一点？然而，他又思忖，普通人的命运，是否就是我们借以衡量文明程度的标准呢？也许并非如此。或许最伟大美好的文明，有赖于一个奴隶阶级的存在。伦敦地下铁道中开电梯的工人，永远是不可缺少的。这想法使他感到不快。他仰起了头。为了避免这种结论，他要想个办法来削弱艺术的支配地位。他要论证，这个世界是为芸芸众生而存在的；各种艺术仅仅是强加在人类生活之上的装饰品而已；它们并没有表现出人生的真谛。对于生活来说，莎士比亚也不是必不可少的。他自己也搞不清，究竟为什么他要贬低莎士比亚而去袒护永远站在电梯门口的工人。他愤然从树篱上揪下一片叶瓣。所有这些论点，到了下个月，都将装在盘子里献给卡迪夫学院的青年学子，他想，在这儿，在他家的阳台上，他不过是在搜寻粮秣、用点野餐罢了(他扔掉了他刚才怒气冲冲揪下来的那片树叶)，就像一个人骑在马上，一面顺手摘下一丛玫瑰，或者采下几枚核桃来塞满他的兜儿，一面晃晃悠悠安闲自得地穿过童年时代就熟悉的乡村的阡陌田垄；这拐弯的岔道，那篱边的阶梯，那穿越田野的捷径，这一切都是他所熟悉的。他往往带着他的烟斗，把一个黄昏就这么消磨过去，一面思考着，一面在这些古老而熟悉的狭路小巷和公共草坪往复徘徊，这些地方使他浮想联翩，那儿使他想起一次战役的战史，这儿使他联想到一位政治家的生平，还有诗歌和轶事，甚至还有人物形象，这位思想家，那位战士，等等；这一切都非常生动而清晰，但是最后这些小巷、田垄、草地、果实累累的核桃树和开满红花的树篱，把他引向那条道路另一端的拐弯处，他总是在那儿跳下马来，把它系在一棵树上，独自步行前进。他走到草坪的边缘，眺望下面的海湾。

这就是他的命运，他独特的命运，不管它是否符合他的愿望：他就这样来到了一小片正在被海水缓慢地侵蚀的土地，站在那儿，像一只孤独的海鸟，形单影只。这就是他的力量，他的天赋——他突然间把过剩的才华全部扬弃，收敛起幻想、降低了声调，使他的外表更为直率、简朴，甚至在肉体上也是如此，但他并未丧失思想的敏锐，就这样，他站在那片小小的悬崖上，面对着人类的愚昧和黑暗：海水在侵蚀、冲垮我们脚下的那片土地，而我们对此却毫无知觉——这就是他的命运，他的天赋。当他下马之时，他已经抛弃了一切浮夸的态度和姿势，丢掉了所有的核桃和玫瑰之类纪念品，他奔放的想象力收敛了，以至于他不仅把他的声誉，甚至把自己的姓名也抛到九霄云外，即使在那样孤寂的状态之中，他仍旧保持着一种不放纵幻想和不沉溺于幻景的警惕性，就是这种求实的姿态，使他在威廉·班克斯身上(间歇地)、在查尔士·塔斯莱身上(奉承地)、现在又在他的妻子心里(她抬起头来望见他站在草坪的边缘)深深地激起仰慕、同情和感激之情，就像插进海底的一根航标，海鸥在它上面栖息，浪花拍打着它，它孤单地屹立在浪潮之中履行它的职责，标明了航道，在满载旅客的欢乐的航船中，激起一种感激之情。

“但是八个孩子的父亲可没有选择的余地，”他声音不高地喃喃自语，他的冥想中断了，他转过身来，叹了口气，举目寻找正在给他的幼儿朗读故事的妻子的倩影，他装满了他的烟斗。他要是能够执著地关注人类的愚昧，人类的命运以及海水侵蚀我们脚下的土地这些现象，他可能会获得某种结果；但他却转过身来，从日常生活琐事中去寻求安慰，这和他刚才面临的那种庄严的主题相比，是如此渺小，以至于使他想要忽视、贬低这种安慰，似乎被人发现他在一个悲惨的世界中过着幸福生活，对一位光明磊落的男子汉来说，这是一种最可耻的罪恶。确实如此，他大体上是幸福的：他有他的妻子；他有他的儿女；他已应邀于六个星期之后去对卡迪夫学院的青年学子讲几句关于洛克、休谟、贝克莱[1]以及法国大革命之原因的“废话”。但是，这件事以及他从其中获得的乐趣，他从他的讲演，从青年人的热情，从他妻子的美丽，从斯旺齐学院、卡迪夫学院、爱克斯特学院、南安普敦大学、凯特密内斯特大学、牛津大学、剑桥大学对他的赞扬中所获得的荣誉和满足——这一切都必须用“讲几句废话”这几个谦逊的字眼来加以贬低和掩饰，因为，实际上他并未完成他原来应该完成的事业。这是一种掩饰；这是一个不敢公开承认他自己感觉的人所用的遁词。他不能说：这是我所喜欢的——这就是我的本色；而威廉·班克斯和莉丽·布里斯库感到相当惋惜和别扭，他们感到迷惑不解：他为什么必须如此矫揉造作地掩饰？为什么他老是需要别人捧他？为什么他在思想的领域中

① 洛克(1632—1704)，英国哲学家。休谟(1711—1776)，苏格兰哲学家。贝克莱(1685—1753)，爱尔兰哲学家。

如此勇敢，而在生活的领域中如此懦弱？他既可敬又可笑，多么令人惊奇！

训导和说教是超出人类能力的事情，莉丽猜想。（她正在收拾画具，把它们放到一边去。）如果你被人们所推崇；你肯定会不知不觉就栽个跟头。他要什么，拉姆齐夫人就给什么。要是情况突然变化，肯定会使他心烦意乱，莉丽说。他从他的书堆里钻了出来，发现我们在玩耍和闲聊。请想一想，这和他所思考的东西相比，是个多么大的变化，莉丽说道。

他正对着他们逼近过来。他突然止步，默然注视着大海。现在他又转身离去了。

9

是的，这太令人惋惜了，班克斯先生说，他目送拉姆齐先生离开。（莉丽曾经说过，拉姆齐先生使她吃惊——他喜怒无常，情绪的变化如此突然。）是的，班克斯先生说，拉姆齐的举动异乎寻常，实在令人惋惜。（他喜欢莉丽·布里斯库；他可以和她相当坦率地谈论拉姆齐。）正是为了这个原因，他说，年轻人不爱读卡莱尔[1]的作品。一个脾气暴躁、吹毛求疵的老家伙，为

---

① 托马斯·卡莱尔（1795—1881），苏格兰散文家，哲学家。

了点鸡毛蒜皮的小事就大动肝火，为什么我们非得听他教诲不可？这就是班克斯先生心目中当代年轻人的论调。如果你认为卡莱尔是人类伟大的导师之一，他的行为就太令人惋惜了。莉丽惭愧地说，从她在学校念书的时候起，直到现在，她还没看过卡莱尔的作品。但她认为，拉姆齐先生以为他的小指头有点疼痛，整个世界就会完蛋，这倒叫人更喜欢他。他的那种态度，她并不介意。他又骗得了谁呢？他相当露骨地要求你去捧他，崇拜他。他要的那点小花样儿，谁也骗不了。她所讨厌的，是他的狭隘和盲目，她说话时目光追随着他的身影。

“有点儿伪君子的味道？”班克斯先生问道，他也目送拉姆齐先生的背影。他不是正在想到他的友谊，想到凯姆不肯给他一朵鲜花，想到所有那些男孩和女孩吗？他想到他自己的屋子也很舒适，但是，自从他的妻子死后，不是有点冷冷清清吗？当然，他还有他的工作……尽管如此，他还是很希望莉丽同意拉姆齐像他所说的那样，“有点儿伪君子的味道。”

莉丽继续收拾她的画具，她一会儿举目仰望，一会儿垂首俯视。举目仰望，她看见他在那边——拉姆齐先生——向他们走来，摇摇晃晃、随随便便、漫不经心、神思恍惚。有点伪君子的味道？她把班克斯的话重复了一遍。噢，不——他是最诚恳、最真挚的人（他走了过来），最好的人；但是，当她垂首俯视，心中思忖：他一心一意只考虑自己的事情，他是个暴君，他不公正；她故意继续低着头，因为，和拉姆齐一家待在一起，只有这样，她才能保持情绪稳定。只要你举目仰望，看见了他们，他们就会被一阵她称之为“爱”的激情所淹没。他们成了那幻想的，然而又具有洞察力的弥漫着激情的宇宙的一部分，那是透过爱的目光所看到的世界。苍穹与他们贴近，小鸟在他们中间欢唱。而更加使她感到激动的是，当她看到拉姆齐先生逼近过来又退了回去，看见拉姆齐夫人和詹姆斯坐在窗内，看见白云在空中浮动，树枝在风中摇曳，她想到了生活是如何由彼此相邻而各自独立的小事组合而成，凝聚为一个完整、起伏的波涛，而人就随着这波涛翻腾起伏，在那儿，一下子冲刷到海滩上。

班克斯先生等着她答复他对于拉姆齐的评价，而她却想说几句话来批评拉姆齐夫人，她想说，拉姆齐夫人也有她盛气凌人之处，令人不胜惊讶，或者就说几句大意如此的话，当她看到班克斯先生心醉神迷的模样，她就根本不必要再说什么了。尽管他已年过六旬，尽管他有洁癖而缺乏个性，好像披着洁白的科学外衣，莉丽看出他对拉姆齐夫人注视的目光中流露出一种狂热的陶醉，而这种陶醉，莉丽感觉到，其分量相当于十来个年轻人的爱情(也许拉姆齐夫人从未激起过这么多年轻人的爱慕)。这就是爱情，她想，(一面假装去挪动她的油画布)这就是经过蒸馏和过滤不含杂质的爱情；一种不企图占有对方的爱情；就像数学家爱他们的符号和诗人爱他们的诗句一样，意味着把它们传遍全世界，使之成为人类共同财富的一部分。的确如此。如果班克斯先生能够说明为什么那个女人如此令他倾心，如果他能说明为什么看到她在给孩子念故事会有一种解决了某种科学难题一样满意的效果，以至于使他俯首沉思，感觉到好像他已经证明了某种关于植物消化系统的确切不移的理论，感到野性已被驯服、混乱已被制止，如果班克斯先生能够说明这一切，毫无疑问，他会让全世界都来分享这种感情。

这样一种狂喜的陶醉——除了陶醉，还能用什么别的字眼来称呼它呢？——使莉丽·布里斯库完全忘记了她刚才想要说的话。它无关紧要；是关于拉姆齐夫人的什么话。与这狂喜的陶醉相比，它黯然失色了，班克斯先生的默然凝眸，使她深受感动；因为，再也没有什么东西能够像这种崇高的力量、神圣的天赋那样，给她带来慰藉，消除她对于人生的困惑，奇迹般地卸脱人生的负荷。当这悠然神往的状态还在延续之时，你决不会去扰乱它，正如你不会去遮断透过窗户横洒到地板上的一道阳光。

人间居然会有如此纯洁的爱，班克斯先生竟然对拉姆齐夫人怀有如此崇高真挚的感情（她凝视着他默然沉思），真是大有裨益而令人兴奋。她故意用一块破旧的抹布谦卑恭顺地把她的油画笔一支一支擦净。她托庇于这对于全体女性的敬慕之情；她觉得自己也受到了赞颂。让他去凝眸沉思吧；她要悄悄地瞥一眼她的画儿。

她简直可以掉下眼泪。糟糕，真糟，实在糟透啦！当然，她本来可以用另一种方式来画：色彩可以稀薄苍白一点；形态可以轻忽飘渺一点；那就是画家庞思福特先生眼中看到的画面。然而，她看到的景象并非如此。她看到色彩在钢铁的框架上燃烧；在教堂的拱顶上，有蝶翅形的光芒。所有这些景色，只留下一点儿散漫的标记，潦草地涂抹在画布上。这幅画可千万不能给人看；甚至永远也不能挂起来。塔斯莱先生说过的话，又在她的耳际悄悄地萦回："女人可不会绘画，女人也不能写作……"

她现在终于想起了，她刚才想要说的几句关于拉姆齐夫人的话。她不知道该怎么说才好；但这话肯定带点儿批评的意味。那天晚上，她可被她专横的态度惹火啦。她顺着班克斯先生凝注拉姆齐夫人的视线望去，她想，没有一个妇女会像他那样去崇拜另一位女性；她们只能在班克斯先生给予她们双方的庇荫之下寻求安身之所。她顺着他的视线望去，并且加上了她自己不同的目光，她认为，正在俯首读书的拉姆齐夫人毫无疑问是最可爱的人；也许是最好的人；然而，她和人家在那儿看到的那个完美的形象，仍然有所不同。但为什么不同，又如何不同？她心中自问，一边刮去她的调色板上那一堆堆蓝色和绿色的油画颜料，现在它们对她来说，好像是没有生命的泥块，但是她发誓，明天她要给它们以灵感，使它们按照她的旨意在画布上活动，流动，给画面增添光彩。她和那完美的形象究竟有何不同？她内在的灵魂究竟是什么？如果你在沙发的一角发现一只团皱的手套，凭借那扭曲的手指这个特征，你就可以毫无疑问地断定，这只手套必定是拉姆齐夫人的。那末，我们借以认识她的灵魂的基本特征是什么？她就像一只振翅疾飞的鸟；一支直奔靶心的箭。她是任性的；她是专横的（当然啰，莉丽提醒自己说，我是在考虑她处理同性之间关系的态度，而我自己比她年轻得多，是个小人物，住在离这儿远远的布罗姆顿路，难怪她对我的态度如此任性）。她打开卧室的窗扉。她关上所有的门户。（她试图在自己的心目中开始描绘拉姆齐夫人的气派。）她深夜来到莉丽的卧室门口，在门上轻轻一敲，她身上裹着一件旧的皮外套（她美貌而不修边幅——总是穿得很草率，但很合适），不论什么她都能给你重新扮演一番——查尔士·塔斯莱把他的伞给丢啦；卡迈克尔先生带着鼻音轻蔑地抱怨；班克斯先生在唠叨："那些蔬菜中的矿物质都丢失啦。"这一切，她都能熟练地扮演给你看，甚至还会恶作剧地加以歪曲夸大；她走到窗前，装假说她该走了——已是拂晓时分，她能看到太阳在冉冉上升，——她转过半个身子，显露出更加亲密的表情，仍旧在不断地笑着，她坚持说，莉丽必须结婚，敏泰也必须结婚，她们都必须结婚，无论她在世界上得到什么荣誉（但她对莉丽的画不屑一顾），或者获得什么胜利（也许拉姆齐夫人曾享有过这种胜利），说到这儿，她神色黯然，回到她的椅子里，又接着说，这是不容置疑的：一位不结婚的妇女（她轻轻地把莉丽的手握了片刻），一位不结婚的妇女错过了人生最美好的部分。整幢房子里好像挤满了熟睡的孩子，拉姆齐夫人在凝神谛听：灯罩遮掩着微弱的灯光，睡着的孩子们轻轻地发出均匀的呼吸声。

噢，但是，莉丽反驳道，她还有她的父亲；她的家庭；如果她有勇气说出来的话，甚至还有她的绘画呢。然而，这一切和婚姻大事相比，似乎如此微不足道，如此女孩子气。夜晚已经消逝，晨曦揭开了帘幕，鸟儿不时在花园里啁啾，她拚命鼓足勇气，竭力主张她本人应该排除在这普遍的规律之外；这是她所祈求的命运；她喜欢独身；她喜欢保持自己的本色；她生来就是要作老处女的；这样，她就不得不遇到拉姆齐夫人无比深邃的双目严厉的一瞥，不得不当面聆听拉姆齐夫人坦率的教诲(她现在简直像个孩子)：她亲爱的莉丽，她的小布里斯库，可真是个小傻瓜。后来，她记得，她把她的头靠在拉姆齐夫人的膝盖上笑个不停，想到拉姆齐夫人带着毫不动摇的冷静态度，硬要自作主张把她完全无法理解的命运强加于她，她几乎歇斯底里地大笑起来。拉姆齐夫人坐在那儿，淳朴而又严肃。她已经恢复了她对拉姆齐夫人的认识——这就是那只手套的扭曲的手指。但是，人家的目光已渗透到什么神圣的禁区之中？莉丽·布里斯库终于举目仰望，拉姆齐夫人坐在那儿，完全没意识到莉丽大笑的原因，仍旧坚持她的主张，但现在已不露一丝任性的痕迹，取而代之的是一种爽朗的情绪，宛若终于云开雾散的天空——就像月亮的清辉四周那片皎洁的夜空。

难道这就是智慧？这就是学问？难道这又是美丽的谎言，为了把一个人的全部理解力在寻求真理的途中绊羁在金色的网兜里？或者拉姆齐夫人胸中隐藏着某种秘密，而莉丽·布里斯库确信，人们有了它，才能使世界继续存在下去？没人像她那样，东奔西走，仅能糊口。但是，如果他们知道这秘密，他们能把他们所知道的告诉她吗？坐在地板上，她的胳膊紧紧地搂着拉姆齐夫人的膝盖，莉丽微笑着思忖，拉姆齐夫人永远也不会理解她那种压抑感的原因究竟何在。她在想象中看到了，在那位躯体和她相接触的妇女的心灵密室中，像帝王陵墓中的宝藏一样，树立着记载了神圣铭文的石碑，如果谁能把这铭文念出来，他就会懂得一切，但这神秘的文字永远不会公开地传授，永远不会公诸于世。要是你闯进那心灵的密室，里面究竟有什么凭借爱情和灵巧才能理解的艺术宝藏呢？有什么方法，可以使一个人和他所心爱的对象，如同水倾入壶中一样，不可分离地结成一体呢？躯体能达到这样的结合吗？精巧微妙地纠结在大脑的错综复杂的通道中的思想，能够这样结合一致吗？或者，人的心灵能够如此结合吗？人们所说的爱情，能把她和拉姆齐夫人结为一体吗？她渴望的不是知识，而是和谐一致；不是刻在石碑上的铭文，不是可以用男子所能理解的任何语言来书写的东西，而是亲密无间的感情本身，她曾经认为那就是知识，她把头依靠在拉姆齐夫人的膝上想道。

什么也没有发生。什么也没有，什么也没有！当她把头靠在拉姆齐夫人膝上时，什么也没发生。然而，她知道，知识和智慧就埋藏在拉姆齐夫人心中。那末，她不禁自问，如果每个人都是如此密不透风，你怎么会对别人有所了解呢？你只能像蜜蜂那样，被空气中捉摸不住、难以品味的甜蜜或剧烈的香气所吸引，经常出没于那圆丘形的蜂巢之间；你独自在世界各国空气的荒漠中徘徊，然后出没于那些发出嗡嗡声的骚动的蜂巢之中；而那些蜂巢，就是人们。拉姆齐夫人站了起来。莉丽也站了起来。拉姆齐夫人走了。接连好几天，好像在一场大梦之后，你感觉到你所梦见的人物发生了一些微妙的变化，那种蜜蜂的嗡嗡声，比拉姆齐夫人所说的任何话语还清晰生动，仍在莉丽的耳际萦回，而且，当拉姆齐夫人坐在客厅窗前的柳条椅子里，在莉丽眼中看来，她带有一种威严的仪表，就像一座圆丘形拱顶的圣殿。

莉丽的目光和班克斯先生的目光平行，直射坐在那儿朗读的拉姆齐夫人，詹姆斯就倚在她的膝边。现在她还在凝眸直视，但班克斯先生已经收回了他的视线。他戴上眼镜，后退几步。他举起他的手。他微微地眯起他清澈的蓝眼睛，当莉丽猛然醒悟，看见他的视线正对准着什么目标，她像一条狗看见一只举起来要打它的手那样畏缩了。她本来想把她的画立刻从画架上揭下来，但她对自己说，你必须镇静。她振作精神，来忍受别人注视她的作品这种可怕的考验。你必须，她说，你必须……。如果这画非给人看不可，还是给班克斯先生看吧，他没别人那么可怕。这幅画是她三十三年的生活凝聚而成，是她每天的生活和她多年来从未告人，从不披露的内心秘密相混合的结晶，让别人的眼睛看到它，对她来说，是一种莫大的痛苦。同时，它又是一种极大的兴奋。

不可能有更冷静、更安详的态度了。班克斯先生掏出一把削铅笔的小刀，用骨质的刀柄轻轻地敲着画布。那个紫色的三角形用意何在，“就在那边？”他问道。

这是拉姆齐夫人在给詹姆斯念故事，她说。她知道他会提出反对意见——没有人会说那东西像个人影儿。不过她但求神似，不求形似，她说。那么，为什么要把它画上去呢，他问道。究竟为什么？——在那儿，那个角落里，色彩很明亮；这儿，在这一角，她觉得需要有一点深暗的色彩来衬托，此外别无他意。质朴，明快，平凡，就这么回事儿，班克斯先生很感兴趣。那末它象征着母与子——这是受到普遍尊敬的对象，而这位母亲又以美貌著称——如此崇高的关系，竟然被简单地浓缩为一个紫色的阴影，而且毫无亵渎之意，他想，这可耐人寻味。

但这幅画不是画他们两个，她说。或者说，不是他所意识到的母与子。还存在着其他的意义，其中也可以包括她对那母子俩的敬意。譬如说，通过这儿的一道阴影和那边的一片亮色来表达。她就用那种形式来表达她的敬意，如果，如她模糊地认为的那样，一幅图画必须表示一种敬意的话。母与子可能被浓缩为一个阴影而毫无不敬之处。这儿的一片亮色，需要在那边添上一道阴影来衬托。他仔细考虑一番。他很感兴趣。他完全真心诚意地以科学的态度来接受它。事实上，他的偏见表现在另一方面，他解释道。他的客厅里最大的那幅画深受画家们的赞赏，现在比他购进时要值钱，画的是肯内特海岸樱花盛开的树林。他曾在肯内特海岸度过他的蜜月，他说。莉丽必须来看一下那张画，他说。但是现在——他转过身来，把他的眼镜推上额际，用一种科学的态度来审视她的油画。既然问题在于物体之间的关系，在于光线和阴影，老实说，这是他从来没考虑过的问题，他愿意听她解释一下——她究竟想要用它来表现什么？他用手指点着展现在他们面前的景色。她瞧了一眼。她没法给他指出，她究竟想要表现什么，要是她手里不是捏着一支画笔，甚至连她自己也看不清楚。她重新摆出原先在绘画时的姿势，眯着视力模糊的双眼，带着恍惚的神态，把她作为一个女性所有的感觉都压抑下去，集中精神关注某种更有普遍意义的东西；她又一次置身于她曾经清楚地看见的那片景色的魔力之下，现在她又必须在形形色色的树篱、房屋、母亲和孩子之间摸索，来找出——她想象中的画面。她想起来了：怎样把右边的这片景色和左边的那一片衔接起来，这可是个问题。为了达到这个目的，她可以把这根树枝的线条往那边延伸过去，或者用一个物体(也许就用詹姆斯)来填补那前景的空隙。但如果她那样下笔，整幅画面的和谐一致就有被破坏的危险。她住口不说了；她不愿叫他听得烦腻；她把画布轻轻地从画架上取了下来。

但这幅画已被人看过了，它已被人从她这儿接受过去了。那位男子已经和她分享了某种极其内在的东西。她总算遇见了知音，这可要感谢拉姆齐夫妇，并且要归功于当时的时间和地点，归功于这个带有某种她从未想象到的力量的世界——她从未想象过，她可以不再孤零零地独自穿过这长长的走廊，而是与某人携手同行——这是世界上最新奇的感觉，最令人兴奋的感觉——她拨动她的画盒的锁钩，她用力过猛了，那锁钩好像无休止地绕着那画盒旋转，绕着那草坪、班克斯先生、还有那直冲过来的小淘气鬼凯姆旋转。

10

凯姆在画架旁边擦身而过，她不会为了班克斯先生和莉丽·布里斯库停下脚步，显然班克斯先生很希望自己也有这样一个女儿，伸出手来想拉住她；她甚至不会为了她的父亲停下脚步，她在他的旁边擦身而过；她母亲在她冲过去时喊道："凯姆！我要你停一会儿！"但这也不能使她停留。她往前直奔，像一只小鸟、一颗弹丸、一支飞箭，是什么欲望在驱使她，是什么力量在推动她，是什么目标在吸引她？谁能说明其中的原因？究竟为什么，为什么？拉姆齐夫人瞧着她的女儿，心中暗自思忖。也许是一个幻影——一片贝壳、一辆小车、树篱远处一个神话王国的幻影，在吸引着她；或者仅仅是由于跑得快而感到光荣自豪；谁也不知道究竟是为了什么。但是，当拉姆齐夫人第二次喊道："凯姆！"那枚火箭中途坠落了，凯姆停下脚步，慢吞吞地走回来，半路上顺手揪下一片树叶，来到了母亲身边。

拉姆齐夫人不知道她的女儿在梦想些什么，她只看见她站在那儿出神地想她自己的事儿，使她不得不把话重新说一遍——去问问玛德蕾特：安德鲁、多伊尔小姐和雷莱先生都回来了没有？这些话就像石子投进了井里，它们如此奇异地盘旋扭曲，如果井水是清澈的话，甚至可以看见它们迂回曲折地下沉，在孩子的心底里留下一幅天晓得什么样的图案花纹。拉姆齐夫人心里没底：凯姆会给那厨娘捎个什么样的口信呢？说实在的，只有经过耐心的等待，听着厨房里一个面颊红润的老妇人在喝盘子里的汤，拉姆齐夫人才最终使她的女儿发挥鹦鹉学舌的本能，把玛德蕾特的话一字不漏地听了下来，又等待着，让她用一种干巴巴的唱歌一般的声调把那些话复述出来。凯姆把身体的重心一会儿放在左脚上，一会儿放在右脚上，重复厨娘的回话："不，他们还没回来。我已经叫爱伦把吃茶点用的杯盆撤下来啦。"

那么，敏泰·多伊尔和保罗·雷莱还没回来。拉姆齐夫人认为，这只能意味着一件事情：她或者接受了他的求婚，或者拒绝了他，二者必居其一。吃完午饭就出去散步直到现在——虽然安德鲁和他们在一起——这又能意味着什么呢？除非她已经作出了正确的抉择，拉姆齐夫人想道(她是非常、非常喜欢敏泰的)，接受了那个好小伙子的请求，他可能并无才华，然而，拉姆齐夫人思忖(她发觉詹姆斯在拉她的衣角，催她讲渔夫和他老婆的故事)，凭她自己的心愿，她宁可选个笨拙的小伙子，也不要那种撰写学位论文的才子，譬如说，查尔士·塔斯莱。现在，她肯定已经作出了某种抉择：或者接受，或者拒绝。

她念道："第二天，那渔夫的老婆先醒来，刚好天亮，她在床上看到眼前一片美丽的农村景色。她的丈夫还在伸懒腰……。"

但是，如果敏泰同意整个下午单独陪伴他在乡间漫游，现在她又怎么能说她不愿接受他的求婚呢？——因为安德鲁可能会离开他们去捉蟹的——但也许南希和他们在一块儿。她试图回忆午饭之后他们站在大门口的情景。他们站在那儿，仰首望天，不知道下午天气如何。一半是为了掩饰他们的羞怯，一半是为了鼓励他们出游，因为她同情保罗，她说道：

"在几英里以内，一丝云彩也没有。"当时她就听到跟在他们后面出来的查尔士·塔斯莱在暗笑。但她是故意那样说的。她在自己的心眼里从这个人看到那一个，她没法肯定，当时南希是否在场。

她继续念下去："啊，老婆子，"那个渔夫说，"为什么我们要做国王？我才不想当国王呢。""好吧，"渔夫的老婆说，"要是你不想当国王，我想。去找那条比目鱼吧，因为我要当国王。"

"要末进来，要末出去，凯姆，"拉姆齐夫人说。她知道凯姆被"比目鱼"这个词儿吸引住了，但要不了多久，她就会和往常一样坐立不安，把詹姆斯惹恼了吵起架来。凯姆飞快地跑开了。拉姆齐夫人继续朗读，她松了口气，因为她和詹姆斯志趣相投，他们在一起融洽而愉快。

“当渔夫来到海边，天空阴沉灰暗，海水咆哮沸腾，发出腐烂的臭味。他走到海边站住，开口说道：

‘鱼儿鱼儿，在海里，
请你过来，我求你；
我的老婆依莎贝儿，
不要我求的心愿儿。’

‘好，那末她要求什么呢？’那鱼儿问道。”现在敏泰他们在什么地方啊？拉姆齐夫人边读边想。这两件事很容易同时进行；因为渔夫和他老婆的故事就像给一支曲调轻柔地伴奏的低音部分，它时常出乎意料地穿插到那旋律中来。应该在什么时候告诉她呢？如果什么也没发生，她要严肃地和敏泰谈一次。她可不能这样在乡间到处闲逛，即使有南希和他们作伴也不行。（她又一次试图回想他们沿着那条道路离去时的背影，想数一数他们究竟是几人同行，但她记不清楚。）她得对敏泰的父母——那只猫头鹰和那条拨火棍——负责。在她朗读的时候，她给他们起的绰号闯入了她的脑海。猫头鹰和拨火棍——对啦，要是他们听到——而且他们肯定会听到——敏泰待在拉姆齐家时，曾经被人看到如此这般，等等，等等——他们会生气的。“他在下议院当上了议员，而她能干地帮助他爬到社会的上层，”她重复了在一次宴会之后回家途中她为了使她丈夫高兴而说过的话，这句话使敏泰父母的形象现在又在她的记忆中浮现出来。哎唷，我的天哪，拉姆齐夫人自言自语，他们怎么会生出这样一个不相称的女儿呢？他们怎么会有这样一个男孩子般的野姑娘敏泰呢？她穿的袜子上破了好大一个洞！她家的女仆总是不断地用畚箕清除那只鹦鹉撇在地上的沙子，她家的谈话内容几乎总是局限于那只鸟儿的丰功伟绩，——也许这很有趣，但毕竟是很狭隘的话题。她怎么会在那种异乎寻常的环境中生存的呢？自然啦，你得请她来吃午饭，用茶点，进晚餐，最后还得请她来待上几天，结果她同她的母亲，那只猫头鹰，发生了一点摩擦。接下来是更多的拜访和谈话，更多的沙子，到最后，实际上她已经说了许许多多关于鹦鹉的谎言，够她受用一辈子的啦。(那天晚上宴会之后回家时，她就那么对她丈夫说的。)不管怎样，敏泰来啦。……是的，她到他们家来作客啦，拉姆齐夫人想道。她怀疑，在这纷繁复杂的思绪中，似乎暗藏着什么刺人的荆棘；她把这缠结的思绪解开，发现原来是这么回事儿：有一次，一个女人指责她“夺走了她的女儿对她的爱”；多伊尔夫人说过的一番话，又使她回想起那种指责。喜欢支配别人，喜欢干涉别人，喜欢别人照她的意思来办事，——那就是对她的指责，而她觉得，这种指责是最不公正的。她看上去就“像那个样子”，这叫她又有什么办法呢？没有人能够指责她竭力要给人留下深刻的印象。她经常为自己的寒伧而感到羞愧。她并不盛气凌人，也不专横任性。要是说她关心的是医院、下水道和牧场，倒是更为确切。对于这种事情，她的确易动感情。要是她有机会的话，她会抓住别人的脖子，强迫他们去关注这些问题。在整个岛上没有一所医院，这简直是丢人。在伦敦，牛奶送到你家门口时，已被尘土污染成棕色了。应该宣布这是非法的，在这儿应该建立一个模范牧场和一所医院——这两件事她但愿能够亲自办到。但怎样才能办到呢？像她这样拖儿带女的，能行吗？等孩子们年龄大一点，等他们都上学了，也许她就会有时间。

噢，可是她永远不愿詹姆斯长大一丁点儿！也不愿凯姆长大。这两个孩子是她的掌上明珠，她希望他们能够永远保持现状，永远是淘气的魔鬼、欢乐的天使，永远别看到他们发育成腿儿长长的庞然怪物。什么也弥补不了这个损失。她刚给詹姆斯念到“有许多带有铜鼓和军号的兵士”，他的目光变得黯淡起来，她想，他们为什么要长大成人，而失去所有这一切呢？他是她所有的子女中最有天赋、最敏感的一个。但是，她想，所有的孩子都大有前途。普鲁，和其他孩子相比，是个十分完美的小天使，现在有些时候，特别是在晚上，她的美丽简直令人吃惊。安德鲁——甚至她的丈夫也承认他有非凡的数学天才。南希和罗杰，他们俩现在都是野孩子，整天在乡间游逛。至于露丝，她的嘴太大了点儿，但她的双手却有着奇妙的天赋。如果他们家要开诗画字谜游艺晚会，就由露丝来缝制服装，准备一切道具；她最喜欢铺设桌子，布置花卉，照料一切。拉姆齐夫人不喜欢杰斯泼猎鸟；但这不过是成长过程中的一个阶段罢了；孩子们都要经历各种各样的阶段。她把颏部贴在詹姆斯的脑袋上问道，他们为什么成长得这么快呢？他们为什么要去上学呢？她但愿永远有一个小娃娃留在身边。怀里抱着个娃娃，她就是最幸福的了。那末，要是人们说她专横任性、盛气凌人、颐指气使，如果他们愿意这么说，她可不在乎。她的嘴唇抚摸着詹姆斯的头发，她想，他长大后，永远不会像现在这样快乐了。但是，她又自己打断了这种念头，因为她想起了她的丈夫会多么愤怒，要是她说出那样的话来。但这仍旧是事实。他们现在比将来任何时候都要更加幸福。一套十个便士的小茶具，会使凯姆高兴几天呢。当他们早晨醒来之时，她就听到他们在她头顶上方的楼板上跺脚、喧闹。他们吵吵嚷嚷地沿着走廊跑来。然后，门一下子打开了，他们涌了进来，像鲜艳的玫瑰，清醒地睁大着眼睛，好像到饭厅里来寻找他们的早餐(他们一生中天天如此)，是件了不得的大事情。就这样，诸如此类的事一桩接着一桩，一整天就这么过去了，直到她上楼去祝他们晚安，发现他们都钻进了放下蚊帐的小床里，就像在放满樱桃和木莓的鸟窝中的小鸟一样，还在编造一些故事，来描述一些无关紧要的事情——他们白天听到的、或者在花园里偶然看到的事情。他们每个人都有自己小小的宝藏……。于是她下楼来对她的丈夫说，为什么他们要长大成人，而失去所有这一切天真的乐趣呢？他们不会再感到如此幸福的了。他生气了。为什么对人生抱这种悲观的态度？他说。这种想法不合理。这是很奇怪的；然而她相信这是事实：尽管他有时忧郁绝望，但总的说来，他比她更幸福，对前途更为乐观。他接触人生的烦恼要比她少一些——也许原因就在于此。他永远有他的工作可以作为他的精神支柱。她自己并非像他所指责的那样“悲观主义”。她只是想到了生活——而且是想到呈现在她眼前的短暂的一段时间——她五十年的生涯。生活——它就展现在她眼前。生活，她想道——但她没有结束她的思索。她向生活瞥了一眼，因为她清晰地意识到它的存在，某种真实的、纯粹属于个人的东西，她既不和子女又不和丈夫分享的东西。他们之间一直在互相较量，她处于一方，生活处于另一方，而她总是尽可能地去战胜对方，就像对方要战胜她一样；有时候，他们之间也展开谈判(当她一个人独自坐着的时候)；她记得也有妥协和解的场面；但说来也真怪，就大体而论，她必须承认，生活是可怕的、充满敌意的，它会迅速地向你猛扑过来，如果你让它有机可乘的话。还有那些永远存在的问题：苦难、死亡、贫困。总有某一个女人正在患癌症而奄奄一息，甚至在眼前就有。她不得不对这些孩子们说：你们必须经历所有这一切人生的考验。她曾经对八个孩子无情地说明那个问题(而温室修理费的账单将达到五十英镑)。她知道他们将面临什么——爱情的欢乐，事业的抱负，孤独地在阴暗的地方忍受不幸的煎熬——正是为了这个原因，她经常有这种感觉：为什么他们要成长起来，而失去童年的一切幸福呢？后来，向生活挥舞着手中的利剑，她自言自语道：胡说！他们将会获得完美的幸福。她在这儿考虑如何使敏泰和保罗结婚，她又感觉到人生的险恶；因为，不论她对自己和生活之间的较量有何感受，她有着并非人人都会遭遇的经历（这是她自己也无以名之的隐痛）；她被某种力量驱使着前进，她知道速度太快了，几乎对她自己来说，似乎这也是一种逃避，她要说：人们必须结婚；人们必须生儿育女。

她这样做是否不很妥当，她扪心自问。她回顾了自己在过去一两个星期中的所作所为，拿不准她是否真的曾经给敏泰（她才二十四岁）施加过任何压力，促使她作出抉择。她感到不安。她没有对此加以嘲笑吗？结婚需要具备——噢，各种各样的条件（温室的修理费要五十英镑）；其中有一条——她不必明言——那是最基本的；那是她和她的丈夫之间的事情。他们俩有那种默契吗？

“然后，那渔夫穿上他的裤子，像个疯子似地逃跑了，”她朗读道。“但是，在外面，狂风暴雨来势如此凶猛，使他几乎站不住脚，房屋被掀翻了，大树连根拔起，地动山摇，岩石滚进了大海，天空一片漆黑，电闪雷鸣，黑色的海浪滚滚而来，就像教堂的尖塔和高耸的山峰，浪尖儿上泛着白沫。”

她翻过一页，那故事只剩下最后几行了，因此，她想把它讲完，虽然已经超过了就寝时间。园中的暮色使她明白，时间已不早了。逐渐变得苍白的花朵和叶瓣上灰黑的阴影凑合在一起，在她心中唤起一种忧虑的感觉。起初她想不起这忧虑之感从何而来，后来她想起来了：保罗、敏泰和安德鲁还没回来。她在心目中重新唤起这几个人的形象，他们站在大厅门口的阳台上，抬头仰望天空。安德鲁拿着他的网兜和篮子，这表明他要去捕鱼捉蟹。这意味着他会爬到一块凸出到大海中的岩石上去；他会脱离他的游伴。或者，他们三人在归途中，在断崖峭壁的羊肠小道上排成单行前进之时，其中有人会不慎失足。他会滚下山沟，摔得粉身碎骨。因为天已经黑了。

但她不让自己的声音在讲故事的时候有一丝一毫的改变。她合上书本，再加上最后几句话，仿佛这是她自己杜撰出来的。她凝视着詹姆斯的眼睛说：“直到现在，他们还在那儿生活着呢。”

“故事讲完了，”她说。她看见，在他的眸子里，对于那故事的兴趣消失了，某种其他的事物取而代之；那是某种犹豫不定的、苍白的东西，就像一束光芒的反射，立即使他凝眸注视，十分惊诧。她回过头来，她的目光越过海湾望去，就在那儿，毫无疑问，穿过波涛汹涌的海面，有规律的灯光先是迅速地闪了两下，然后一道长长的、稳定的光柱在烟光莹凝之中直射过来，那是灯塔发出的光芒。塔上的灯已被点燃了。

他马上就会问她，“我们将要到灯塔去吗？”她就不得不回答：“不，明天不去；你爸爸说不能去。”幸亏玛德蕾特进来找他们了，她匆匆忙忙的脚步声，分散了他们的注意力。但是，当玛德蕾特抱他出去的时候，他继续回首凝视，她肯定他心里在思忖，咱们明天不会到灯塔去了；她想，他一辈子都会记住这件事情。

11

是的，她想，孩子们是永远不会忘记的。她把他已经剪好的图片收集起来——一只冰箱，一架刈草机，一位穿晚礼服的绅士。正因为孩子们记性好，你的一言一行都举足轻重，切不可马虎大意，等到他们都去睡了，你才能松口气。现在她不必再顾忌任何人了。她能够恢复她的自我，不为他人所左右了。正是在现在这样的时刻，她经常感到需要——思索；嗯，甚至还不是思索，是寂静；是孤独。所有那些向外扩展、闪闪发光、音响杂然的存在和活动，都已烟消云散；现在，带着一种严肃的感觉，她退缩返回她的自我——一个楔形的黑暗的内核，某种他人所看不见的东西。虽然她正襟危坐，继续编织，正是在这种状态中，她感到了她的自我；而这个摆脱了羁绊的自我，是自由自在的，可以经历最奇特的冒险。当生命沉淀到心灵深处的瞬间，经验的领域似乎是广袤无垠的。她猜想，对每个人来说，总是存在着这种无限丰富的内心感觉；人人都是如此，她自己，莉丽，奥古斯都，卡迈克尔，都必定会感觉到：我们的幻影，这个你们借以认识我们的外表，简直是幼稚可笑的。在这外表之下，是一片黑暗，它蔓延伸展，深不可测；但是，我们经常升浮到表面，正是通过那外表，你们看到了我们。[①]她内心的领域似乎是广阔无边的。有许多她从未见识过的地方；其中有印度的平原；她觉得她正在掀开罗马一所教堂厚厚的皮革门帘。这个黑暗的内核可以到任何地方去，她非常高兴地想，因为它无影无踪，没人看得见它，谁也阻挡不了它。在个人独处之时，就有自由，有和平，还有那最受人欢迎的把自我的各部分聚集在一起，在一个稳固的圣坛上休息的感觉。一个人并不是经常找到休息的机会，根据她的经验（这时她用钢针织出某种纤巧的花样），只有作为人的自我，作为一个楔形的内核，才能获得休息。抛弃了外表的个性，你就抛弃了那些烦恼、匆忙、骚动；当一切都集中到这种和平、安宁、永恒的境界之中，于是某种战胜了生活的凯旋的欢呼，就升腾到她的唇边；她的思路在那儿停住了，她的目光向窗外望去，遇见了灯塔的光柱，那长长的、稳定的光柱，那三次闪光中的最后一次，那就是她的闪光，因为，总是在此时此刻，在这种心情之下，她注视着这灯塔的闪光，就会情不自禁地把自己和某种东西，特别是她所看到的东西，联系在一起；而这件东西，这稳定的、长长的光柱，就是她的光柱。她经常发现她自己坐在那里瞧着，坐在那里瞧着，手里干着活儿，直到她自己和她所瞧的东西——例如那灯光——化为一体。而且，她会把一些埋藏

① 弗洛伊德的精神分析学说，把人的心理分为意识、前意识、潜意识三个层次，其中包括超我、自我、伊德（本能）三种因素，意识居于心理的表层，而潜意识的黑暗领域是深不可测的。拉姆齐夫人的想法，显然是受到了弗洛伊德学说的影响。

在她心底里的话，升腾到那光柱之上——“孩子们不会忘记的，孩子们不会忘记的”——这话她会一遍一遍地重复，并且再加上一句：它会结束的，会结束的，她说。那一天会来到的，会来到的，她突然接着说，我们将在上帝的掌握之中。

但她马上因为说了这话而对自己生气了。是谁说的？这可不是她；她是迷了心窍，才说出这种违心的话。她的目光离开了她手中编织的袜子，她抬头望见灯塔的第三道闪光，对她来说，这好像是她自己的目光和自己的目光相遇，那灯光，就像只有她自己能够做到的那样，深入探索她的思绪和心灵，把其中的实质精炼提纯，剔除了那个谎言，一切谎言。通过赞扬那灯光，她毫无虚荣心地赞扬了自己，因为她像那灯光那样严峻，那样探索，那样美丽。这可真怪，她想，如果一个人孑然独处，这个人多么倾向于无生命的事物：树木、溪流、花朵；感觉到它们表达了这个人的心意；感觉到它们变成了这个人；感觉到它们了解这个人，在某种意义上说，和这个人化为一体；感觉到一种如此骚动不安的柔情(她凝视那长长的稳定的光柱)，就好像是在顾影自怜。在那儿升起了——她停下手中的钢针凝目注视——在心底里卷起了一缕轻烟，在她生命之湖的水面上，飘起一层雾霭，化为一位新娘，去迎接她的爱人。

是什么使她说出那样的话：“我们将在上帝的掌握之中！”？她觉得奇怪。在一片真诚之中，渗入了这言不由衷的话语，这使她警觉，惹她生气。她又回过头来编织袜子。怎么可能有什么上帝，来创造这个世界呢？她问道。通过她的思想，她总是牢牢地抓住这个事实：没有理性、秩序、正义；只有痛苦、死亡、贫困。她知道，在这个世界上，无论什么卑鄙无耻的背信弃义行为，都会发生。她也明白，世界上没有持久不衰的幸福。她带着坚定的神态编织着袜子，她微微撅起嘴唇，不知不觉地，在一种习惯性的严峻神态之中，她脸部的线条僵硬而沉静，当她的丈夫经过之时，尽管他想到胖得惊人的哲学家休谟[①]陷入了泥沼而格格地窃笑，他也不能不注意到她的美貌带有一种内在的严峻。这使他感到悲伤，而她那疏远冷漠的表情伤了他的心，当他经过的时候，他觉得自己没法去保护她，当他走到树篱旁边，他感到闷闷不乐。他爱莫能助。他只能袖手旁观。真的，他只会越帮越忙，使她的情况更糟，这是可恶的事实。他烦躁不安——他的怒火一触即发。刚才说起那灯塔，他就动了肝火啦。他的目光凝视那道树篱，盯着它虬蟠错杂的枝叶，盯着它的一片黑暗仔细地瞧。

拉姆齐夫人经常觉得，一个人为了使自己从孤独寂寞之中解脱出来，总是要勉强抓住某种琐碎的事物，某种声音，某种景象。她侧耳静听，此时万籁俱寂，板球赛已经结束，孩子们正在沐浴，只有大海的涛声不绝于耳。她停止了编织；她举起红棕色的长袜子，让它在她手中晃荡了一会儿，以便仔细端详。她又看见了那灯光。

---

① 参阅第53页注释。

她的审视带有某种讽刺意味，因为，当一个人从沉睡中醒来，他和周围事物的关系就改变了。她凝视那稳定的光芒、那冷酷无情的光芒，它和她如此相像，又如此不同，要不是还有她所有那些思想，它会使她俯首听命（她半夜醒来，看见那光柱曲折地穿越他们的床铺，照射到地板上），她着迷地、被催眠似地凝视着它，好像它要用它银光闪闪的手指轻触她头脑中一些密封的容器，这些容器一旦被打开，就会使她周身充满了喜悦，她曾经体验过幸福，美妙的幸福，强烈的幸福，而那灯塔的光，使汹涌的波涛披上了银装，显得稍为明亮，当夕阳的余晖褪尽，大海也失去了它的蓝色，纯粹是柠檬色的海浪滚滚而来，它翻腾起伏，拍击海岸，浪花四溅；狂喜陶醉的光芒，在她眼中闪烁，纯洁喜悦的波涛，涌入她的心田，而她感觉到：这已经足够了！已经足够了！

他回过身来看见了她。啊！她真美，比他在任何时候所能想象的还要美。但他不能和她讲话。他不能惊扰她。既然詹姆斯已经离去，她终于独自坐在窗前，他渴望要去和她谈话。但他毅然决定：不，他决不去打扰她。现在她姿容绝世，凄然沉思，在精神上和他距离遥远。他不愿去惊醒她，他在她面前经过之时默不作声。她看上去竟然如此疏远冷漠，虽然这伤了他的心，但她是可望而不可即的，他对她爱莫能助。而且，他会再一次默然经过她的面前，要不是就在那一瞬间，她出于自愿，给了他那种她知道他永远也不会开口要求的幸福——她召唤他，并且从画框上取下了那条绿色的围巾，走到了他的身边。因为她知道，他希望他能保护她。

12

她把绿色的围巾披在肩上。她挽住了他的手臂。他太漂亮了，她说；她开始说起园丁肯尼迪，他一下子变得如此英俊，使她简直不忍辞退他。在暖房前面靠着一把梯子，周围黏着几小块油灰，因为他们就要修理暖房了。是的，当她和丈夫一路散步过去，她觉得那个特别令人忧虑的祸根，早已埋伏在那儿了。在他们散步之时，她的话儿已经到了嘴边：“修理费用要五十镑呢。”但她没说，因为一提起钱的问题，她就失去了勇气。她另外找个话题，说起杰斯泼射鸟的事儿。他马上安慰她说，对于一个男孩子说来，那是很自然的，他相信杰斯泼不久就会找到更好的消遣办法。她的丈夫是如此明智，如此公正。因此她说：“是的，所有的孩子都要经历各种发展阶段。”她开始考虑那个大花坛中的大利花，不知道明年花开得如何。她又问他，是否听到孩子们给查尔士·塔斯莱起的绰号。无神论者，他们称他为渺小的无神论者。“他可不是个举止优雅的楷模，”拉姆齐先生说。“差得远哪，”拉姆齐夫人说道。

她认为最好还是让他自行其是，拉姆齐夫人说，同时她心里怀疑，把花的球茎交给仆人是否有用，他们会不会去种植呢？“噢，他还有他的学位论文要写呢，”拉姆齐先生说。关于那篇论文的事情她全知道，拉姆齐夫人说，其内容是关于某人对于某事的影响。除了这篇论文，别的他什么也不谈。“嗯，他就完全指望这篇论文啦，”拉姆齐先生说。“求求老天爷；可别叫他爱上了普鲁，”拉姆齐夫人说。要是她和塔斯莱结婚，他就剥夺她的继承权，拉姆齐先生说。他的目光并不去注视他的妻子正在仔细察看的花朵，而是望着它们上方一英尺左右的地方。塔斯莱并无恶意，他接着说，而他几乎马上就要说，无论如何，他是在英国崇拜他的著作的唯一青年——但他忍住了，没把它说出来。他不愿再拿他的著作来烦扰她了。这些花卉好像值得赞赏，拉姆齐先生说。他向下俯视，注意到一些红色和棕色的东西。是的，这些是她亲手种的花，拉姆齐夫人说。问题在于，如果她把这些花的球茎都交给园丁，肯尼迪会去种植吗？他可懒得没法治，她接着说，一面向前走去。如果她整天手里拿着把铲子在旁边督促他，他有时还干点活。他们就这样信步而行，走向那火红色的铁栅栏。“你在教你的女儿们夸大其词，”拉姆齐先生责备她说。她的姨妈卡米拉比她更善于夸张，拉姆齐夫人说。“据我所知，从来没人把你的卡米拉姨妈当作品德高尚的楷模。”拉姆齐先生说。“她是我所见过的最美的女人，”拉姆齐夫人说。“最美的不是她，是别人，”拉姆齐先生说。普鲁将要比她美得多，拉姆齐夫人说。拉姆齐先生说他一点儿也看不出来。“好，那末今天晚上你就瞧一瞧吧，”拉姆齐夫人说。他们停住了。他希望能促使安德鲁更用功点。如果他不用功，他就会错过得奖学金的一切机会。“噢，奖学金！”她说。拉姆齐先生认为，她用这样轻忽的口吻来说奖学金这样严肃的事情，可有点儿傻。他将为安德鲁感到骄傲，如果他得到奖学金的话，他说。如果他得不到奖学金，她也同样为他感到骄傲，她回答说。对此他们总是意见分歧，但这没有关系。她就喜欢他如此相信奖学金的作用；而他也喜欢她不管安德鲁干什么，她都为他感到骄傲。突然间，她想起了在悬崖峭壁边缘上的那些羊肠小道。

不是已经很晚了吗？她问道。他们还没回来。他漫不经心地打开他的挂表。只有七点多钟。他让表盖开着，过了一会儿，他决定把刚才他在阳台上的感觉告诉她。首先，这样大惊小怪是毫无道理的，安德鲁能够照应他自己；然后，他要告诉她，刚才在阳台上散步之时——说到这儿他有点窘，好像他私自闯入了她孑然独处、神魂飞驰、远离尘世的精神世界……但她紧紧地挽住了他。他想对她说些什么呢？她问道。她猜想，他会说起到灯塔去的事；他会表示遗憾，因为他刚才说了一声“真该死”。不。他不喜欢她刚才看上去如此凄凉寂寞，他说。不过是在出神罢了，她反驳道，觉得脸上有些发烧。他俩都感到别扭，好像不知道该继续散步呢还是回去。她刚才给詹姆斯念童话来着，她说。不，在这方面他们没有共同的感受；这个话题他们谈不下去。

他们走到了装着火红色铁栅栏的两簇树篱之间的空隙处，又可以见到那座灯塔了，但她不让自己去瞧它。要是她知道刚才他在瞧着她，她想，她就不会让自己坐在那儿沉思了。她不喜欢会使她想起曾经有人看到她坐着出神的任何东西。因此，她回过头去瞧那城镇。那些灯火波动奔流，宛若被一阵微风稳稳地托起的一股银光闪烁的水珠。所有的贫穷和苦难，都化为那一片光芒，拉姆齐夫人想道。城镇、港口和船只的灯火，像一个悬浮在那儿的幻影般的网，标出了沉没在茫茫暮色之中的物体。如果他不能分享她的思绪，拉姆齐先生对自己说，他就独自走开吧。他要继续思索，和自己讲讲休莫如何陷入泥沼的故事；他要大笑一场。不过他首先要说，为安德鲁担忧可真是杞人忧天。当他在安德鲁那样的年龄，他就经常整天在乡间漫游，除了口袋里有一片饼干之外，什么也不带，也没人为他担忧，恐怕他会从悬崖上摔下去。他大声地说，他想，如果明天天气很好，他倒愿意出去游逛一整天。班克斯和卡迈克尔可真叫他受够啦。他希望能够离群索居。好吧，她说。她并不提出异议，这可叫他生气。她知道他永远也不会这样干的。他的年龄太大了，他不可能在口袋里带片饼干出去一整天。她担心孩子们的安全，就是不为他担心。他们站在两簇装着火红色铁栅栏的树篱之间，他遥望着海湾的彼岸，心里思忖：多年以前，那时他们还没结婚，他曾经走了一整天，在一个小酒店里吃了一点面包和干酪，权充午餐。他曾经一口气工作十个小时；只有一个老妇人不时进屋来照管一下炉子。那就是他最喜爱的乡村，就在那儿，那些沙丘渐渐地隐没在夜色之中。你可以走上一整天，也遇不到一个人，在好几英里路之内，没有一所房子，一座村庄。独自一个，你就能绞尽脑汁来思索，解决一些问题。在那儿，有一些自古以来人迹罕至的小小的沙滩。海豹竖起它们的身躯盯着你瞧。有时候，他似乎觉得，在那野外的一座小屋子里，独自一人，他就可以——他的思绪突然中断，他叹了口气。他没那个权利。他可是八个孩子的父亲啊——他提醒自己。要是他还想把现状稍为改变一下，他就是个不知足的畜生和恶棍。安德鲁将成为一个比他更好的人。普鲁将成为一个美人儿，这是她母亲说的。他们会稍稍阻挡住那股洪流。但整个说来，那是件小小的杰作——他的八个孩子。他想，他们的存在表明，他并不完全诅咒这个可怜渺小的宇宙，因为在这样一个黄昏，他瞧着眼前的这片土地在夜色中渐渐缩小，那个小岛似乎小得可怜，它的一半已经被海水吞没了。

“可怜、渺小的地方，”他喃喃自语，叹了口气。

她听见了。他说了最忧郁的话。但她注意到，他说过这样的话之后，往往马上显得比平时更为兴高采烈。这些措词不过是一种文字游戏而已，她想，要是她说了他所说的话的一半，她就会用枪打碎自己的脑壳。

这样玩弄辞藻真叫她生气，于是她用一种实事求是的口吻对他说，这是一个十全十美的、可爱的黄昏。他无病呻吟些什么呢，她一半好笑，一半埋怨地问道，因为她猜到了他在想些什么——要是他没结婚，他会写出更好的著作。

他可没抱怨，他说。她知道他没抱怨。她知道他没什么可以抱怨的。他一把抓住她的手，举到他的唇边，带着强烈的感情亲吻了它。这使她热泪盈眶。他立刻放下了她的手。

他们转身离开了这片景色，挽着手臂，开始走上那条长着银绿色长矛似的植物的小径。他的胳膊差不多像个小伙子的胳膊，拉姆齐夫人想道，瘦削而坚定。她高兴地想，虽然他已年逾花甲，还是多么强健，多么豪放，多么乐观。像他那样，确信世界上有各种各样可怕的事情，但这似乎毫不使他气馁，反而叫他高兴，那可多么奇怪。这不是很奇怪吗？她在心中琢磨。她似乎觉得，他有时确实与众不同：对于平凡的琐事，他生来就视而不见、听而不闻、不置一词；但对于不平凡的事情，他的目光像兀鹰一般敏锐。他透辟的理解能力，常常使她吃惊。但是，他注意到那些花朵了吗？不。他注意到这片景色了吗？不。他注意到自己亲生女儿的美丽了吗，或者，他是否注意到他的盘子里是块布丁还是烤肉？和他们一起坐在餐桌旁边，他心不在焉，就像在做梦一般。她担心，他那种大声自语、高声吟诗的习惯，恐怕是发展得越来越厉害了；因为有时候这使人发窘——

最美好、最光明的日子，已经消逝！

可怜的吉廷斯小姐，当他对着她吼出那诗句之时，她几乎大吃一惊。尽管拉姆齐夫人马上会站在他一边，去对抗世界上所有吉廷斯之类的傻瓜，然而，她想……，她亲昵地轻轻捏紧他的胳膊，因为上山时他跑得太快了，她要停留一会儿，看看海岸边隆起的沙丘，是不是新的鼹鼠窝。然后，她一边弯腰凝视，一边想道，一个像他这样伟大的脑袋，必然处处和我们的有所不同。她所认识的任何一个伟大的人物，她想(她肯定是一只兔子而不是鼹鼠钻进了沙丘)，都是像他那个样子。只要听听他发表的高谈阔论，看看他的堂堂仪表，对小伙子们就大有裨益(虽然对她来说，讲堂里的气氛几乎沉闷压抑到难以忍受的地步)。但除了射杀那些兔子之外，她不知道还有什么别的办法，可以铲平那些小丘。那可能是兔子；也可能是鼹鼠。总之，有某种动物，正在破坏她的樱草花。举目仰望，她透过稀疏的枝叶，看见了闪闪繁星的第一束光芒。她要她的丈夫也看上一眼，因为那景象使她感到强烈的喜悦。但她抑制住自己。他从来不观赏景色。如果他瞧上一眼，他只会叹一口气说：可怜、渺小的世界啊！

当时他说了声“很好”，以便取悦他的夫人，并且假装在欣赏那些花卉。但是，她知道得很清楚，他并不欣赏那些花，或者甚至还没有意识到它们的存在。这不过是为了讨好她罢了……。啊，那不是莉丽·布里斯库和威廉·班克斯在一块儿散步吗？她的近视眼盯着退回去的那一对儿的背影直瞅。没错，真是他们俩。这不是意味着，将来他们会结合吗？对，他们俩必须结婚！多好的主意！他们俩必须结婚!

13

班克斯先生在他和莉丽·布里斯库穿过草坪时说，他曾到过阿姆斯特丹，看过伦勃朗[①]的名画。他曾到过马德里，但很不凑巧，那天是耶稣受难日，普拉多艺术馆不开门。他曾到罗马去过。布里斯库小姐没去过罗马？噢，她一定得去一次——对她说来，那将是一番美妙的经历——那儿有西斯廷大教堂的壁画，米开朗琪罗的真迹，还有巴图阿画廊的乔托[②]名画。他的夫人多年来一直体弱多病，因此他们不过是浮光掠影，没有尽兴畅游。

她到过布鲁塞尔。她到过巴黎，那只不过是一次仓促的短期逗留，去探望她患病的姑妈。她到过德累斯顿，那儿有许多名画她还没参观过。然而，莉丽反省说，也许还是不去参观更好，那些名画只会使你对自己的作品完全灰心失望。班克斯先生认为，一个人可能会抱着这种观点走得太远了。我们不可能个个都是提香[③]，我们也不可能人人都成为达尔文；同时，要是没有我们这些凡夫俗子，他怀疑是否会有达尔文和提香这样的人物。莉丽很想恭维他几句，

① 伦勃朗(1606—1669)，荷兰大画家。
② 乔托(1267—1337)，意大利文艺复兴初期画家、雕塑家。
③ 提香(1490—1576)，意大利文艺复兴时期威尼斯派画家。

她很想说，班克斯先生，您可不是凡夫俗子。但他不要别人恭维（大多数男人都喜欢受人恭维，她想），她对于自己的一时冲动觉得有点不好意思，就没把话说出来。另一方面，他却说道，也许他说的话对于绘画并不适用。莉丽克服了她的羞怯，真诚地说，她将永远致力于绘画，因为她对此感到兴趣。对，班克斯先生说，他相信她会坚持下去的。当他们走到草坪的尽头，他问她是否在伦敦难以找到绘画的题材。他们回过身来，看见了拉姆齐夫妇。那就是结婚，莉丽想道，一个男人和一个女人，瞧着一个小姑娘扔球。这就是拉姆齐夫人那天晚上试图告诉我的事，她想。拉姆齐夫人披着绿色的围巾，他们俩紧挨着站在一起，瞧着普鲁和杰斯泼扔垒球。说不清是什么道理，也许就在他们俩刚从地铁走出来或者在拉门铃的时候，某种使人们成为象征、成为代表的意识，突然降临到他们身上，使他们在暮色之中伫立着，观看着，使他们成为婚姻的象征：丈夫和妻子。然后，过了一会儿，那个超越真实人物的象征性的轮廓又隐退了，当班克斯和莉丽遇到他们时，他们又成了拉姆齐先生和夫人，正在看孩子们扔垒球。拉姆齐夫人像平时一样笑吟吟地欢迎他们（噢，她又以为我们将要结婚了，莉丽想），她说，“今晚我可胜利了，”言下之意，是指班克斯先生同意和他们共进晚餐，不回他的宿舍去吃他的厨师用恰当的烹饪方法烧出来的蔬菜了；尽管拉姆齐夫人笑容可掬，当那垒球被抛到高空，他们的目光追随着它，却不见它的影踪，只见那颗星星和悬垂的树枝，在这片刻之间，他们还是有一种什么东西被粉碎了的感觉，一种空虚的感觉，一种不踏实的感觉。在逐渐昏暗的暮色之中，他们看上去都显得单薄、飘渺，距离遥远。后来，普鲁突然从广阔的空间冲了回来(因为，好像一切物体都已经完全消融在夜色中了)，她全速冲到他们中间，漂亮地用左手高高地接住了那只垒球，她的母亲说，“他们还没有回来吗？”于是，那令人心神恍惚的寂静境界，就被打破了。拉姆齐先生觉得，现在他可以自由自在放声大笑了，他想到休谟曾经陷入泥沼，一位老妇人要他念一遍主祷文才肯救他出来，不觉格格地暗笑，走到他的书房里去了。拉姆齐夫人叫普鲁重新回来扔球，因为她已经走开了。她问道：

“南希跟他们一块儿出去了吗？”

14

〔毫无疑问，南希是和他们一块儿去的了。吃过午饭，南希离开餐厅，准备到她的阁楼上去逃避那可怕的家庭生活，这时，敏泰·多伊尔伸出她的手，用默默无言的眼色邀请她同行。既然敏泰相邀，那末，她想她应该去。她并不想去。她完全不想卷入这件事情。当她们沿着通向那悬崖的道路漫步前进之时，敏泰一直拉着她的手。后来她放开了她的手。随后她又把它拉起来。她到底想要什么？南希想道。当然，人们总是想要些什么东西。敏泰拉着她的手时，南希不由自主地看到整个世界在她下方展开，宛如透过云雾看见了君士坦丁堡，于是，不论你多么昏昏欲睡，你必定要询问："那就是圣索非亚吗？""这就是君士坦丁堡海港吗？"因此，敏泰拉着她的手时，南希就提出了疑问："她究竟想要什么？就是要那个吗？"那个又是什么呢？（当南希俯视展现在她脚下的生活时）从云雾之中，这儿耸出一个塔尖，那儿露出一座殿宇；一些说不出名堂的显著突出的东西。但是，当他们沿着山坡往下跑，敏泰撒开了她的手，所有那一切，那殿宇，那塔尖，那曾经耸出云端的任何东西，都沉没在茫茫雾海中消失了。据安德鲁观察，敏泰挺能走路。她的衣着打扮也比大多数女人来得合理。她穿着短裙和黑色的灯笼裤。她会一下子跳进小溪，踉踉跄跄地冲到对岸。他喜欢她急躁的性格，但他知道这种脾气不行——总有一天，愚蠢鲁莽的行为会叫她送命的。她好像什么也不怕——除了公牛。只要看到田里有一头公牛，她就举起双臂，尖声喊叫，拔脚飞奔，当然，这样做恰恰会激怒那头公牛。但她毫不在乎地承认她的弱点；这你也必须承认。她知道她在公牛面前是个糟糕的胆怯鬼，她说。她想，她在婴儿时期，一定在她的童车里被牛撞过。她对于自己说了些什么、干了些什么，都满不在乎。现在，她突然往悬崖的边缘纵身一跳，开始唱了起来：

诅咒你的眼睛，诅咒你的眼睛。

他们都不得不参加那合唱，一起高呼：

诅咒你的眼睛，诅咒你的眼睛。

但是，如果在他们走上海滩之前，潮水涌了进来，淹没了他们捕鱼捉蟹的那一整块狩猎场地，那可没命了。

“那准没命，”保罗跳起来表示同意。当他们步履艰难地向下蜿蜒滑行之时，他不停地引用《旅游指南》：“这些岛屿，由于它们的景色像公园一般美丽如画，由于它们的珍奇海贝范围广阔、丰富多彩，它们受到了理所应得的赞赏。”但是，安德鲁在小心翼翼地选择道路走下悬崖之时，觉得这一切全不合适：高呼“诅咒你的眼睛”；在他背上拍一下，称他为“老伙计”；还有所有那些玩意儿，全都不合适。带女人出去散步，可是糟糕透顶。在海滩上，他们曾经一度分手，他走到延伸到大海中的一块称为“教皇的鼻子”的岩石上，脱下了鞋子，把袜子卷起来塞进鞋肚里，撇下那一对儿不管了；南希蹚过浅滩到她自己那块岩石上去寻找她的水潭，也撇下那一对儿不管了。她蹲下来，摸到了光溜溜的橡皮似的海葵，它们像一团胶冻一样粘在岩石边上。她蹲着出神，把小水潭变成一片汪洋大海，把鲦鱼当作鲨鱼和鲸鱼，她举起手来，就像在这小小的世界上空一片巨大的浮云，遮蔽了阳光，她就像上帝一样，给千百万既无知又无辜的生物带来了黑暗和荒凉。然后，她突然移开手掌，让阳光倾注下来。在延伸出去的、十字形的、白晃晃的沙滩上，一只昂首阔步的鳌虾，就像一艘饰着彩带，披着装甲的奇异的艨艟(她还在扩大那水潭)，滑进了山脚边巨大的罅隙。然后，她的目光悄悄地从水潭上方扫过，停留在波光粼粼的海空相交之处，凝视着那条波动的地平线和那些树干，轮船喷出的烟雾，使那些树干在地平线上摇晃颤动，波浪来势凶猛地席卷过来，又不可避免地退了回去，她像被催眠似地着了迷，大海的广袤和水潭的渺小(它又缩小了)这两种感觉在其中交织，使她觉得她的躯体、她的生命、世界上一切人的生命都无限渺小，永远化为乌有；这强烈的感觉好像把她的手脚都束缚住了，使她动弹不得。她就这样，听着大海的涛声，蹲在那儿俯视着水潭，默然沉思。

安德鲁大声叫嚷说，潮水涌进来了，因此，南希水花四溅地跳跃着蹚过浅浅的海水，走到了岸边，出于她急躁的个性和迅速活动一下的欲望，她奔跑着冲上了海滩，就在那儿，在一块岩石后面——噢，天哪！保罗和敏泰在互相拥抱，也许正在接吻。南希怒不可遏，极其愤慨。她和安德鲁默不作声地穿上鞋袜，对于那件事一声不吭。真的，他们姐弟俩相互之间都没好气儿。安德鲁嘟嘟囔囔地抱怨南希看到那只鳌虾(或者不论它是什么东西)没叫他来看。他们觉得，无论如何，这不是他们的过错。他们并不希望会发生这样可怕的讨厌事情。尽管如此，安德鲁想到南希竟然也是个女的，就觉得很气恼，南希想到安德鲁竟然是个男的，也很不快。他们整整齐齐穿上鞋，把鞋带的蝴蝶结儿扎得特别紧。

当他们重新走到悬崖的顶峰，敏泰才突然喊道，她把祖母给她的别针丢了——她祖母的别针，她唯一的装饰品——那是一棵垂柳，它是(他们一定还记得)用珠子镶嵌而成的。他们一定见过它，她说着，泪珠淌下了她的脸颊。她的祖母一直把那别针扣在她自己的帽子上，直到她临终那一天。现在她却把它丢了。她宁可丢掉任何别的东西，也不愿丢了这个宝贝！她要回去找它。他们都返回去，摸索探寻，眼睛盯着地上到处找。他们把头俯得很低，短促地、粗声粗气地说话。保罗·雷莱发疯似地在他们坐过的岩石周围拼命找。保罗叫安德鲁“从这一点到那一点之间彻底搜查一遍”，安德鲁心里想，为了一只别针这样乱成一团，可实在不行。潮水正在迅速地涌进来，大海马上会淹没他们一分钟前坐过的地方。他们想要现在就找到它，实在毫无希望。敏泰突然恐惧地尖声喊叫：“我们要被潮水切断归路啦！”好像真会有这样的危险！她似乎在把她对于公牛的恐慌重演一遍——她不能控制她的感情，安德鲁想。女人没有控制自己的能力。可怜的保罗就不得不安慰她一番。那两位男子汉(安德鲁和保罗马上显得很有丈夫气概，和平时大不相同)简单地商量了一下，决定把雷莱的手杖插在他们刚才曾经坐过的地方，等退了潮再回来寻找。现在不可能再干什么别的了。他们向她保证，如果那别针是掉在那儿，明天早晨它一定还在那儿，但敏泰在走向悬崖顶峰的一路上还在抽泣。这是她祖母的别针，她宁可丢了别的东西，也不愿把它给丢了。然而，南希觉得，也许她丢了别针确实伤心，但她不只是为了那个才哭泣，她是为了什么别的原因才哭的。她觉得，大家都可能坐下来哭一场。但是，她不知道究竟是为了什么原因。

保罗和敏泰一起往前走，他安慰着她，他说他善于寻找东西，很有点名气。当他还是个小男孩，他就找到过一块金表。明儿天朦朦亮他就起床，他肯定会找到它。他好像觉得到那时天几乎还是黑的，他独个儿在海滩上，不知怎么的，好像有点儿危险。他开始向她保证，无论如何他会找到它的，她却说，她不要听他一早起床那一套；那别针已经丢了；她心里明白；那天下午她把它戴上去的时候，就有一种预感。他暗自决定，他可别告诉她，明儿一早，大家还在睡觉，他就从屋里溜出来，要是找不到的话，他就到爱丁堡去买一枚同样的别针，但要比它更漂亮些。他要证明一下他的能耐。当他们走到视野开阔的山坡上，就看见那城镇的灯火在他们下方闪耀，那些灯火突然间一盏接着一盏亮了起来，就像他即将遇到的一连串事情——他的婚姻、他的儿女、他的房屋；当他们走上了那条被高大的灌木遮蔽的大路，他又想，他们俩将一起退隐到与世隔绝的地方，他总是带领着她，她紧紧地偎倚着他(就像她现在那样)，他们俩不停地往前走去。他们在十字路口拐了弯，他想，他已经有了多么惊人的经历呀，他一定要把它告诉什么人——当然是拉姆齐夫人——想到他刚才干了些什么，他自己也大吃一惊。他向敏泰求婚的时候，是他一生中最幸福的时刻。他要直接找拉姆齐夫人说一说，因为他不知道怎么会感觉到，就是她促使他做了这件事情。她曾经使他认为，他什么都能办到。除了她以外，没有别人把他当回事儿。但她使他相信，他无论想干什么，都能办到。他觉得她的目光今天一整天都追随着他（虽然她一句话也没说），好像她在说："对，你能办到。我相信你。我盼望你成功。"她使他感觉到了这一切，他们一回去（他寻找在海湾上那所别墅的灯光），他就要走到她跟前说："我已经把那事儿办成了，拉姆齐夫人，多谢您啦。"他们拐了个弯，走进了通向屋前的小巷，他能看到楼上窗户里灯光在闪动。他们一定回来得太晚了。人家都准备吃晚饭了。整幢屋子灯火通明，从黑暗之处来到灯光之中，使他觉得满眼看上去一片光华，当他走上屋前的汽车道时，像孩子般地喃喃自语：灯光，灯光，灯光，然后又茫然地重复道，灯光、灯光、灯光，当他们走进屋子时，他脸色呆板而毫无表情地愕然环顾。老天爷，他伸手摸摸领带，心中想道，我可千万别叫自己看上去像个傻瓜。〕

15

"对，"普鲁说，她字斟句酌地回答了她母亲提出的问题："我想南希是和他们一块儿去的。"

16

嗯，那么说来，南希是和他们一块儿去的了，拉姆齐夫人想道。她正在对镜梳妆。她放下一把发刷，拿起一把梳子，听到有人敲门，就说了声“进来”（杰斯泼和露丝走了进来），她在心里琢磨，南希和他们在一块儿，这究竟是增加了还是减少了发生什么事故的可能性；看来可能性是减少了。不知道为什么，拉姆齐夫人有一种非理性的直觉：如此规模的惨案，毕竟是不可能发生的。他们不可能都被淹死的。她又一次感到自己孤立无援地面对着自己的老对手——生活。

杰斯泼和露丝说，玛德蕾特想要知道，是否必须等一等再开晚饭。

“又不是等英国女王，”拉姆齐夫人用强调的语气说。

“也不是等墨西哥女皇，”她又加了一句，并且对杰斯泼莞尔一笑，因为他有着和母亲相同的坏习惯：他也喜欢夸大其词。

她对露丝说，当杰斯泼把口信捎下去的时候，如果她高兴的话，她可以代她挑选今晚要戴的首饰。有十五个人坐着准备吃饭，你就不能叫人老等着。他们这么晚还不回来，她开始生气了，因为他们实在太不懂事了。她除了为他们感到焦急以外，还生他们的气，因为他们偏偏要在今晚迟到。既然班克斯先生终于赏脸同意和他们共进晚餐，她就希望这顿晚餐特别成功；何况厨娘玛德蕾特又做了她的拿手好菜——都勃牛肉。[①]一切都取决于是否能及时上菜。那牛肉，肉桂叶[②]和酒——一切都必须煮得火候恰当，并且及时端上桌面，要推迟开饭是不可能的。他们偏偏要在今晚外出，迟迟不归，而菜非得端出去不可；不得不给他们把菜煨着；那都勃牛肉就全给糟蹋了。

杰斯泼给她选了一串乳白色的项链；露丝选了串金的。在她黑色的礼服衬托之下，哪一串更好看呢？究竟哪一串更美，拉姆齐夫人望着镜子里的脖子和肩膀(她避免看自己的脸)，心不在焉地说。两个孩子在她的首饰盒里翻来翻去，她望着窗外那幅经常使她觉得有趣的画面——那些白嘴鸦在空中飞翔，想要决定究竟在哪一棵树上栖息。每当它们快要降落之时，它们似乎一下子改变了主意，又重新飞向空中。她想，这是因为那头老白嘴鸦，那个当爸爸的，她给它取了个名儿叫约瑟夫，是一只三心二意、脾气怪癖的鸟儿。它是一只其貌不扬的老鸟，翅膀上的羽毛掉了一半。它就像她曾经看见过的那种头戴高帽、衣衫褴褛，在小酒店门口吹喇叭的老绅士。

“瞧！”她笑着说。它们确实是在争吵。约瑟夫和玛丽在争吵。总之，它们又起飞了，空气被它们乌黑的翅膀扇向两旁，并且

---

① 都勃牛肉，是法国菜，一种旁边有配菜的红焖牛肉。

② 西方人用肉桂叶作佐料，就像我们使用葱、姜作佐料一样。

撕裂成精致的、偃月形的碎片。那些翅膀抖动着向外，向外，向外飞去——她从来没法加以精确地描绘，来使自己中意——对她说来，这是一种最可爱的景象。你瞧那边，她对露丝说，希望她能比自己看得更清楚些。因为，你的孩子往往会把你自己的观察稍为往前推进一步。

但是，到底选哪一串？他们把她的首饰盒内所有的隔底盘儿都打开了。选那串意大利金项圈呢，还是詹姆斯叔叔给她从印度带来的乳白色项链？或者她应该戴那串紫石英的？

“挑吧，最亲爱的，挑吧，”她说，希望他们赶快挑。

不过她让他们有充分的时间来选择：她特别喜欢让露丝挑了这件又选那件，把她的珠宝放到她黑色的礼服前面来比试，因为她知道，这每晚例行的挑选首饰的小小仪式，是露丝所最喜欢的。露丝特别重视为她母亲挑选首饰，自有她隐秘的理由。究竟是什么理由，拉姆齐夫人也拿不准，她站着不动，一面让露丝把她选中的项链给她扣上搭钩，一面回顾她自己往昔的岁月，推测像露丝这般年龄的姑娘深深地埋藏在心里的、对于自己母亲难以言传的感情。正如一切个人自己感受到的感情一样，拉姆齐夫人觉得，它使人惆怅。你所能作出的报答，和这种感情相比，是多么不相称啊；露丝的感受，和她的实际情况相比，又多么不成比例啊。露丝会长大成人，如此深情的露丝，会遭受痛苦的，她想。她说她准备好了，他们要下楼了，她要杰斯泼挽着她的手臂，因为他是一位绅士，她要露丝给她拿着手帕，因为她是一位女士（她把手帕递给她）。还有什么呢？噢，对了，可能会冷的：带条围巾吧。给我挑一条围巾，她说，因为她知道露丝会感到高兴的，这注定要遭受痛苦的孩子。“瞧，”她站在楼梯口的窗前说，“那些鸟又在那儿了。”约瑟夫已经栖息在另一棵树梢上。“如果它们的翅膀被打断了，”她问杰斯泼，“你认为它们会痛苦吗？”为什么他要射死可怜的约瑟夫和玛丽呢？杰斯泼在楼梯上支支吾吾答不上来，他觉得受到了训斥，但是并不严厉；她不理解射鸟的乐趣；他们又感觉不到这种乐趣；作为母亲，她处于这个世界的另一部分；不过，他倒是挺喜欢听她讲约瑟夫和玛丽的故事。她使他笑了起来。她怎么知道它们是约瑟夫和玛丽呢？难道她以为每天晚上都是这几只鸟儿飞到这几棵树上来吗？他问道。说到这儿，她像所有的成年人一样，突然一点儿也不理睬他了。她在倾听餐厅里咭咭呱呱的谈笑声。

“他们回来了！”她惊呼道。她马上觉得，她对他们的不满情绪，比她解除了忧虑的感觉更加强烈。然后，她暗暗纳闷：雷莱究竟向敏泰求婚了吗？她要下楼去，他们就会告诉她的——但是，不。有这些人在座，他们什么也不会对她说的。因此，她得下楼去，先开始吃晚饭，然后耐心等待。于是，就像一位女王，发现她的臣民已集合在大厅里，她居高临下望着他们，来到他们中间，并且默然认可他们的赞颂，接受他们的顶礼膜拜（当她经过的时候，保罗连一丝肌肉也没动，只是出神地瞪着前方），她走下楼梯，穿越餐厅，微微颔首，好像她接受了他们无法表达的心意——他们对她美貌的赞叹。

但她停下了脚步。有一股焦味儿。是他们把都勃牛肉给煮糊了吗？她心里有点怀疑。天哪，可千万别煮糊了！那响亮的锣声，庄严地、权威地宣布：所有分散在各处的人们，在阁楼上，在寝室里，在他们各自休憩之处看书、写作、梳头、整装的人们，必须把这一切都搁下来，把那些零零碎碎的东西留在他们的盥洗台和梳妆台上，把小说放在床头柜上，把涉及隐私的日记也收起来，这些全得暂时撂下，大家集合到餐厅来进晚餐。

17

我虚度年华，有何收获？拉姆齐夫人想道。她在餐桌的首席就座，瞧着那些汤盘儿在桌上形成许多白色的圆圈。“威廉，坐在我旁边，”她说。“莉丽，”她没精打采地说，“坐在那儿。”他们有爱情的欢乐——保罗·雷莱和敏泰·多伊尔——而她，只有这个——一只无限长的桌子，还有盘碟和刀叉。在餐桌的另一端，她的丈夫坐下来瘫成一堆儿，紧皱着眉头。为什么生气？她不知道。她不在乎。她不能理解，她怎么会对这个人发生感情或者爱上他。她感觉到：一切都已经成为过去，一切都已经成了陈迹，她已超脱了这一切。当她给大家分汤的时候，那儿好像有一股热腾腾的涡沉——就在那儿——你可以卷进去，或者不卷进去，而她，是置身于这生活的漩涡之外的。一切都结束了，她想。这时他们陆续走进餐厅：查尔士·塔斯莱——“请坐在这儿，”她说——奥古斯都·卡迈克尔——他们都一一就座。同时，她被动地期待着，有谁来回答她的问题，有什么事情会发生。但这可不是一回事情，她把一盘盘汤递给大家时想道，人家说的不是一回事儿。

看到两者互相脱节，她扬起了眉毛——那是她所想的；这是她所做的——她把一盘盘汤递给大家——她越来越强烈地感觉到，她已置身于那漩涡之外；或者，像一层帘幕脱落了、褪色了，她终于看清了事实的真相。那房间(她环顾四周)非常简陋，毫无美感。她忍住了不去看塔斯莱先生。他们全都各归各坐着，互不攀谈。互相谈话、交流思想、创造气氛的全部努力，都有赖于她。她又一次感觉到(仅仅作为一种事实而毫无恶意)，男人们缺乏能力、需要帮助。因为，如果她不开口，谁也不会来打破僵局。因此，就像人家把一只停了的钟表轻轻摇晃一下，她使自己精神稍稍振作起来，原来那熟悉的脉搏又开始跳动了，就像钟表重新滴答地响——一、二、三，一、二、三。诸如此类、如此等等。她不断重复、留神倾听，保护促进这还很虚弱的脉搏，就像一个人手里拿着一张报纸守护着一个微弱的火苗。然后，她停住了，默然俯身面对着威廉·班克斯，她对自己说——多可怜的人！他没有妻子，没有儿女，除了今天晚上，他总是独自在宿舍进餐。在对他的同情怜悯之中，生活现在又有足够的力量来影响她了，她开始创造活跃的气氛，就像一个筋疲力尽的水手，看见那风又灌满了他的帆篷；然而他已经几乎不想重新启航了，他在想：如果船沉了，他就随着漩涡一圈一圈往水里转下去，最后在海底找到一片安息之所。

“看到您的信了吗？我叫他们给您放在门厅里的，”拉姆齐夫人对威廉·班克斯说。

莉丽·布里斯库望着她闯进了那片奇异的真空地带，要跟着她进入这荒无人烟的领域是不可能的，但她的大胆举动使旁观者感到寒心，他们至少会试图用目光追随着她，就像人们目送着一条正在消失的帆船，直到那些帆篷都沉没到地平线下。

她看上去多么苍老、多么疲乏，莉丽想道，而且多么淡漠疏远。后来她对威廉·班克斯嫣然一笑，好像那条沉船翻了过来，阳光又重新照耀着它的帆篷了，莉丽心中感到宽慰，她颇感兴趣地琢磨：她为什么怜悯他？因为，当她告诉他信放在门厅里时，她给人的印象就是；她怜悯他。她似乎在说：可怜的威廉·班克斯，好像她的疲劳有一部分是怜悯别人的结果，而她体内的生命力、她重新生活的决心，也是被她的恻隐之心所唤起的。而这是不符合事实的，莉丽想道，这是拉姆齐夫人的错误估计，这错误估计似乎是出于本能，出于她本人的某种需要，而不是别人的需要。其实他一点儿也不可怜。他有他的工作。她的那幅画顿时在她心目中浮现出来，她想，对，我要把那棵树移过去一点儿，就放在中间，那么我就不至于再留下那片讨厌的空白。我就该这么办。这就是一直令我困惑的难题。她拿起那只盐瓶，放到桌布的一个花卉图案上去，以便提醒自己移动那棵树。

“说来也怪，虽然你难得收到有价值的邮件，你还是总盼望着能收到几封信，”班克斯先生说。

他们在胡扯些什么废话，查尔士·塔斯莱想。他把汤匙端端正正放在他汤盘的中心，那盘汤早就被他一扫而光了，莉丽想(他坐在她对面，背朝着窗户，正在画面的中央)，好像他决心要弄弄清楚，他每餐吃了些什么东西。他的一切都有那种枯燥、刻板的味儿，一点也不讨人喜欢。然而，这仍旧是事实：只要你仔细对着别人瞧，你就几乎不可避免地会喜欢他们。她喜欢他的眼睛；它们是湛蓝的，深深陷入脸颊，令人望而生畏。

“塔斯莱先生，你常写信吗？”拉姆齐夫人问道。她也在怜悯他，莉丽猜想；因为拉姆齐夫人确实如此——她永远同情男人，好像他们缺少了什么东西——对于女人，她从来不是如此，好像她们都能独立自主。他就给他的母亲写信；除此以外，他想他一个月还写不了一封信，塔斯莱先生简洁地回答。

他可不去说那些人想叫他说的那种废话。他可不要那些愚蠢的女人对他屈尊俯就、格外施恩。他本来在他的房间里读书，现在他下了楼，这一切对他说来，似乎都很无聊、浅薄、庸俗。为什么他们都要穿得衣冠楚楚来入席？他就穿着普通的便服下楼。他可没什么礼服可穿。“你难得收到有价值的邮件”——这就是他们经常谈论的话题。是她们，使男子汉谈论这一类事情。是的，确实如此，他想。一年到头，她们从来也得不到什么有价值的东西。她们什么也不干，光是说、说、说，吃、吃、吃。这全是女人的过错。女人利用她们所有的“魅力”和愚蠢，把文明给搞得不成样子。

“明儿灯塔去不成啰，拉姆齐夫人，”他说；他仍旧坚持他自己的意见。他喜欢她，他倾慕她，他还记得那个在下水道里干活的工人如何抬起头来盯着她瞧；但是，他觉得有必要坚持他自己的意见。

尽管他的眼睛长得不错，莉丽·布里斯库想道，但是，瞧瞧他的鼻子，再看看他的手，他确实是她有生以来所看到过的最丑的人。那么，他说了些什么话，她又何必计较？女人不能写作，女人不能绘画——他说出这样的话来，又有什么要紧？显然，这话对他说来，也是言不由衷，不过是为了某种原因，这样说对他有利，所以他才这样说。为什么她整个身躯像风中的玉米秆儿一般低头弯腰，需要巨大的、相当痛苦的努力，才能从这种谦卑的状态中重新直起腰杆？她必须再来一遍。在桌布上有一条小树枝；我的画就在这儿；我必须把那棵树移到画面的中央；那才是要紧的事——其他一切全都无关紧要。她扪心自问：她是否能够牢牢地抓住此事，既不发火，也不争论？如果她想报复的话，她不是可以故意嘲笑他吗？

“噢，塔斯莱先生，”她说，“请您明儿一定要陪我到灯塔去。我可真是想去。”

他看得出来，她在撒谎。为了某种原因，她正在说些口是心非的话，来故意惹他生气。她正在嘲笑他。他穿着一条旧法兰绒裤。他没别的裤子可穿。他觉得十分苦恼、孤独、寂寞。他知道，她出于某种原因，故意要作弄他；她根本就不想和他一起到灯塔去；她瞧不起他；普鲁·拉姆齐也是如此；她们全都如此。但他可不能被女人当作傻瓜耍弄，因此，他坐在椅子里，故意回头向窗外一望，马上粗暴无礼地说，明儿天气不好，她要是去的话，肯定吃不消。她会晕船的。

拉姆齐夫人正在侧耳倾听，而莉丽竟然使他说出了那样的话，这使他很气恼。他想，要是他能够在房间里埋头读书，那就好啦。在那儿，他才觉得逍遥自在。他生平从来不欠别人一个子儿；打十五岁起，他就独自谋生，没花过他爹一文钱；他曾用他的储蓄来贴补家用；他负担着他妹妹的学费。但是，他还是希望刚才他应该懂得如何恰当地回答布里斯库小姐；他希望他的回答比较婉转得体，而不是那脱口而出的一句傻话：“你会晕船的。”他希望他能想出一些话来和拉姆齐夫人谈谈，向她表明，他可不是个枯燥乏味的冬烘学究。他们全都认为他是那样的人。他向拉姆齐夫人转过身去。但是，她正在和威廉·班克斯谈论一些他从来没听到过的人物。

“好，把盘子撤下去吧，”她中断了和班克斯先生的谈话，简短地吩咐女仆。“我上次见到她，一定是十五——不，二十年前，”她又回过头来对他说，好像他们之间的谈话，她片刻也不愿耽搁，因为她被谈话的内容深深地吸引住了。那么，今天晚上，他可是真的收到她的信啦！凯丽仍旧住在玛罗，一切都照旧没变吗？噢，一切都历历在目，就像是昨天发生的事情——当年我们一起在河上划船，觉得凉飕飕的。要是曼宁这一家子计划着要干什么事情，他们总是坚持不懈。她永远也忘不了，当时赫伯特用茶匙在堤岸上杀死了一只黄蜂！现在这一切仍在继续下去，拉姆齐夫人默然沉思，二十年前，她曾经极其冷漠地在泰晤士河畔那间客厅的桌椅之间像幽灵似地悄悄走过；现在，她又像幽灵一般在它们中间悄悄走过；这个念头使她入迷：她已经发生了变化，而那个特殊的日子，似乎现在已变得静止而美丽，这些年来仍旧原封不动地保存在她的记忆之中。凯丽亲笔给他写信了吗？她问道。

“是的。她来信说，他们正在建造一座新的弹子房，”他说。不！不！那简直不可想象！造一间弹子房！对她说来，这似乎是不可能的。

班克斯先生可看不出此事有什么奇怪之处。现在他们非常富裕。他要替她向凯丽问好吗？

“噢，”拉姆齐夫人蓦然一惊，“不，”她补充道。她心里想，她可不认识这位建造了新弹子房的凯丽。但是，多么奇怪啊，她重复道，他们还继续在那儿生活。（她这种态度，使班克斯先生觉得很有趣。)这可有点儿不同寻常：他们居然会继续生活了那么些年，而她却从未想念过他们。在这些年月里，她已饱经沧桑。也许凯丽·曼宁也从未想念过她。这个想法是奇怪而令人不快的。

“人生如浮萍，聚散本无常，”班克斯先生说；然而，他想到曼宁一家和拉姆齐一家双方他都认识，他毕竟没像浮萍一般和老朋友们分散，因而感到相当满意。他可没和老朋友们离散，他想，一面放下汤匙，用餐巾仔细地擦拭他剃尽胡须的嘴唇。但是，也许在这方面他是相当不寻常的，他想；他从来不允许自己陷入陈规旧习。在各种圈子里，他都有朋友……。谈到这儿，拉姆齐夫人不得不打断他，吩咐女仆注意菜肴的保温，它们端上来应该是热腾腾的。所有这些干扰使他觉得讨厌，因此他才喜欢独自用膳。但他保持彬彬有礼的态度，仅仅在桌布上伸开他左手的手指，就像一个机械师在工作的间隙检验一件擦亮待用的工具。好吧，他想，这就是友谊要求一个人作出的牺牲。如果他拒绝来共进晚餐，她会不高兴的。但是，对他说来，这可是个不值得的无谓牺牲。他端详着他的手，心想如果他独自用膳，现在大概快吃完了；他马上可以腾出身子来工作了。是的，他想，这种应酬简直是可怕地浪费时间。孩子们还在陆续走进餐厅。“我希望你们中间随便哪一个上楼到罗杰的房间去一趟，”拉姆齐夫人说。和另外那件事——工作——相比，这一切显得多么琐碎、多么腻味，他想。想到这儿，他坐着用手指像擂鼓一般不耐烦地弹着桌子，他本来可以——他的工作概况在头脑里一闪而过。真是多么浪费时间啊！然而，他想，她是我最老的朋友之一。我对她有着忠诚的友谊。可是现在，此时此刻，她的存在对于他毫无意义；她的美貌对他毫无意义；她和她的幼子坐在窗前——毫无意义，毫无意义。他只希望独自一个，可以拿起那本书来阅读。他感到很不自在；他觉得自己太无情义，竟然会坐在她身旁而对她无动于衷。事实上，这是因为他不喜欢家庭生活。正是在这种情境之中，你会自问：一个人为什么而生活。你会自问：一个人为什么要煞费苦心组织家庭，使人类的种族得以延续？这真是如此令人向往的吗？作为一个种族，我们是有吸引力的吗？并不十分吸引人，他想，这时他望了一眼那些颇不整洁的孩子们。他最喜欢的那个小孩，凯姆，已经上床了，他猜想。愚蠢的问题，无聊的问题；如果你在专心致志地工作，你就不会提出这样的问题。人生是这样的吗？人生是那样的吗？你从来没时间去思考这些问题。但是，刚才他在这儿向自己提出了这种问题。这是因为拉姆齐夫人刚才正在吩咐仆人，也因为拉姆齐夫人听说凯丽·曼宁还活着感到多么惊讶，这使他想起友谊，即使是最美好的友谊，也是多么脆弱。朋友们漂泊离散、互相疏远。他再一次责备自己。他正坐在拉姆齐夫人身旁，却没一句话要和她说。

“非常抱歉，”拉姆齐夫人终于回过头来对他说。他感到生硬而枯燥，就像一双湿透之后又风干了的皮靴，很难把脚伸进去。但是，他还得硬着头皮把脚塞进去。他非得敷衍几句不可。除非他说话非常小心，否则她会发现他无情无义，对她毫不关心，而那决不是令人愉快的，他想。因此，他向她侧过身去，彬彬有礼地俯首倾听。

“您在这嘈杂的场所进餐，一定觉得很讨厌吧，”拉姆齐夫人用法语说。当她感到心烦意乱之时，她就利用她的社交风度。就像在会议上发生争执之时，主席为了达到团结一致的目的，就建议大家都说法语。可能这是蹩脚的法语，说得词不达意，尽管如此，只要大家都说法语，就会产生某种秩序和一致。班克斯先生也用法语回答：“不，一点儿也不。”塔斯莱先生对法语一窍不通，即使他们说的只是几个单音节的词儿他也听不懂，但他马上猜到他们并不真诚，不过是互相敷衍而已。拉姆齐这一家人尽说些废话，他想；他很高兴抓住这个新鲜的事例大做文章，他要把它记录下来，将来有一天，他要在几位朋友面前大声朗读。在那儿，在一个大家直言无忌的小圈子里，他要把“和拉姆齐一家待在一起的日子”还有他们所说的废话，讽刺挖苦地描述一番。他将要说：这种生活值得一试；但是下不为例。他将要说：那些女人简直把人给烦死了。当然，拉姆齐先生娶了一位漂亮的夫人，生了八个孩子，看上去有个美满家庭。但是，此时此刻，他闷坐在一个空着的座位旁边，一切都化为乌有，那美满家庭的幻形也四分五裂了。塔斯莱觉得心里很不舒畅，甚至在肉体上也是如此。他希望有人能给他个机会，让他表现自己。他的欲望是如此迫切，使他在椅子里坐不安稳；他瞧瞧这个，又望望那个，想要插嘴参加他们的谈话，但他刚开口想要说话，又马上闭上了嘴。他们正在讨论渔业问题。他们为什么不来咨询他的意见？他们又懂得什么渔业？

莉丽·布里斯库对塔斯莱的心情了如指掌。坐在他的对面，难道她还看不出他那种难以抑制的冲动？就像在一张X光照片上，透过血肉之躯的迷雾，看清了埋藏在深处的肋骨和腿骨，她看到了那个年轻人想要表现自己的渴望——那层薄薄的迷雾，就是掩盖在他想要插嘴说话的狂热渴望之上的传统习俗。但是，她那中国式的小眼珠儿往上一转，想起了他如何讥笑妇女“不能绘画，不能写作”，她就想：我为什么要帮助他从压抑的痛苦中解脱出来呢？

她知道有这么一套行为的准则，（也许是）它的第七条说，遇到这种情况，一位妇女，不论她的职业地位如何，她有义务去帮助对面那位青年男子，使他能够显示出那像肋骨和腿骨一般深藏不露的虚荣心，满足他要求表现自己的迫切欲望；她用老处女公平合理的态度来考虑问题，觉得这好比他们男性的确有责任来帮助我们女性，假如地下铁道爆炸起火的话，那末，她想，我肯定会盼望塔斯莱先生来救我出去。但是，她想，如果我们双方都不愿助对方一臂之力，又会出现怎样的局面？因此，她坐在那儿默然微笑。

“你明儿不打算到灯塔去吧，莉丽，”拉姆齐夫人说。“你还记得可怜的林格莱先生吧，他曾周游世界十多次，但他告诉我，他从未像我丈夫带他到灯塔去那一次那么难受过。那次他晕船可厉害啦。塔斯莱先生，你是个不怕晕船的好水手吗？”她问道。

塔斯莱先生抡起了大锤，把它高高举起在空中；但是，当锤子落下来时，他心里明白，不能用那样的家伙去拍那只蝴蝶，于是他只说了一句话：他从来不晕船。但是，在这一句话中，充满了火药一般的爆炸力，它说明了他的祖父是个打鱼的；他的父亲是个药剂师；他全靠自力更生，奋斗成功；他为此感到骄傲；他是查尔士·塔斯莱——似乎在座诸公谁也没有意识到这个事实；但有朝一日，它会家喻户晓的。他皱眉蹙额，面有愠色。他几乎要可怜那些温和的、有教养的人物，有朝一日，他们会像一捆捆的羊毛和一桶桶的苹果那样，被他体内的炸药炸毁，飞到半空中去。

“您愿意陪我一块儿去吗，塔斯莱先生？”莉丽匆忙而和气地问道。因为，如果拉姆齐夫人对她说，实际上她也确实这么说：“亲爱的，我要葬身火海啦。除非你给眼前的痛苦浇上一些止痛的香膏，对那小伙子说上几句好话，人生的航船就要触礁了——真的，现在我就听见那咬牙切齿和痛苦呻吟的声音。我的神经就像小提琴的弦线一样紧紧地绷着，只要再碰一下，它们就要断裂啦，”当拉姆齐夫人说出这些话(她的目光向她表达了这些话语)，莉丽·布里斯库当然就不得不又一次放弃那个实验——她本来想试试，对那个小伙子不客气会产生什么后果——而对他以礼相待了。

他正确无误地判断出她心情的转变——现在她对他很友好——他就从他那种妄自尊大的心理状态中解脱了出来。他告诉她，在婴儿时期，他如何被人从船上抛到水中，他父亲如何用一根带钩的船篙把他钩了上来，这样他就学会了游泳。他有一位叔叔在苏格兰海岸的一处礁石上管理灯塔，他说。他曾经和这位叔叔一块儿遇到过暴风雨的袭击。正是在大家谈话间歇之时，他大声地说出了这番话。当他说到他和叔叔在灯塔里遇到暴风雨的时候，他们都不得不侧耳倾听。谈话的气氛就这样顺利地转变了，莉丽感觉到拉姆齐夫人向她射来感激的目光（因为拉姆齐夫人现在可以放心地自己去和别人谈一会儿了）。啊，她想，为了博得您的感激和赞许，我还有什么代价没有付出呢？但是，她刚才可不是真诚的。

她刚才玩了那司空见惯的把戏——客客气气地敷衍别人。她永远不会理解他。他也永远不会理解她。人与人之间的关系都是如此，她想，尤其是男女之间（也许班克斯先生是例外）隔阂最深。毫无疑问，这些关系是极端虚伪的，她想。后来她一眼看见那只盐瓶，是她把它放在那儿以便提醒自己，使她想起第二天早晨她将要把那棵树向画面的中央移动，想到翌晨绘画之乐，她的兴致就高起来了，她对塔斯莱先生所说的话高声大笑。如果他高兴的话，就让他讲一整夜也不妨。

“他们要那些守望者在灯塔上逗留多久？”她问道。他回答了她。他的知识惊人地渊博。他对她十分感激，他喜欢和她谈话，他开始有点怡然自得了。既然如此，拉姆齐夫人想，现在她可以重新返回那片梦境，那个虚幻而迷人的地方——二十年前在玛罗的曼宁家的客厅——在那儿，你悠悠晃晃、无忧无虑地走动，因为你不必为将来担忧。她知道他们的遭遇如何，她也知道她本人的经历又是怎样。这就像重读一本好书，她已经知道这个故事的结局如何，因为这都是发生在二十年前的事情；而生命之流，甚至就从这张餐桌上像小瀑布一般倾泻不息，在不知何处，它的源头密封着，像湖水一般静止地储存在它的堤岸之间。他说他们造了个弹子房——这可能吗？威廉愿意继续谈谈曼宁一家的近况吗？她很想要他谈谈。但是，不——为了某种原因，他没有心情再谈下去了。她试着引他开口。他毫无反应。她不能勉强他。她失望了。

“那些孩子们可真丢人，”她叹了口气说道。他却说，遵守时间这种次要的美德，是要到年龄较大一些才能获得的。

“要是果真如此，那就还算不错，”拉姆齐夫人只是在尽力找些话说，免得冷场，同时她想，威廉怎么变得像老处女一般拘谨啦。他意识到自己无情无义，意识到她希望谈一些更为亲切的话题，但他目前没有心情来奉陪，他觉得生活很不如意，他局促不安地坐在那儿，等待着什么。也许其他人在谈一些有趣的事情？他们在谈些什么？

他们正在说，今年鱼汛不旺；渔民们正在往别处迁移。他们正在谈论工资和失业。那个小伙子在痛骂政府。威廉·班克斯心里想：既然谈论私人生活使人局促不安，抓住一个这类话题，听他们讲讲“目前政府最臭名远扬的法令之一”，倒也不失为一种解脱。

莉丽在听，拉姆齐夫人也在听，大家都在倾听，但都已经听腻了。莉丽觉得好像缺了点什么；班克斯先生也有同感。拉姆齐夫人把围巾往身上一披，她也觉得若有所失。他们大家一面侧耳倾听，一面却在心里想："求求老天爷，可别让我内心的真实思想暴露出来。"他们人人都在思忖："别人谈到政府关于渔民的法令，都感到怒不可遏、义愤填膺，而我却无动于衷。"班克斯先生瞅着塔斯莱先生，他想，也许这就是那个人物。人们总是在期待着这样的人物出现。机会总是有的。在任何时候，这种领袖人物总会脱颖而出；那种天才人物，在政治和其他方面都有一手。也许，他将和我们这些保守的老古董极其难以相处，班克斯先生想道。他在思考之时尽可能留有余地，因为，他通过某种奇特的官能感觉到，正如通过他脊椎中的神经感觉到，那小伙子心怀妒忌、愤世嫉俗，一半是为了他自己，也许更有可能一半是为了他的工作、他的观点、他的科学；因此，他的言论既非完全开诚布公，亦非全部合理，因为，塔斯莱先生似乎在说：你们是在浪费你们的生命。你们全都错了。可怜的老古董们，你们是不可救药地落伍于时代之后了。这小伙子似乎相当自信；他的态度多么傲慢。但是，班克斯先生要求自己冷静观察：他有勇气；他有能力；他列举的事实极其正确。在塔斯莱痛骂政府之时，班克斯先生想，也许他所说的话很有道理。

"现在请你告诉我……"他说。于是，他们俩就对政治问题争论不休。莉丽瞧着桌布图案上的叶瓣儿出神；拉姆齐夫人让那两个男子汉去争论，心里很奇怪，为什么她对这种高谈阔论如此厌烦。她望着坐在餐桌另一端的丈夫，希望他也开口说上几句。只要一个词儿就行了，她对自己说。因为，只要他说一句话，局面就会大不相同。他的言论总是击中要害。他对渔民和他们的收入一向很关心，想起这些问题，他甚至会难以入眠。他一开口，情况就会完全不同了。也许别人没感觉到，求求老天爷，别让人看出我是多么无动于衷，因为人家确实关心那些问题。后来她意识到，因为她崇拜他，她才盼望他发表意见。她觉得似乎一直有人在她面前赞扬她的丈夫和她的婚姻，她不禁激动得容光焕发，完全没意识到，赞扬她丈夫的人就是她自己。她向他望去，总以为她会发现他的容貌看上去气宇轩昂……。但完全不是那么回事儿！他正在撇着嘴巴、蹙额皱眉、红着脸儿发火。天晓得，这是怎么啦？她疑惑不解。到底是怎么回事儿？只是为了那可怜的老头儿奥古斯都先生要添盘汤——如此而已。这简直不可想象，这太讨厌了（他在餐桌的另一端用目光向她示意），那个奥古斯都，又要重新开始喝汤了。他最讨厌在他自己吃完之后，看到别人还在吃东西。她看见他的怒火像一群猎犬，猛冲到他的眸子里、他的眉梢上，她知道，马上就会有什么可怕的事情爆发出来，到了那时——求上帝开恩吧！她看见他捏紧拳头控制住自己，就像刹车挡住了车轮，他的全身似乎在迸射出火花，但他一声也没吭。他板着脸坐在那儿。他什么也没说，他要求她仔细观察。让她为了这个而赞扬他吧！但是，究竟为什么可怜的奥古斯都不能再添一盘汤呢？他不过碰了一下爱伦的手臂，说了声："爱伦，请你给我再来盘汤。"于是拉姆齐先生就这样板起了面孔。

为什么他不能添盘汤，拉姆齐夫人问道。当然他们可以让他再来一盘，要是他需要的话。他最恨人家大吃大喝，拉姆齐先生皱着眉头向她暗示，他痛恨这样拖拖拉拉没完没了。但是他把自己克制住了，拉姆齐先生要求她注意到这一点，虽然他那副模样很不雅观。但是，为什么要这样明白地把自己的厌恶心情显示出来呢？拉姆齐夫人要求他作出解释。（他们俩隔着长桌望着对方，用眼色来传递这些问题和答复，对方的感觉如何，都能精确地领会。）人人都看得出他在生气，拉姆齐夫人想道。露丝盯着她的父亲瞧；罗杰也在瞅着他；她知道，再过一秒钟，他们姐弟俩就会忍不住狂笑一阵，于是她果断地吩咐他们（真是非常及时）：

"把蜡烛点起来。"他们一跃而起，在碗橱里寻找摸索。

为什么他从来不能隐藏自己的感情？拉姆齐夫人不能理解。她不知道奥古斯都·卡迈克尔是否注意到他的反应。也许他注意到了；也许他没注意到。看到他泰然自若地坐在那儿喝汤，她不禁肃然起敬。如果他要喝汤，他就再要一盘，不管别人讥笑他或生他的气，他全都不在乎。他并不喜欢她，她知道这一点。但是，在某种程度上，正是为了这个原因，她才尊敬他。她瞧着他喝汤，他身材魁梧、举止安详，在逐渐昏暗的暮色中巍然沉思。她不知道他现在感觉如何，也不知道他为什么总是心满意足、神色端庄；她又想，他对安德鲁多么热诚，他会把那孩子叫到他的房间里去，“给他看各种各样东西。”他又常常整天睡在草坪上，好像在推敲他的诗句，他的模样使人想起一只守候着小鸟的猫儿，当他找到了适当的字眼，他就啪的一声合拢他的双掌，于是她的丈夫说道：“可怜的奥古斯都——他是个真正的诗人。”这是出自她丈夫之口的高度赞扬。

现在八支蜡烛放到了餐桌上，起初烛光弯曲摇曳了一下，后来就放射出挺直明亮的光辉，照亮了整个餐桌和桌子中央一盘浅黄淡紫的水果。那孩子把果盘装点得多美，拉姆齐夫人在心中惊叹。因为露丝把葡萄、梨子、香蕉和带有粉红色线条的贝壳状角质果盘装潢得如此美观，令人想起从海神涅普杜恩的海底宴会桌上取来的金杯，想起(在某一幅图画里)酒神巴克思[①]肩上一束连枝带叶的葡萄，它和诸神身上披的豹皮、手中拿的火把放射出来的鲜红、金黄的火光交相辉映，……。这样突然地映照在烛光之中，那只果盘似乎有着巨大的体积和深度，就像是一个世界，她想，你可以在其中遨游，拿着你的手杖爬上山峰，走下谷底。她很高兴地(因为它使大家在顷刻之间有了共同的感受)发现，奥古斯都的目光也在玩味

---

① 涅普杜恩或译作尼普顿，罗马神话中的海神，即希腊神话中的波塞冬。巴克思是罗马神话中的酒神，即希腊神话中的狄俄尼索斯。

那盘水果，他的目光深深地侵入那只果盘，在那儿打开一蓬花球，在这儿撷取一束花穗，玩味领略一番之后，又返回他的眼窝。那就是他瞧东西的方法，和她的方式大不相同。但是，共同注视一个物体，使他们感到团结一致。

现在，所有的蜡烛都点燃起来，餐桌两边的脸庞显得距离更近了，组成了围绕着餐桌的一个集体，而刚才在暮色之中，却不曾有过这种感觉。因为，夜色被窗上的玻璃片隔绝了，透过窗上的玻璃，无法看清外面世界的确切景象，有一片涟漪，奇妙地把内外两边分隔开来：在屋里，似乎井然有序，土地干爽；在室外，映射出一片水汪汪的景象，事物在其中波动、消失。

他们的心情马上发生了某种变化，好像真的发生了这种情况：他们正在一个岛上的洞穴里结成一个整体，去共同对抗外面那个湿漉漉的世界。拉姆齐夫人刚才一直在心绪不安地等待保罗和敏泰进来，觉得无法定下心来处理各种事情，现在感到她的心情已经由不安转为盼望。因为，现在他们总该进来了吧。而莉丽·布里斯库想要分析一下大家突然精神振奋的原因，把它和刚才网球场上的瞬间相比较：当时，坚实的形体突然消融，彼此之间的空隙是如此宽阔；现在，许多蜡烛在这家具简陋、没有窗帘的房间里照耀，人们的容貌在烛光之中看上去好像是些光亮的面具，产生的效果却和刚才相同。压在他们心上的某种重荷被移去了；她觉得任何事情都有可能发生。现在他们该进来了，拉姆齐夫人想。她向门口望去，敏泰·多伊尔、保罗·雷莱和一个捧着大砂锅的女仆一起走了进来。他们来得太晚了，实在太晚了，敏泰抱歉道。同时，他们俩分别走向餐桌两端各自的座位。

“我把我的别针——我祖母的别针给丢了，”敏泰说。她的声音有点悲伤，她那双棕色的大眼睛有些发红，当她在拉姆齐先生旁边就座时，她的目光一会儿低垂、一会儿仰望，不敢正视别人的眼睛，这引起了拉姆齐先生的怜爱之心，于是他摆出骑士风度来和她逗趣。

她怎么会这样傻，他问道，竟然会佩戴着珠宝去攀登那些岩礁？

她装作害怕他的样子——他是如此惊人地渊博，头一天晚上，她坐在他身旁，他就和她谈论乔治·艾略特，当时她真是十分惶恐，因为她把《米德尔马奇》[1]第三卷遗忘在火车上了，不知道这部小说的结尾如何；但从此以后，她和他相处得很融洽，她使自己显得比实际的更加幼稚无知，因为他喜欢把她叫作小傻瓜。因此，今晚他直截了当地嘲笑她，她也不怕。此外，她知道，她一走进房间，那个奇迹就发生了：她被一层金色的云雾笼罩着。有时候她具有这种魔力，有时候却没有。她从来也不清楚，它为什么会到来，又为什么会离去，也不知道她当时是否具有这种魔力，直到她走进

---

① 《米德尔马奇》是19世纪英国小说家乔治·艾略特的著名长篇小说。

房间，看到男人们瞅着她的神态，才能立刻作出判断。对，今晚她具有惊人的魔力；拉姆齐先生叫她别当傻瓜时那副神态，使她意识到这一点。她坐在他的身旁微笑。

那件事情肯定已经发生了，拉姆齐夫人想，他们俩必定已经私订终身。在一刹那间，她出乎意料地重新感到有点儿——嫉妒。因为他，她的丈夫，也感觉到了——今晚敏泰容光焕发；他喜欢那些少女，那些闪耀着青春的光辉、脸上带着红晕的少女，她们神采飞扬，有点儿飘飘然，有点儿任性和轻浮，她们不会“把她们的头发剃净”，不会像他所说的可怜的莉丽那样“……缺乏生气”。她们具有某种她本人所没有的品质：那种灿烂夺目的光彩，那种醇厚芬芳的神韵，这吸引着他，使他精神欢畅，使他特别宠爱像敏泰那样的姑娘。她们可以为他剪头发，给他编织表链，或者在他工作之际打扰他，大声呼喊他(她听到她们的呼声)：“来呀，拉姆齐先生，现在该轮到咱们来打败他们啦。”而他就马上丢下手中的工作，跑出去打网球。

但是，实际上她并不嫉妒，只是偶尔在对镜整容之时，看到自己两鬓花白，稍为有点悔恨而已。她已显得衰老，也许这是她自己的过错(这是她为暖房修理费用以及其他家务琐事操心的结果)。她很感谢那些姑娘和她的丈夫开开玩笑(“拉姆齐先生，您今天抽了多少烟啊？”等等)，她们使他恢复了青春，看上去像个对妇女颇有吸引力的青年。他不复是压在繁重的劳动、尘世的忧伤、个人的成败得失这些精神负担的重荷之下的学者，而是像他们初次会见时那样，成了一个瘦削英俊的青年，她还记得当年他用一种讨人喜欢的风度，搀扶她跨出游艇(她瞅了他一眼，他看上去惊人地年轻，正在和敏泰开着玩笑)。至于她自己——“就把它放在这儿吧，”她一边说，一边帮助那瑞士姑娘把盛着牛肉的棕色砂锅放在自己面前——她喜欢淳朴的少年。保罗必须坐在她的身边。她为他保留了一席之地。真的，有时候她想，她最喜欢那些头脑单纯的少年。他们不会拿什么学位论文来叫你腻烦。归根结蒂，那些聪明的学者们错过了多少有意义的事情啊！说真的，他们变得多么枯燥乏味！当保罗就座之时，她觉得他有某种十分可爱的魅力。他彬彬有礼的风度，挺直的鼻梁，神采奕奕的蓝眼睛，都很讨她的喜欢。他是多么温柔体贴。他是否能告诉她——既然现在大家又在聊天——究竟发生了什么事情?

“咱们又回去找敏泰的别针，”他一边说一边在她身旁坐下。“咱们”——那就够了。她注意到他嗓音的变化和难以启口的样子，就明白他是第一遭使用“咱们”这个词儿。“咱们干了这个；咱们干了那个。”他们将一辈子使用这种口吻来说话，她想。玛莎有几分夸耀地揭开了盖子，那个棕包的砂锅里喷发出橄榄油和肉汁的浓郁香味。那厨娘为了准备这道菜，足足花了三天时间。拉姆齐夫人把刀叉深深地插到酥软的牛肉里，她一定要精心挑选一块最嫩的给威廉·班克斯。她凝视着油光闪亮的锅壁和锅里棕黄色的香味扑鼻的肉片、肉桂树叶和美酒。她想，这道佳肴可以用来庆贺那桩喜事——一种欢庆节日的难以捉摸而又柔情脉脉的感觉涌上了心头，好像在她的内心唤起了两种感情；其中有一种感情是深刻的——因为，还有什么比男子对于妇女的爱情更加严肃、威力无边、感人至深的呢？就在它的怀里，孕育着死亡的种子。同时，这些情人，这些眼里射出兴奋的光芒、进入如醉如痴的梦境的人儿，他们必须戴上花冠，让人家嘲弄地围着他们跳舞。

“这是大大的成功，”班克斯先生暂时放下手中的刀叉说道。他细细地品尝了一番。它美味可口、酥嫩无比，烹调得十全十美。她怎么能够在这穷乡僻壤搞出这样的佳肴？他问她。她是位了不起的女人。他对她的全部爱慕敬仰之情，又重新恢复了。她意识到这一点。

“这是按照祖母的法国菜谱做的，”拉姆齐夫人不胜喜悦地说。这当然是法国菜。所谓英国的烹饪法，简直是糟透了(他们大家都表示同意)。那就是把白菜放在水里煮。那就是把肉片烤得像牛皮。那就是把美味的菜皮全削掉。“菜皮，”班克斯先生说，“是蔬菜中营养最丰富的部分。”拉姆齐夫人说，这简直是暴殄天物。一个英国厨师所抛弃的东西，足以养活一家法国人。她知道威廉现在已恢复了对她的仰慕之情，现在一切都顺顺当当，她刚才的忧虑已经消除，她又可以自由自在地享受胜利的喜悦，嘲笑命运的无能，在这种感觉的鼓舞之下，她又指手划脚、谈笑风生了。莉丽想，她是多么幼稚、多么可笑：她坐在那儿，蕴藏在她体内的所有的美，又像花朵一般开放了，而她却在谈论什么菜皮。她具有某种惊人的气质。她是所向披靡、不可抗拒的。莉丽觉得，拉姆齐夫人最后总是能够随心所欲。现在她已经圆满成功了——保罗和敏泰大概已经订婚；班克斯先生正在这儿用膳。她对他们施展一种魔力，只要她心中盼望，最后总能如愿以偿。情况就是如此简单，如此直截了当。（她容光焕发——看上去并不年轻，但是光芒四射。）莉丽把拉姆齐夫人丰富的感染力和自己的精神贫乏进行对比。她猜想，一部分是由于对她这种奇异的、可怕的力量的信赖，使保罗·雷莱坐在她身旁激动颤抖、茫然沉思、默然无语。莉丽觉得，当拉姆齐夫人在谈论菜皮之时，她正在提高这种力量，崇拜这种力量；她伸出手来发挥它，保护它，使他们感到温暖，然而，当她把这一切都完成了，不知道为什么，她笑了，莉丽觉得，好像她把她的牺牲品领上了祭坛。现在，这种魔力，这种爱的感情和激动，也向她袭来，征服了她。她感到自己在保罗身旁显得多么微不足道！他，光彩照人，热情洋溢；她，冷漠无情，挖苦嘲讽；他，启程去冒险；她，停泊在岸边；他，如箭离弦，勇往直前；她，茕茕孑立，被人遗忘——她打算分担他的灾难，如果这是一场灾难的话。她怯生生地说：

“敏泰的别针是什么时候丢失的？”

他的脸上浮现出一丝微妙的笑容，它笼罩着回忆的面纱，点染着梦幻的色彩。他摇摇头。“在海滩上，”他说。

“我要去找的，”他说，“明天一早就起床去找。”这是对敏泰保密的，因此他说话时压低了嗓音，并且把目光转向她坐的地方。她正在拉姆齐先生身旁谈笑。

莉丽想要强烈地、坚决地表示，她渴望帮助他；她想象她自己如何在黎明时分来到沙滩上，而正是她找到了隐藏在一块石头后面的别针，这样，她就跻身于那些水手和探险者的行列之中了。但是，对于她的毛遂自荐，他如何答复呢？她确实带着难得显示的热情说：“让我和你一起去找。”他却笑而不答。他的意思是同意还是不同意？——也许是不置可否。然而，他的意思还不是这个——他发出一阵奇特的笑声，似乎在说：如果你高兴从悬崖上跳下去，我也不管。他当着她的面，公然显示出爱情的热烈、可怕、冷酷、无情。它像火一般灼伤了她。莉丽瞧着敏泰在餐桌的另一端和拉姆齐先生撒娇，她想到敏泰已暴露在冷酷的爱情的毒牙之下，感到不寒而栗；然而，她又有一种感激之情，无论如何，她对自己说，(她一眼看到放在桌布图案上的那只盐瓶)她不必结婚，多谢老天爷，她不必去遭受那种有失身分的灾难。她要把那棵树移到更中间一点。

情况就是如此复杂。她的遭遇，特别是她待在拉姆齐家中的遭遇，使她同时感觉到两种相反的因素在剧烈地斗争：一方面，是你的感觉；另一方面，是我的感觉；然后这两方面就在她的心里搏一，就像现在这样。这爱情是如此美丽，如此令人兴奋，使我在它的边缘颤抖，并且违反自己的习惯，主动提出到沙滩上去寻找别针；同时，这爱情又是一种人类最愚蠢、最野蛮的热情，它把这样一个侧影像宝玉一般俊美的好青年(保罗的侧影十分优美)，变成一个手执铁棍的暴徒(他真是傲慢无礼)。然而，她想，自古以来，人们就歌颂爱情，向它奉献无数的花环和玫瑰，如果你询问十个人，其中有九个会回答，他们什么也不要，就要这个——爱情；另一方面，从她个人的经验来看，妇女们一直感觉到，这并不是我们所要求的东西，没有比它更单调乏味、幼稚无聊、不近人情的了；然而，它又是美好的、必要的。那末，究竟如何？究竟如何呢？她问道。不知道为什么，她盼望其他人把这个问题继续讨论下去，似乎在这样一场辩论中，一个人射出的弩箭，是远远达不到目标的，必须留待别人来继续努力。因此，她回过头来聆听别人的谈论，或许他们能够使这个爱情的问题稍为明朗化。

“还有，”班克斯先生说，“英国人称之为咖啡的那种液体。”

“噢，咖啡！”拉姆齐夫人说。但更成问题的是真正的黄油和干净的牛奶。(莉丽可以看出，拉姆齐夫人开始兴奋了，她正在用非常强烈的语气说话。)她激动地、滔滔不绝地描述英国乳酪业的弊病，告诉大家，牛奶送到门口已脏成什么样子，而且她准备拿出事实来证明她的指责，因为她已经调查过这个问题。这时，围绕着整个餐桌，打中间的安德鲁开头，就像野火燃着了一簇又一簇金雀花，她的孩子们都乐开了；她的丈夫也忍俊不禁；她被那嘲笑的火焰包围住了，被迫偃旗息鼓、卸下大炮，而她唯一的回击，是把同桌者对她的嘲笑和奚落作为一个例子，来向班克斯先生证明：如果你胆敢向英国公众的偏见进攻，你将会遭到什么下场。

莉丽刚才曾经帮助她照应塔斯莱先生，在拉姆齐夫人的印象中，她有点落落寡合，因此，她有意识地对她另眼相看；她说道："无论如何，莉丽会同意我的意见的，"这样，她就把莉丽也卷进了争论，这使她有点儿不安，有点儿吃惊(因为她正在思考那个爱情的问题)。拉姆齐夫人觉得，莉丽和查尔士·塔斯莱都有点落落寡合、郁郁不欢。他们俩都被另外那两个人夺目的光彩所掩盖了。他显然感觉到自己完全被人冷落了；只要保罗·雷莱在这个房间里，就没有一个女人会瞧上他一眼。可怜的人儿！尽管如此，他还有他的学位论文(论某人对某事的影响)；他能够自力更生。莉丽的情况就不同了。光彩照人的敏泰使她相形之下黯然失色，更加显得其貌不扬；她那灰色短小的衣裙、布满皱纹的小脸和中国式的小眼睛，更加不引人注目。她的一切都显得如此渺小。然而，当拉姆齐夫人向莉丽求援之时(莉丽应该支持她，证明她谈论乳酪场还没她丈夫谈论皮靴那么唠叨——他说起皮靴，就可以讲上个把钟头)，她把莉丽和敏泰相比较，认为到了四十岁，还是莉丽更胜一筹。在莉丽身上，贯穿着某种因素，闪耀着一星火花，这是某种属于她个人的独特品质，拉姆齐夫人对此十分欣赏，但是，她恐怕男人不会赏识。男人显然不能赏识，除非他是一位像威廉·班克斯那样的高龄长者。但是，威廉所关心的，嗯，拉姆齐夫人有时想道，自从他的妻子死后，也许他对她相当关心。当然他不是在“恋爱”；这只是形形色色无法加以分门别类的感情之一。噢，别胡思乱想了；威廉应该和莉丽结婚。他们有这么多共同之处。莉丽多么喜爱花卉。他们都有一种冷淡、超脱、无求于人的处世态度。她一定要设法让他们在一起散步谈心。

她真傻，怎么让他们俩相对而坐。这个失误明天就能加以补救。如果明儿天晴，他们应当去野餐。似乎一切都有可能发生。似乎一切都可以安排妥当。刚才(但是这种情况不能持久，她想，当他们都在大谈其皮靴之时，她的思绪却游离开去)，刚才她达到了安全的境界，有把握地左右着局势；她像一只兀鹰一般在上空翱翔盘旋，像一面旗帜那样在喜悦的气氛中迎风飘扬，她身上的每一根神经都甜蜜地、悄悄地、庄严地充满着喜悦，她瞧着他们全都在吃喝，她想，她的喜悦就是来自她的丈夫、子女和宾客；这喜悦全是从这深沉的寂静之中产生出来的(她把一小片牛肉递给班克斯先生，并且向砂锅深处窥望)，似乎没有什么别的特殊原因，现在，这喜悦的气氛就像烟雾一般逗留在这儿，像一股袅袅上升的水汽，把他们安全地凝聚在一起。什么话也不必说；什么话也不能说。它就在他们的周围缭绕萦回。(她仔细地帮班克斯先生挑了一块特别酥嫩的牛肉。)她觉得它带有永恒的意味；正如今天下午她曾感到过的某种东西；在一些事物之中，有某种前后一贯的稳定性；她的意思是指某种不会改变的东西，它面对着(她瞅了一眼玻璃窗上反光的涟漪)那流动的、飞逝的、光怪陆离的世界，像红宝石一般闪闪发光；因此，今晚她又感到白天经历过的那种平静和安息。她想，那种永恒持久的东西，就是由这种宁静的瞬间构成的。

她向威廉·班克斯保证："对，还有不少牛肉，人人都可以添一份。"

"安德鲁，"她说，"把你的盘子放低些，不然的话我要把肉汁溅出来了。"(都勃牛肉取得了美满的成功。)她把手中的勺子放了下来。这儿，她觉得，是接近事物核心的静止的空间，她可以在这里活动或休息；现在她可以等待(他们的盘里都已添过牛肉)、倾听；然后，她可以像一头兀鹰突然凌空而下，洋洋得意地翱翔盘旋，轻松地发出一阵笑声，把她的全部分量落在餐桌的另一端，她的丈夫正在那儿说什么一千二百五十三的平方根。这个数字好像就是他手表上的号码。

这是什么意思？她至今毫无概念。平方根？那是什么玩意儿？反正她的儿子们知道。她侧转身躯，倾听他们正在谈论的事情：平方根和立方根；伏尔泰和斯达尔夫人[1]；拿破仑的个性；法国的土

① 斯达尔夫人(1766—1817)，法国女作家。

地租借政策；罗斯伯雷爵士[1]；克里维的回忆录[2]。让这令人羡慕的男性的智慧所编织出来的东西衬托住、支撑住她的身躯，这男性的智慧就像织布机上的铁桁一般，上下摆动、左右穿梭，织出了晃动不已的布匹，托起了整个世界，因此，她可以完全放心地把自己交托给它，甚至可以闭上眼睛，或者让她的目光闪烁片刻，就像一个孩子从枕头上仰望树上的层层叶片，对它们眨眨眼睛。然后她从幻梦中醒来。那匹布还在织布机上继续编织。威廉·班克斯正在称赞司各特的威佛利小说[3]。

威廉·班克斯说，每隔半年，他总要读一本威佛利小说。为什么那会使查尔士·塔斯莱生气呢？他迫不及待地插嘴（拉姆齐夫人认为，这都是由于普鲁不愿意待他好一点的缘故），并且抨击威佛利小说，实际上他却对此一无所知，无论如何，他一点儿也不懂得这个问题，拉姆齐夫人想。她是在观察他的态度，而不是在倾听他的言论。根据他的态度，她就能看出事实的真相——他要表现自己，他会一直保持这种态度，直到他升任教授或者娶了妻子，那时他就不必老是再说，"我——我——我。"因为，他对于可怜的司各特爵士（或者是简·奥斯丁）的批评，充其量不过是在标榜他自己罢了。"我——我——我。"他总是在考虑他自己，还有别人对他

① 罗斯伯雷（1847—1929），英国政治家。

② 克里维（1768—1838），英国传记作家。

③ 威佛利小说，指英国小说家瓦尔特·司各特爵士（1771—1832）写的一系列苏格兰历史小说。

的印象，这一点，她从他说话的声调、强调的语气和坐立不安的态度，就能判断出来。事业的成功将会对他大有裨益。①不管怎样，他们又开始交谈了。现在她不必再留神倾听。她知道，这种情况不会持久，然而，此刻她的目光如此清澈，似乎不费吹灰之力，就能环顾餐桌，揭开每一个人的面纱，洞察他们内心的思想感情，她的目光就像一束悄悄潜入水下的灯光，照亮了水面的涟漪和芦苇、在水中平衡它们躯体的鲦鱼、突然静止不动的鳟鱼，它们悬浮在水中，颤动不已。就像如此，她看到他们；她听见他们；不论他们说什么，都带有这种性质：他们所说的话，就像一条鳟鱼在游动，同时她又能看到水面的涟漪和水底的沙砾，看到左方和右方的某些东西；而所有这一切，都结合在一起，构成了一个整体。然而，要是在活跃的现实生活中，她会撒网捕捞，把捞到的东西一一分类；她会说她喜欢威佛利小说，或者说她还没读过这些书；她会鼓励自己前进；但是，她现在什么也不说。此刻她正处于悬而不决的静止状态。

“啊，但是你认为这类小说还能流行多久？”有人提出这样的问题。好像有一双触角从她身上颤动着向外伸展出去，抓住了某些句子，强迫她对它们加以注意。这句话就是其中之一。她觉察到，

① 根据精神分析学家阿德勒氏的观点，塔斯莱这种过分强烈的自我意识，实际上是对于潜意识中“自卑情结”的“过度补偿”。而事业的成功可以消除自卑感，即消除他狂妄自大的潜在的心理根源。

对于她的丈夫说来，这句话里蕴藏着某种危险。一个这样的问句，几乎肯定会引起别人说一些话，来使他想起他自己著作的失败。他马上就会想到：他的著作还能流行多久。威廉·班克斯(他完全没有这种虚荣心)对这问题置之一笑，他说，文学风尚的变化对他说来无关紧要。谁能预料什么东西将会永存不朽——在文学方面，或者确切一点说，在任何其他方面？

“让我们欣赏我们自己真正欣赏的东西，”他说。拉姆齐夫人对他的正直肃然起敬。他似乎从来没有考虑过：这对我有何影响？但是，如果你具有另一种性格，这种性格使你必须得到别人的赞扬和鼓励，你自然就会开始(她知道拉姆齐先生正在开始)感到不自在，你会要别人对你说，噢，拉姆齐先生，不过您的著作是不朽的，或者说些诸如此类的话。他有点烦躁地说，无论如何，他对司各特(或许是莎士比亚？)的兴趣是一辈子不会衰退的。他说得很激动。她认为，每个人，不知道为什么，都感到有点局促不安。敏泰·多伊尔具有良好的本能，她故意娇憨地说，她不相信有谁真的欣赏莎士比亚。拉姆齐先生严峻地说(但他的心情已经转变)：很少有人真正像他们自己所说的那样喜欢莎士比亚。但是，他接着说，无论如何，莎士比亚的某些剧本的确具有一定的优点。拉姆齐夫人发觉，紧张的气氛缓和下来了，无论如何暂时不会有什么问题，他会去嘲笑敏泰，而(拉姆齐夫人发现)敏泰意识到拉姆齐先生对他本人的成败极为忧虑，她自有办法来体贴他、奉承他，用各种方法来叫他心平气和。但是，她希望这一切都是不必要的；也许正是由于她自己的过错，才造成了这种必要性。总之，现在她可以放下心来，听保罗谈谈他童年时代读过的书了。他说那些书是不朽的。他在学校里念过一点托尔斯泰的小说。其中有一本他永远也忘不了，但他想不起那书名了。俄国人的名字就是记不住，拉姆齐夫人说。“伏龙斯基，”保罗说。他想起了这个名字，因为他总是觉得，对一个坏蛋来说，这个名字实在是太好了。“伏龙斯基，”拉姆齐夫人说，“噢，准是《安娜·卡列尼娜》，”但他们并未深入讨论这本书；书籍本来不是他们所擅长的话题。不，讲起关于书的事情，查尔士·塔斯莱只要一秒钟就能纠正他们俩的错误，但他老是在想：我说得恰当吗？我给人留下一个良好的印象了吗？这些想法和他关于书籍的意见混杂在一起，结果你对他本人的了解比对于托尔斯泰的了解还要多一点；和他相反，保罗说起话来直截了当，都是关于所谈的问题本身，而不是关于他自己或什么别的东西。和所有智力迟钝的人们一样，他也有一种谦逊的品德，他很关心体贴对方的感觉如何，这一点有时候至少使她觉得他很讨人喜欢。现在他所考虑的不是他自己，不是托尔斯泰，而是她是否觉得有点冷，是否觉得有一阵穿堂风；是否想吃个梨子。

不，她说，她可不要吃梨。真的，她一直在(无意识地)留心看守着那盘水果，希望谁也别去碰它。她的目光一直出没于那些水果弯曲的线条和阴影之间，在葡萄浓艳的紫色和贝壳的角质脊梗上逗留，让黄色和紫色互相衬托，曲线和圆形互相对比，她不知道自己为什么要这样做，也不明白为什么她每一次凝视这盘水果，就觉得越来越宁静安详、心平如镜；噢，如果他们想吃水果，那多可惜——一只手终于伸了过去，取了一只梨子，破坏了整个画面。她不胜惋惜地瞅了露丝一眼。她望着坐在杰斯泼和普鲁中间的露丝。多奇怪，她自己的孩子，竟会干出这种大煞风景的事儿！

那多奇怪，看见他们，她的孩子们，杰斯泼、露丝、普鲁、安德鲁在那儿坐成一排，他们几乎默不作声，但是，从他们嘴唇的轻微翕动，她猜测他们正在讲一些属于他们自己的笑话。那是和其他一切都无关的事情，是他们等一会儿到他们自己房间里才放声谈笑的事情。她希望这不是关于他们的父亲的什么事情。不，她想不会的。那究竟是什么呢？她可猜不到。她有点儿伤心，因为，她似乎觉得，他们要等到她不在场的时候，才自由地说笑。在那些相当安定、静止、像面具一般缺乏表情的脸庞后面，隐藏着所有那些她不知道的事情；因为他们不容易参加到成人的谈话中来，他们就像旁观者或检查员，和那些成年人隔开一段距离，或者有些凸出。但是，当她今晚瞧一下普鲁，就发现上述结论对她来说并不完全正确。她刚刚在起步，坠入尘世。在她的脸上，有一种非常模糊微弱的光彩，好像坐在对面的敏泰的光芒、某种兴奋的情绪、某种对于幸福的预期，在她的身上反映了出来；好像爱情的太阳从桌布的边缘升起，而她还不知道这是什么，就弯下身去向它致意。她一直在含羞地、好奇地瞅着敏泰，因此，拉姆齐夫人瞧瞧这个，再望望那个，在心里暗暗地对普鲁说，总有一天，你将像她一样幸福；你将比她还要幸福得多，她又加了一句，因为你是我的女儿；她的意思是说，她的亲生闺女，应该比别人的女儿更加幸福。但是晚餐已经结束。是离开餐桌的时候了。他们只是在玩弄他们盘子上的刀叉。她的丈夫正在和敏泰讲一个关于打赌的笑话。她要等他们听他讲完，笑个畅快，然后她才站起来。

她突然觉得喜欢查尔士·塔斯莱；她喜欢他的笑声。她喜欢他对保罗和敏泰那样生气。她喜欢他手足无措、局促不安的窘态。毕竟在那小伙子身上还有不少优点。还有莉丽，拉姆齐夫人把餐巾放在她的盘子旁边想道，她总有一些别出心裁的笑话可说。你永远不必为她费心。她在等待。她把餐巾折好，塞在盘子的边缘下面。嗯，他们讲完了吗？不。那个笑话又引出了另一个故事。她的丈夫今晚兴高采烈，她猜想，他希望在那盘汤所引起的芥蒂之后，和老奥古斯都言归于好，因此把他也拉进了谈话的圈子——他们正在讲关于他们俩在大学里认识的一位朋友的故事。她向窗户望去，窗上的玻璃一片漆黑，蜡烛的火焰在窗上的反光更明亮了，她向外面望去，谈话的声音传入她的耳鼓，有一种非常奇怪的感觉，好像这是在一个大教堂里做礼拜的声音，因为她并不在聆听所说的词句。突然传来一阵笑声和一个人(敏泰)单独说话的声音，这使她想起男人们和男孩们在罗马天主教会的大教堂里做弥撒时高声念诵拉丁语经文。她等待着。她的丈夫开腔了。他在重复一些词句，那节奏和他悲喜交集的声音，使她明白这是一首诗：

> 出来登上花园的小径，
> 卢琳安娜，卢琳丽。
> 月季花儿都已开放，
> 黄色的蜜蜂飞舞在花丛里。

那吟诗的声音(她凝视着窗户)，宛如漂浮在户外水面上的花朵，与他们全都脱离了关系，似乎并没有什么人在吟咏，而是那些诗句在自动涌现出来。

> 在我们过去和未来的生活里，
> 充满着郁郁葱葱的树木，
> 和不断更新的树叶，

她不知道这些诗句的涵义是什么。但是，像音乐一般，这些诗句好像是由她自己的声音吟诵出来的，这声音在她的躯体之外，流畅自如地说出了她心中整个黄昏的感受，虽然在这段时间里，她谈论着各种各样不同的话题。不必左顾右盼，她就知道餐桌旁的每一个人都在倾听：

我不知道
你是否有类似的感觉，
卢琳安娜，卢琳丽。

怀着与她相同的解脱和喜悦之情，他们感到好像这是出自他们自己肺腑的声音，终于说出了自然而然要说的话。

但这声音停止了。她环顾四周。她站了起来。奥古斯都·卡迈克尔也欠身起立，他手中拿着餐巾，看上去就像一条白色的披肩，他站着吟诵：

看见君王们跨着骏马
走过草地和开满雏菊的草原
佩带着棕榈叶①和杉木的箭束，
卢琳安娜，卢琳丽。

当她经过他面前时，他稍微转过身来，对她重复那最后一行诗句：

---

① 人们常把棕榈叶作为胜利的象征。

卢琳安娜，卢琳丽

并且向她鞠躬，好像他是在向她致以崇高的敬礼。不知道为什么，她觉得，他对于她似乎比以往任何时候更有好感；带着一种宽慰和感激的心情，她躬身答礼，从他为她打开的门口走了出去。

现在有必要把一切都往前推进一步。走到门槛上，她逗留了片刻，回首向餐厅望了一眼，当她还在注目凝视之时，刚才的景象正在渐渐消失；当她移动身躯、挽住敏泰的手臂离开餐厅之际，它改变了，呈现出不同的面貌；她回过头去瞥了最后一眼，知道刚才的一切，都已经成为过去了。

18

和往常一样，莉丽想，总有什么事情恰恰要在这个时候去做，这是拉姆齐夫人出于她个人的原因决定立刻要办的事儿，至于其他人，可以站在四周讲讲笑话，就像现在这样，拿不定主意是否要到吸烟室、客厅或顶楼的房间里去。莉丽看着拉姆齐夫人，在人声嘈杂之中，夫人挽着敏泰的手臂，她忽然想到：“对，是该办那件事儿的时候了。”于是，她带着一种神秘的神情，马上走开，独自去办她的事情了。她一走开，一种分崩离析的过程就开始了；他们犹豫了片刻，大家分道扬镳，班克斯先生挽住查尔士·塔斯莱的胳膊，离开餐厅，到平台上去了结他们在晚餐桌上开始的关于政治问题的讨论，这样，他们就改变了这个黄昏的整个平衡，使重心落在一个不同的方向，莉丽看见他们走开去，听到关于工党政策的一言半语，似乎觉得他们俩登上了轮船的驾驶台，正在判明他们的方向；从诗歌转向政治的这个变化，给她留下的印象就是如此；班克斯先生和查尔士·塔斯莱就这样走开了，这时，其他人站在那儿，瞧着拉姆齐夫人在灯光中走上楼去。莉丽猜不透：她如此匆忙，是到哪里去？

她并不是匆匆忙忙地奔跑；实际上，她走得相当慢。在谈了这么多话之后，她觉得很想静静地伫立片刻，并且把一件关系重大的、特殊的事情挑选出来、分解出来、分离出来，去掉所有的感情因素和夹七杂八的成分，把它放在她的面前，把它带到她为了判断此事而设的内心法庭上，法官们坐在那儿审议：它的品质优劣、是非曲直究竟如何？我们这些人将往何处去？等等。在那件事情[1]所引起的震惊之后，她又恢复了常态，相当无意识地、不恰当地借助窗外那些榆树的枝桠来稳定她的心境。她的世界在变化之中；而那些树枝是静止不动的。那件事情给了她一种动荡的感觉。一切都必须井然有序。她必须把各种事情都安排妥当，她想。她不知不觉地赞许那些榆树的庄严肃穆。现在一阵风把它们的树枝尽量向上托起

---

① 指保罗·雷莱和敏泰·多伊尔私订终身。

（像一条船在风浪中昂起了船头）。在刮风了（她伫立片刻，凝视窗外）。风儿吹过，在树叶之间，偶尔露出一颗星星；而那些星星本身，似乎也在摇晃，投射出光芒，在树叶之间空隙的边缘闪烁。是的，此事已成定局，大功告成；而当一切都已完成，它就会变得庄严肃穆。现在她想起了它，丢开了闲言碎语和感情因素，它似乎一向就是如此，只是现在它被显示了出来，这就使一切都变得稳定了。她想，他们还会继续生活下去，不论他们活多久，他们会回到这个夜晚、这轮明月、这阵清风、这幢房屋中来，也将回到她的身边。这使她感到不胜荣幸，这是她最容易受人恭维奉承之处；她想，不论他们活多久，这一切会在他们心头缭绕，她总会被他们铭记心中；还有这个、这个、这个，她一边想，一边笑，一边上楼，一边深情地注视楼梯平台上的沙发（她母亲的遗物）、摇椅（她父亲的遗物）和那张希布里堤群岛的地图。所有这一切，都将在保罗和敏泰的生命中复活。“雷莱夫妇”——她把这个新的称呼揣摩一番；她的手放在育儿室门的把手上，她觉得，那种出自真情的与别人感情上的交流，似乎使分隔人们心灵的墙壁变得非常稀薄（这是一种宽慰和幸福的感觉），实际上一切都已经汇合成同一股溪流，这些桌、椅、地图是她的，也是他们的，是谁的都无关紧要，当她死去的时候，保罗和敏泰会继续生活下去。

她稳稳地旋转门上的把手，以免发出吱吱嘎嘎的响声；她走进了育儿室，稍稍撅起嘴唇，好像在提醒自己，不可大声说话。但她一进屋去，马上很不高兴地发现，她的预防措施全都是不必要的。孩子们还没有睡。这真叫人生气。玛德蕾特要更加留神一点才好。詹姆斯完全清醒，凯姆坐得笔直，玛德蕾特赤着脚还没上床，已经快要十一点了，他们还在说话。这是怎么回事儿？肯定又是那只可怕的野猪头颅在作怪。她早就吩咐过玛德蕾特把它拿走，但她显然已经忘了，因此，现在凯姆和詹姆斯都醒着，他们正在争论，他们应该早在一个小时之前就进入梦乡了。爱德华叫什么鬼迷了心窍，竟把这可怕的头颅送给孩子们？她也真傻，就让他们把它钉在墙上。它钉得十分结实，玛德蕾特说，它在房间里，凯姆就睡不着；要是她碰它一下，詹姆斯就尖声喊叫。

凯姆该睡觉了(那头颅上有很大的角，凯姆说)——睡着了会梦见很多美丽可爱的地方，拉姆齐夫人一边说一边在她的床边坐下。凯姆说，她看见房间里到处都是野猪的角。这话不假。只要他们点着一盏灯(詹姆斯没灯睡不着)，总会有一些影子投射出来。

“可是，凯姆，你想一想，它只是一头老猪，”拉姆齐夫人说，“一头很好的黑猪，就像农场里的那些猪一样。”但是，凯姆认为，这是个可怕的东西，它的影子分散开来，在房间里到处都是，对准着她。

“好吧，”拉姆齐夫人说，“我们就把它遮起来。”他们瞧着她走到五斗橱前，很快地把那些抽屉一只只都抽出来，但她找不到合适的东西，她马上就把身上披的围巾拿了下来，绕到那头颅上去，绕了一层又一层，然后她走到凯姆身边，几乎把自己的头贴到她的枕头上，她说，现在它瞧上去多美；仙女们会多么喜欢它；它就象一只鸟窝；它就像他们在国外看到过的美丽的山峦，它有幽静的山谷，鲜花遍地，钟声嘹亮，鸟儿欢唱，还有小山羊和野羚羊……她可以觉察到，当她有节奏地说着这些话的时候，这些字句在凯姆的头脑里回响着，凯姆跟着她重复这些话：它多么像一座山峦、一只鸟窝、一个花园，那儿还有小羚羊；她的眼皮一会儿睁开、一会儿阖拢，拉姆齐夫人继续说下去，说得更加单调、更加有节奏、更加荒唐；她对凯姆说，她该闭上眼睛睡觉了，她会梦见山峦和山谷、流星、鹦鹉、羚羊和所有美丽可爱的东西；她慢慢地抬起头来，她讲得越来越单调机械，直到她挺直身子坐了起来，发现凯姆已经睡着了。

她走到儿子床边低声耳语：现在詹姆斯也要睡了，看见吗，那野猪头颅还在那儿；他们没去动它；他们照他的意思办了；它仍旧留在那儿，一点也没受到损伤。他确实相信，那头颅骨还包在围巾下面。但他还有别的事情要问她。明天他们要到灯塔去吗？

不，明天不去，她说，但是不久就可以去，她向他保证，下一次天晴就去。他真乖。他躺下了。她给他盖好了被子。但是，她知道，他永远也不会忘记这件事，因此，她对查尔士·塔斯莱、对她丈夫、对她自己都很生气，因为是她自己引起了他到灯塔去的渴望。然后，她伸出手去摸摸肩膀，才想起她已经把围巾包了那个野猪头颅了，她站起来，把窗子再拉下一两英寸，她听见风在呼啸，她吸了一口凉飕飕的夜晚的空气，轻轻地对玛德蕾特说了声晚安，她离开了房间，让门锁的簧舌慢慢地弹回锁闸。她走了。

她希望塔斯莱先生不要砰的一声把书摔在他们头顶上方的地板上。她还在心里想着塔斯莱先生是多么讨厌，因为他们俩都睡得不好，他们是容易激动的孩子，既然塔斯莱刚才说了关于灯塔的那番令人扫兴的话，她觉得，正当孩子们将要睡着的时候，他似乎很有可能会粗手笨脚地用他的肘部把一堆书从桌子上扫到地板上去。因为她猜想他已经上楼去工作了。然而，他看上去又是多么孤独；当他走开了，她就会觉得松了一口气；她要设法使他明天受到较好的待遇；他钦佩她的丈夫；他的礼貌还有改进的必要；她喜欢他的笑声——当她走下楼梯之时，心里想着这些事情，她注意到，现在她可以穿过楼梯的窗口看到月亮了——那金黄色的、收获季节的满月①——她转过身来，于是他们就看到她站在他们上方的楼梯上。

“那就是我的妈妈，”普鲁心里想。对，敏泰该瞧瞧她；保罗·雷莱也该瞧瞧她。她觉得，这就是那件事情本身，似乎世界上只有一个那样的人物，那就是她的母亲。刚才和其他人谈话的时候，普鲁显得很像一个成年人，现在她又成了一个孩子，她认为保罗和敏泰是在做一场游戏，而她不知道她的妈妈究竟是认可这种游

---

① 指9月22、23日后两周之内的第一次满月。

戏呢还是谴责它。她想，现在是一个多么好的机会，让敏泰、保罗和莉丽看看她妈妈有多美，她觉得有这样一位母亲真是无比幸运，她希望自己永远不要长大成人，永远不要离开这个家。她像个孩子似地说道："我们刚才想要到沙滩上去看看海浪。"

突然间，不知为了什么缘故，拉姆齐夫人好像成了二十岁的姑娘，充满着喜悦。她突然充满着一种狂欢的心情。他们当然应该去，当然应该去，她笑着嚷道；她飞快地跑下最后三、四级楼梯，她开始望望这个又转过身来望望另一个，一边笑着一边拉起敏泰的披肩把她围起来。她说，她真希望她也能去。他们会待到很晚吗？他们有谁带了表吗？

"对，保罗有个表，"敏泰说。保罗从一只小小的软皮表袋里取出一只美丽的金表拿给她看。他把表放在手掌心里送到她的面前，他觉得"她一切全知道了，我什么也不用说了"。他把表拿给她看时说道："我已经把事情办好了，拉姆齐夫人。一切多蒙您的关照。"看见他手里的金表，拉姆齐夫人觉得，敏泰多么幸福！她将和一位有一只放在软皮袋里的金表的男子结婚！

"我多么想和你们一块儿去！"她大声说道。但是，她被某种强有力的因素抑制住了，她甚至从未想到过要问一问自己，那究竟是什么事儿。她当然不可能和他们一块儿去。要不是为了那件事儿，她可是真的想去。她被自己荒唐的想法（嫁给一个有皮表袋的人多有福气）逗乐了，唇边挂着一丝微笑，她走进了另一个房间，她的丈夫正坐在那儿看书。

19

她走进房间时对自己说，当然，她不得不到这儿来，取得某种她所需要的东西。首先，她要在一盏特定的灯下的一把特定的椅子里坐下。但她还要更多的东西，虽然她不知道，也不想知道，到底她想要什么。她瞧了丈夫一眼(她拿起袜子，开始编织)，她看得出，他不愿受到干扰——那是很明显的。他正在读一本使他非常感动的书。他似笑非笑，这使她明白，他正在控制着自己的感情。他正在把书一页一页翻过去。他正在扮演——也许他正在把自己当作书中的人物。她不知道那是本什么书。噢，她看出来了，那是一本司各特爵士的作品。她把灯罩调节一下，使灯光直接投射到她正在编织的袜子上。因为查尔士·塔斯莱老是说(她抬头仰望上方，似乎她预料有一堆书会落到楼板上)，他一直在说，人们不再读司各特的书了。于是，她的丈夫就想："那就是人们将要给我的评语。"所以他才到这儿来，拿一本这种小说看看。如果他得出结论，查尔士·塔斯莱是"正确的"，那么他就接受这个关于司各特的论断。(她看得出来，他一边读，一边在权衡、考虑、比较。)但他并不把这作为对他自己的结论。他总是对自己的成就惴惴不安。这使她十分烦恼。他总是为自己的著作忧虑——它们会有读者吗?

它们是优秀的作品吗？为什么不能把它们写得更好些？人们对我的评价又如何？她可不喜欢想到他如此忧心忡忡；她不知大家是否猜到，在吃晚饭时，他们谈到作家的名声和作品的不朽，为什么他突然变得如此激动不安；她可拿不准，孩子们是否都在嘲笑他的那种态度。她把袜子猛然拉直，在她的唇边和额际，那些像用钢刀雕镂出来的优美线条显露了出来，她像一棵树一般静止了，那棵树刚才还在风中颤动、摇曳，现在风小了，树叶一片一片地静止下来。

他们看出了他的激动也罢，孩子们嘲笑他也罢，这都没什么关系，她想。一位伟大的人物，一部伟大的著作，还有不朽的名声——谁又能说得准呢？她对此一无所知。但这是他的思想方式，是他真诚的想法——譬如说，在吃晚饭时，她就曾经出于本能地想过，只要他能开口说句话就好了！她对他有充分的信心。现在她把这些想法全都丢开，就像一个潜水的人，一会儿遇到一丛水草，一会儿碰到一根稻草，一会儿见到一个水泡，她在水里潜得更深了，她就重新感到刚才在餐厅里其他人在谈话时她曾经有过的那种感觉：我需要某种东西——我到这儿来就是为了得到它，她觉得自己潜得越来越深，但她不知道她所要的究竟是什么，她闭上了眼睛。稍微等了一会儿，她一边结着绒线，一边在心中思忖。“月季花儿都已盛开，蜜蜂嗡嗡飞舞在花丛里，”他们在餐厅里吟诵过的诗句，慢慢地、有节奏地在她的脑海里来回荡漾，当这些诗句在脑海里流过之时，每一个字就像一盏有罩的小灯，红的、蓝的、黄的，在她黑暗的脑海中闪亮，似乎连它们的灯杆儿也留在上面，纵横交错、来回飞舞，或者被人大声吟诵、反复回响；于是她转过身来，在身边的桌子上摸到了一本书。

在我们过去和未来的生活里，
充满着郁郁葱葱的树木
和不断更新的树叶，

她一边把钢针插进袜子，一边低声吟诵。她打开了书本，开始这儿挑一段、那儿选一节地随意阅读，她在读的时候，觉得自己忽而往后退下，忽而往上攀登，用手拨开在她头顶上波动的花瓣，开路前进，她只知道这片花瓣是白的，或者那片花瓣是红的。起初她并未领会那些诗句的意义。

掌稳着舵，筋疲力尽的水手们，
驾着你们松木的轻舟，向这儿飞驶，

她一边读，一边把书一页一页地翻过去，她摇晃着身躯，忽左忽右地曲折前进，从一行诗跳到另外一行，就像从一根树枝攀到另外一根，从一朵红白的花转向另外一朵，直到一个轻轻的响声惊醒了她——她的丈夫拍了一下他的大腿。他们的目光对视了片刻，但他们不想交谈。他们没话可说。尽管如此，似乎有什么东西，从他那儿向她传递过来。她心里明白：是这本书的生命，是它的力量，是它惊人的幽默，使他拍了一下大腿。他似乎在说：你别打扰我；什么也甭说；就坐在那儿吧。他继续读下去。他的嘴唇微微颤动。它使他满足。它使他振奋。他完全忘却了那天黄昏所有的摩擦和刺激：忘却了他静静地坐着瞧别人没完没了地吃喝所感到的说不出的厌烦；忘却了他曾对他的夫人如此烦躁易怒；忘却了当时他们对于他的著作一字不提，似乎它们是根本不存在的，这使他多么耿耿于怀。然而，现在他觉得，谁达到 Z 是无关紧要的(如果思想的进展过程就像字母从 A 到 Z 那样循序渐进的话)。总有人会达到这个水平——如果不是他，那就是别人。司各特的力量和智慧，他对于直截了当的简朴事物的感情，书中的那些渔民，墨克尔贝凯特的茅屋中那个可怜的疯狂的老人，这一切使他感到精神振奋，解脱了某种心理的负荷，以至于有一种觉醒和胜利之感，使他忍不住热泪盈眶。他把那本书稍微举高一点，遮住了他的脸，让眼泪簌簌地淌下。他摇了摇头，完全忘记了他自己(但有一两个念头在他心中闪过，他在反省道德问题和英国与法国的小说，他想到司各特的双手虽然被束缚住了，但是他的观点也许和别的观点同样正确)，可怜的斯坦尼的淹死和墨克尔贝凯特的苦难(这是司各特的神来之笔)，以及这本书给他带来的惊人的愉快和强烈的感情，使他完全忘记了他自己的烦恼和失败。

好吧，他看完这一章时心里想，就让他们把它改进一下吧。他觉得自己似乎在与别人争论，并且占了上风。不论他们怎么说，他们不可能把它再改得更好一点；于是，他自己的地位就变得更稳固了。他在头脑里把一切都回想一遍，他认为，那些情侣写得很无聊。那是无聊的败笔；这是第一流的杰作；他在心中斟酌，把书中的各个部分互相比较。但他必须把它再读一遍。他想不起那个故事的完整形态。他只得暂时不作判断。因此，他回过头来想那另外一件事情——如果年轻人不喜欢这种书，他们自然也就不会喜欢他的作品。他不应该抱怨，拉姆齐先生想道。他竭力克制自己要向夫人抱怨年轻人不钦佩他的那种愿望。他已下了决心，不愿再去烦扰她了。他瞧着她看书。她看上去非常安详，正在专心阅读。想到大家都离开了，只剩下他们俩在一起，他很高兴。他想，生活的完整意义，并不在于床笫之欢；他的思绪又回到了司各特和巴尔扎克，回到了英国和法国的小说。

拉姆齐夫人抬起她的头，就像一个睡眼惺忪的人；她似乎在说，如果他要她醒来，她就愿意醒来，她真的愿意，否则的话，她还想睡觉，她要再睡一会儿，哪怕是一会儿也好，行吗？她正在攀登那些树枝，忽左忽右地向上攀登，伸手摸到一朵花，然后又摸到了另外一朵。

“也不要赞颂那绯红的玫瑰，”她俯首低吟，觉得在吟诵之际，她正在朝着那树巅、那顶峰攀登。多么心满意足！多么宁静安详！白天所有那些乱七八糟的景象，全都被这块磁铁吸住了；她觉得她的心灵被打扫过了，被净化了。就在这儿，她突然把它完全掌握在手中了，美妙而明智，明晰而完整，这是从生活中提炼出来的精髓，她在这儿完整地把握住了——这首十四行诗。

但是，她逐渐意识到她的丈夫正在瞅着她。他正在向她好奇地微笑着，似乎他在温和地嘲笑她的白日幻梦，但同时他又在想：继续读下去吧。你现在看上去毫无忧虑，他想。他不知道她正在读什么，他夸大了她的淳朴无知，因为他喜欢认为她并不聪明，也不精通书本知识。他拿不准，她究竟是否理解她正在读的东西。也许并不理解，他想。她惊人地美。似乎对他来说，她的美（如果可能的话）增长不已。

好像仍是冬天，
你已飘然而去，
我与这些幻影一块儿嬉戏，
犹如我和你的倩影一起徘徊，

她读完了。

“嗯？”她说，她的目光离开了书本，她抬起头来望着他，神思恍惚地回答他的微笑。

我与这些幻影一块儿嬉戏，

犹如我和你的倩影一起徘徊，

她低声吟诵，把书放到桌上。

她拿起了绒线袜子，心中在捉摸：自从她上次看到他坐在这儿，究竟发生了一些什么事情？她想起了餐前换装；抬头望见窗外的明月；安德鲁在吃饭时把盘子举得太高；威廉说了些令人扫兴的话；树上的鸟儿；楼梯平台上的沙发；孩子们尚未入睡；查尔士·塔斯莱的书掉下来把他们惊醒了——噢，不，那是她想象出来的；保罗有一只软皮表袋。她该挑哪一件事儿去和他说呢？

“他们订婚了，”她一边开始织袜子一边说，“保罗和敏泰。”

“我也猜到了，”他说。这没什么可说的。她的思绪还在随着那首诗上下飘荡；他读完了斯坦尼的葬礼那一章之后，仍然觉得精神振奋、胸怀坦荡。因此，他们俩默默无言地坐着。后来她想起来了，她曾盼望他说些什么。

无论什么，无论什么，她一边想一边结着绒线。无论说些什么都行。

“嫁一个有皮表袋的男人，那有多妙，”她说。因为那就是他们俩共同欣赏的那类笑话。

他嗤之以鼻。他对于这个婚约的感觉，和他一贯对于任何婚约的感觉相同：那个小伙子可远远配不上那位姑娘。在她的头脑里慢慢地出现了疑问：那末，为什么有人总是想要人们结婚呢？它的意义和价值究竟何在呢？（现在他们所说的每一个字都是真诚的。）说点儿什么吧，她想，她渴望听到他的声音。因为，她觉得，那个阴影，那个笼罩他们的阴影，又开始出现了，又在她的四周包围拢来。说点儿什么吧，她恳求他，她的目光瞅着他，似乎在向他求援。

他默然无语，来回摆动着挂在他表链上的指南针，正在思考司各特和巴尔扎克的小说。他们俩身不由己地凑到一块儿，肩并着肩，靠得很近，透过他们之间依稀存在的墙壁，她可以感觉到，他的思想像一只举起来的手一般，遮蔽了她自己的思想；而由于她的思路现在正向着他所厌恶的、被他称为“悲观主义”的方向转化，他开始感到烦躁不安，虽然他什么也没说，只是把手伸向他的额角，捻起一绺头发，又把它放了下来。

他指着袜子说，“今晚你是织不完的。”那就是她所需要的——那个正在责备她的、严厉刺耳的声音。如果他认为悲观失望是错误的，那么它可能就是错误的，她想。将来总会证明，那一对儿的结合是不错的。

“对，”她说，一面把袜子放在她的膝上拉平，“我织不完。”

那又如何呢？她感到他还在瞅着她，但是他的神色已经改变了。他想要什么东西——要那个她常常难以给他的东西，要她对他说：她爱他。不，她办不到。他比她善于辞令。他能说会道——她可从来不会。因此，很自然，总是他在说话；为了某种原因，他突然会对此不满，并且指责她。他称她为没心肝的女人；她从来也不对他说一声她爱他。但事实不是如此——不是如此。只是她从来不会表达她的感情。她只会说：他的外套没粘上面包屑吗？有什么她可以为他做的事情吗？她站起来，手里拿着红棕色的袜子，站在窗前，一方面是想转过身去避开他，一方面因为她想起了大海的夜景是多么美丽。但她知道，当她转身之时，他也转过头来；他正在瞅着她。她知道他在想：你从来没有这样美。于是她觉得自己非常美。你不能对我说一声你爱我吗？他一定在想这个，因为，他刚才还在想敏泰和他的著作，现在他已苏醒过来，今天这个日子，还有他们关于到灯塔去的争论，都要结束了。但她办不到；她说不出口。她知道他在瞅着她，她却什么也不说，只是转过身来，拿着袜子，对着他瞧。她瞧着他，开始微笑，虽然她一句话也不说，他知道，他当然知道，她爱他。他不能否认这一点。她微笑着凝视窗外说道(她自己心里在想，世界上没有可以与此相比的幸福了)——

“对，你说得对。明天会下雨的。你们去不成了。”她瞅着他微笑。因为她又胜利了。尽管她什么也没说，他还是明白了。

第二部　岁月流逝

1

“嗯，究竟如何，我们必须等到将来才见分晓，”班克斯先生边说边从平台上走进屋里。

“天黑得几乎看不见了，”安德鲁从海滩上走过来说。

“几乎黑得连大海和陆地也分不清了，”普鲁说。

“我们还让那盏灯继续点着吗？”当他们在屋里脱下外套时莉丽问道。

“不，”普鲁说，“如果大家都进来了，就把它熄了吧。”

“安德鲁，”她回头唤道，“把门厅里那盏灯熄了。”

屋里的灯都一一熄灭了，只有卡迈克尔先生房间里还有灯光，他喜欢躺着读一点维吉尔[①]的诗，他的蜡烛熄得比其他人迟得多。

2

灯火都熄灭了，月亮落下去了，一阵细雨沙沙地打在屋顶上，黑暗无边的夜幕开始降临。似乎没有任何东西能在这黑暗的洪流中幸存：无穷的黑暗从钥匙孔和缝隙中溜进来，蹑手蹑脚地绕过百叶窗，钻进了卧室，吞没了水壶和脸盆，吞噬了红色、黄色的大利花，淹没了五斗橱轮廓分明的边缘与结实的形体。不仅各种家具都形态模糊、混淆不清，几乎没有一个人的躯体或心灵置身于黑暗之外，可以让你来区分："这就是他"或"那就是她"。有时，一只手举了起来，好像要抓住或挡开什么东西；或者有人在梦中呻吟；或者有人在高声大笑，好像在与虚无共同欣赏一个笑话。

客厅里、餐厅里或楼梯上，没有一丝动静。只有从那阵海风的躯体上分离出来的一些空气，它们穿过生锈的铰链和吸饱了海水潮气而膨胀的木板(那幢屋子毕竟破旧不堪了)，偷偷地绕过墙角，闯进了屋里。你几乎可以想象：它们进入客厅，到处徘徊、询问，和悬挂在那儿噼啪扇动的糊墙纸嬉戏，问问它还要在那儿悬挂多久？什么时候它将会剥落下来？然后，它们平静地拂过墙壁，在经过之时若有所思，好像在询问糊墙纸上那些红色、黄色的玫瑰，它们是否会褪色，并且温文尔雅地询问(它们有的是时间)废纸篓里撕碎的信件、房间里的花卉和书籍(这一切现在都敞开地呈现在它们面前)：它们是盟友吗？它们是敌人吗？它们还能保存多久？

---

① 维吉尔(公元前70—前19)，古罗马诗人，其代表作为史诗《伊尼特》，对欧洲文艺复兴和古典主义文学影响较大。

一些不规则的光线，从没有被云朵遮住的星星、飘泊的船只或那座灯塔发射出来，苍白地投射到楼梯或地席上，指引着那几股小小的空气爬上了楼梯，在卧室门口探头探脑。但是在这儿，它们肯定必须止步。其他一切都会烟消云散，躺在这儿的东西却持久不变。你可以告诉那些悄悄溜过的光线和到处摸索的空气（它们自己正在呼吸，并且向床上俯视）：这儿的东西你们可碰不得，也毁不了。它们似乎有着轻如羽毛的手指，并且像羽毛般轻柔持久，它们疲乏地、像幽灵一般地俯视床上那闭着的眼睛、松弛的手指，然后它们倦怠地折起它们的长袍消失了。它们就这样探头探脑地、挨挨擦擦地来到了楼梯的窗口，来到了仆人的卧室，来到了顶楼的小屋；它们又下楼去了，使餐厅桌上的苹果变得颜色苍白，抚摸着玫瑰的花瓣，试试画架上的图画，扫过那张地席，把一点儿沙土吹落到地上。最后，它们终于停息，大家一道止步、聚集、叹气；它们大家一起发出一阵无名的悲叹，使厨房里的一扇门发出了回响：它霍然洞开，但什么也没放进来，又砰地一声关上了。

〔这时，正在阅读维吉尔的卡迈克尔先生吹熄了他的蜡烛。已是午夜时分。〕

3

但是，一个夜晚究竟又算得了什么？不过是短短的一段时间罢了。何况黑暗的消逝是如此迅速，不久鸟就叫了，鸡也啼了，或者在那波谷之中，像渐渐转换颜色的树叶一般，很快披上了一层淡淡的绿色。然而，黑夜的来临是周而复始、循环不休的。冬天储存了大量的黑夜，用它永不疲倦的手指，等量地、平均地分配安排它们。它们延得更长，它们变得更黑。在有些夜晚，清晰可见的行星，像闪亮的金盘高悬在空中。秋天的树木尽管已经枝叶凋零，它们像破烂的旗帜，在幽暗阴冷的教堂地窖里闪光，在那儿，雕刻在大理石书页上的金字，描述了人们如何在战争中死去，尸骨如何在印度的沙土中发白、燃烧。秋天的树木在黄色的月光下微微闪亮，那收获季节的月光，使劳动的精力充沛旺盛，使割过麦子的田埂显得光滑平整，并且带着波涛拍击海岸，使它染上一片蓝色。

神圣的上帝现在似乎被人类的忏悔和勤劳所感动，他拉开了帷幕，展现出幕后独一无二、截然不同的东西：直立的野兔，退潮的海浪，颠簸的小船；如果我们理应受到报偿的话，它们应该永远属于我们。但是，哎哟，神妙的真谛拉动了幕索，合拢了帷幕；这并不使他感到高兴；他用一阵冰雹来覆盖他的宝藏，把它们砸碎、搅乱，似乎它们永远不会恢复平静，我们也永远不能把它们的碎片凑成一个完美的整体，不可能在那些散乱的片断上清晰地看出真理的字句。因为，我们的忏悔只能换来短暂的一瞥；我们的勤劳只配得到片刻的休息作为报偿。

现在，这些夜晚充满了寒风和毁灭：树干在摇晃弯曲；叶片到处纷飞，直到它们沾满了草坪、填满了沟壑、堵塞了水管、布满了潮湿的小径。大海中波涛叠起，浪花四溅。如果有哪位失眠者幻想他可能在海滩上找到他心中疑问的答案，找到一个人来分享他的孤独，他会掀开被子，独自到沙滩上去徘徊，但他却找不到那非常机敏、随时准备伺候他的倩影，来把这夜晚变得井然有序，使这个世界反映出心灵的航向。那纤纤玉手在他的手心里萎缩消失了；那个声音却在他的耳际震响。怎么回事？为了什么？在什么地方？孤衾独眠者被这些问题所吸引，躺在床上寻求一个答案，看来，在这一片混乱之中，向茫茫黑夜提出这些问题，几乎毫无用处。

〔在一个阴暗的早晨，拉姆齐先生沿着走廊蹒跚而行，他向前伸出了胳膊，但拉姆齐夫人已于前晚突然逝世，他虽然伸出了双臂，却无人投入他的怀抱。〕

4

屋子空了，门锁上了，地毯也卷起来了，那些和伙伴们失散了的空气，它们是一支大军的先锋，闯进了屋子，拂过光秃秃的板壁，咬啮着，扇动着，在卧室和客厅里没有遇到任何东西来完整地抵抗它们，只有噼啪作响的挂帘，叽叽嘎嘎的木器，油漆剥落的桌腿，发霉长毛、失去光泽、裂缝破碎的砂锅和瓷器。人们抛弃和遗留的东西——一双靴子，一顶猎帽，衣橱里几件褪色的衣裙——只有这些东西，才保留了人的遗迹，并且在一片空虚之中，表明它们一度曾经多么充实而有生气：纤纤玉手曾经匆匆忙忙地搭上衣钩、扣上纽襻；梳妆镜里曾经映照出玉貌花容，反射出一个空幻的世界，在这个世界中，一个身躯旋转过来，一只手挥动一下，门开了，孩子们一窝蜂涌了进来，又走了出去。如今日复一日，光线转换了，像映在水中的花朵，它轮廓分明的形象，投射到对面的墙壁上。只有那些树影在风中摇曳，在对面墙上弯腰致敬，偶尔遮暗了阳光在其中反射的水池；或者有鸟儿飞过，于是一个柔和的阴影缓慢地扑动着翅膀，在卧室的地板上掠过。

就这样，优美和寂静统治着一切，它们俩共同构成了优美本身的形态——一个生命从中分离出来的形态——像一个黄昏的水池一般寂寞、遥远；从一列迅速开过的火车的窗户中望出去，那个在黄昏中显得苍白的水池骤然消失，虽然被人瞥了一眼，却几乎没有稍减它的孤单寂寞。优美和寂静在卧室里携手，甚至风儿也在用布套起来的水壶和用被单罩起来的椅子之间窥探，那粘湿冰凉的海风的柔软的鼻子，到处挨擦、闻嗅，反复地询问着——“你们会褪色吗？你们会消失吗？”——但几乎没有扰乱那安静、冷漠、纯洁完整的气氛，似乎它所提出的问题几乎不需要回答：我们依然留存。

似乎没有任何东西可以破坏它的形象，玷污它的清白，或者扰乱那支配笼罩一切的寂静，一个星期又一个星期，它在那空虚的房间里，把鸟儿飘落的悲啼、轮船高亢的汽笛、田野里单调低沉的响声、犬的吠叫和人的呼喊，都编织到它自己体内，并且把它们悄悄地折拢，包裹在屋子四周。只有一次，在午夜时分，一块木板大吼一声，断裂下来，落到楼梯的平台上，好像在几个世纪的寂静之后，一块岩石从山上崩裂开来，飞到山谷里，摔得粉碎；于是，围绕着这屋子的寂静的纱巾才松开了一角，在风中来回飘荡。然后又恢复了平静；树影婆娑；日光向投射在墙壁上的自己的身影鞠躬致敬；管家婆麦克奈布太太终于用插在水盆中的双手撕开了寂静的面纱，用嘎扎嘎扎踩在屋板上的靴子碾碎了它。她奉命而来，打开所有的窗户，掸去卧室里的灰尘。

5

当她摇摇晃晃地走着(她像一条船一样在大海里颠簸荡漾)，斜着眼睛张望(她的两眼从不直视任何东西，她总是斜睁藐视这个世界对她的嘲笑和愤怒——她这个人没脑筋，她自己知道)；当她抓紧楼梯的栏杆费劲地走上楼去，踉踉跄跄地从一个房间走到另一个房间，她唱着歌。她一边抹着那梳妆台上的镜面，一边乜斜着眼瞅着自己晃动的身影，从她的嘴里发出一种声音——也许这是二十年前舞台上欢快的歌声，当时她曾哼着这曲调轻歌曼舞，但是现在，这歌声出自这个童头齿豁的管家婆之口，已经失去了意义，就像是无知、幽默、顽强这三者本身发出的声音，它被人踩在脚下，又重新反跳起来，因此，当她跌跌撞撞地掸去灰尘、抹拭家具之时，她似乎在说：一个人的忧愁苦恼是多么长久，每天从早晨起来到夜晚上床，把东西搬出来又收进去，生活是多么机械单调。她活了将近七十年，道知这个世界并不安逸舒适。疲劳已经压弯了她的腰。她一面跪在床底下吱吱嘎嘎地清洗地板上的尘土，一面痛苦地呻吟：多久，她问道，还能忍耐支持多久啊？但她又吃力地站起来蹒跚而行，重新斜着眼东张西望，甚至对于自己的脸庞、自己的忧愁，她也转过脸去，弃而不顾，她站在镜子面前打着呵欠，漫无目标地微笑着，又重新轻快地、摇摇晃晃地走动，掀起地席、放下瓷器、斜睨镜中的影像，似乎她毕竟也有她自己的安慰，似乎在她的哀歌中，确实交织着永不泯灭的希望。在洗衣盆中，必定曾经映现出愉快的幻影：譬如和她的孩子们一起(但有两个是私生子，有一个遗弃了她)，在小酒店里畅饮一番；在她的抽屉里翻弄她零碎琐屑的财富。那黑暗也不是铁板一块，总有些裂缝；在暗淡的深渊中，也必定有些渠道，可以透过足够的光线，来映照出她扭歪着的脸庞在镜子里露齿微笑，于是她重新干起活来，瘪着嘴含糊地哼出演艺场里陈旧的曲调。在一个晴朗的夜晚，那些神秘的梦幻者们在海滩上漫步，搅动着一潭泥浆，凝视着一块石头，他们自问：“我是什么人？”“这又是什么？”造物突然赐予他们一个答案(他们说不出这是什么)，才使他们在寒霜中得到一丝温暖，在沙漠里得到一点安慰。但是，历尽沧桑的麦克奈布太太，却依旧继续喝酒聊天。

6

没有一片树叶在风中摇曳，树枝光秃秃、亮晃晃，还未抽芽，早春就像一个处女，她的童贞凛然不可侵犯，她的纯洁是高傲的，她玉体横陈，躺在田野里，睁大着眼警惕地观望着，一点儿也不在乎旁观者在干些什么、想些什么。〔在举行婚礼的教堂里，普鲁·拉姆齐倚着她父亲的胳膊，被带到等在圣坛前面的新郎身边，她出嫁了。真是天作之合，人们说，谁能找出更相配的一对儿呢？而且，他们又说，瞧她有多美！〕

夏季将临，昼长夜短，大地苏醒了，充满了希望，暮春的煦风在海滩上漫步，搅动了一池春水，出现了最奇异的幻梦——血肉之躯化为随风飘散的微尘，星星在它们心中闪烁，悬崖、大海、白云、蓝天被有意识地聚合在一起，来把这内部四分五裂的幻影在外表上拼凑拢来。在那些镜子里，在人们的心灵中，在那些不平静的池水中，云雾永远在翻腾，形成了阴影，绮梦长存，不可能抗拒每一只海鸥、每一朵花、每一棵树，每一个男子和妇女，以及苍白的大地本身似乎都在发出的信息(但如果你提出诘问，它们马上就畏缩了)：善良高奏凯歌，一派幸福气象，万物井然有序；也不可能抗拒这种极度的冲动，它到处徘徊，寻求某种绝对的善，某种强烈的结晶，它和人们熟知的快乐和德行漠不相关，它和家庭生活的程序全然不同，它是某种独一无二的、坚硬的、光芒四射的东西，就像沙砾中的一颗钻石，使它的持有者感到安心。蜜蜂嗡嗡叫，蚊蚋在飞舞，春天终于软化了，顺从了，把她的大氅扔在身旁，用纱巾蒙住双眸，转过脸去，在经过的阴影和阵阵细雨中，似乎接受了人类痛苦的某种知识。

〔那年夏天，普鲁·拉姆齐难产而死，这可真是个悲剧，人们说；一切，他们说，原来都充满着美好的希望。〕

夏日炎炎，海风又派遣它的密探前来侦察这幢屋子。苍蝇在充满阳光的房间里结了一张网；镜子旁长出了野草，在晚上有节奏地轻轻叩击着窗扉。夜幕降临之时，那灯塔的光柱，过去曾经威严地在黑暗中投射在地毯上，勾勒出它的图案轮廓，现在带着和月光混杂在一起的更为柔和的春光，轻轻地溜进来，好像它在爱抚着万物，悄悄地徘徊观望；它又亲切地回来了。但是，就在这诱人入睡的爱抚之中，当长长的光柱斜照到床上时，那块岩石崩裂了；包裹着那幢屋子的寂静的纱巾又解开了一层；它悬垂在那儿，在风中飘荡。经过夏天短暂的夜晚和漫长的白昼，田野里的回声和苍蝇营营的叫声使那些空荡荡的房间似乎在喃喃自语；那长长的纱巾轻柔地迎风飘扬，漫无目的地摇曳；当阳光把直条横格的窗影投射到房间里，并且使室内充满了黄色的雾霭时，麦克奈布太太闯了进来，摇摇晃晃地到处走动，扫地抹灰，看上去就像一条热带鱼在映出万道金蛇的一泓清水中游泳。

已经到了盛夏季节，炎热的天气令人昏昏欲睡，出现了一种不祥的声音，它像铁锤有节奏的敲击声一般震耳欲聋，这声波的反复震动，进一步松开了那寂静的纱巾，并且震裂了茶杯。玻璃器皿不时在碗橱里叮咚作响，好像有一个巨大的声音在痛苦中嘶喊，使碗橱里的大玻璃杯也颤动了。然后，寂静又降临了；一夜又一夜过去了，有时，在大白天，玫瑰花儿无比鲜艳，阳光把它的影子清晰地投射在墙上，突然什么东西砰的一声坠落下来，打破了这一片寂静、冷漠、完整的气氛。

〔一颗炸弹爆炸了。二三十个小伙子在法国战场上被炸得血肉横飞，安德鲁·拉姆齐也在其中，总算幸运，他立即死去，没受更多的折磨。〕

在那个季节中，那些到海滩上去散步，询问大海和天空传来了什么信息、证实了什么景象的人们，不得不仔细端详天神恩赐的通常象征——海上的夕阳，黎明的晨曦，上升的明月，月下的渔舟，孩子们在用泥巴作饼、互相掷草嬉戏——并且在其中看出某种和这一片欢乐宁静的气氛不协调的因素。例如，一艘灰白色船只的寂静的幽灵，在海面上出现又复消失；海面上有一个紫色的斑点，似乎在海面下有什么东西隐秘地爆炸了，流出了鲜血。这些东西突然闯入了这一片特意设计出来去激发最庄严的沉思并且导致最满意的结论的景象，使人们停下了脚步。谁都难以无动于衷地对它们视而不见，抹煞它们在这片景色中的重要意义，并且在海边散步时继续惊叹外界的美如何反映了内在的美。

大自然是否补充了人类取得的进展？她是否完成了人类开始的工作？看到人类的苦难、卑贱和所受的折磨，她同样地自鸣得意。那个梦想，孤独地在海滩上寻找人生的答案、寻找一个倩影来分享他的感情、完成他的自我的梦想，是镜子里反射出来的幻影；而镜子本身，不过是更加崇高的力量在它下面沉睡之时，在寂静中形成的一层表面化的玻璃质而已。不耐烦了，绝望了，但又不愿走开（因为美施展了诱人的魅力，提供了她的安慰）；在海滩上散步是不可能的了；沉思冥想是不堪忍受的了；那面镜子已经被打破了。

〔那年春天，卡迈克尔先生出版了一本诗集，获得了出乎意料的成功。战争，人们说，恢复了他们对于诗歌的兴趣。〕

7

一夜又一夜，不论冬和夏，狂风暴雨来势汹涌，晴天的寂静锐如利箭，它们接受朝觐，不受任何干扰。听吧（如果还有谁来倾听的话），从那空屋楼上的房间里，在一片混沌之中，只听见伴随着闪电的雷声在翻滚振荡，这时海风和波涛追逐嬉戏，就像巨大的海怪难以名状的躯体，理性之光从未穿透它们的额际，它们一层一层地叠起罗汉，猛然冲进黑夜和白昼（因为日夜和年月都无形地在一块儿飞奔），玩着那些愚蠢的游戏，直到整个宇宙似乎都在兽性的混乱和任性的欲望中漫无目标地厮杀、翻腾。

在春天，随风飘来的种子使花园的瓷瓮里长满了植物，和往昔一般生意盎然。紫罗兰和黄水仙都开花了。但是，白昼的寂静与光明和夜晚的混沌与骚动同样奇异，那些花草树木站在那儿，瞅着前方，向上仰望，却什么也没看见，没有眼睛，有多么可怕。

8

麦克奈布太太弯下身去采了一束鲜花，准备带回家去。她想，这可没啥关系，因为有人说，那一家子再也不会回来啦；也许到了米迦勒节，[①]那幢屋子就会卖掉。她在打扫的时候，把花束放在桌上。她喜欢花。让它们白白浪费了怪可惜的。假定那屋子卖出去了（她两手叉腰站在镜子面前），它也需要有人照管——它肯定需要。这些年来，这屋里就没住过一个人。那些书籍和物品都发霉了。因为，一方面由于战争，一方面由于不容易雇到助手，那屋子没像她原来所希望的那样打扫得干干净净。现在单靠一个人的力量，已经不可能把它整顿得井井有条了。她太老了。她的两条腿疼痛难忍。所有那些书籍都需要放到草坪上去晒晒太阳；客厅墙上的石灰已经剥落下来；书房窗户上方的排水管堵塞了，雨水渗漏到屋子里来；

① 米迦勒节，9 月 29 日是天使长米迦勒祭日，是英国四大结账日之一。

地毯也差不多全烂了。那家人应该亲自来走一趟；他们早该派个人来看一看了。因为，在壁橱里还有衣服；他们在所有的卧室里都留下了衣服。她该怎样去处理它们呢？衣服里边都长了蛀虫——那些拉姆齐夫人的衣物。可怜的夫人！她再也不需要它们了。她死了，人们说；几年前，在伦敦。她整理花圃时穿的那件灰色斗篷还在这儿(麦克奈布太太用手指抚摸它)。夫人当年的风姿，仍历历在目，当她带着洗好的衣服走上门前那条汽车道，她就能看到拉姆齐夫人弯腰俯视她的花卉(现在花园里景象萧条，一切都杂乱无章，兔子从花床里对着你冲出来，一溜烟跑了。)——她能看到她穿着那件灰色的斗篷，那些孩子中总有一个在她的身边。还有靴子和皮鞋；梳妆台上留下了发刷和梳子，完全就像她明天就要回来似的。(她是猝然去世的，人们说。)有一次，他们快来了，但又推迟日期不来了(这是由于战争，也由于这年头交通不便)；这些年他们从未来过，只是给她把钱汇来，但从不捎封信来，也不回来看看；他们却盼望着将来回到这儿会发现一切都保持原状，和他们离去时一模一样，啊，天哪！为什么那梳妆台的抽屉里塞满了手帕、丝带(她把抽屉都打开了)。是的，在那时候，当她拿着洗好的衣服走上那条汽车道，她就能看到拉姆齐夫人。

“晚上好，麦克奈布太太，”她会说。

她对待她和蔼可亲。那些姑娘们也都喜欢她。但是，天哪，打那时候到现在，发生了多少变化(她关上了抽屉)；许多家庭失去了他们最亲爱的人。她死了；安德鲁先生被杀了；听说普鲁小姐也死了，生头胎孩子就难产死了；不过这年头人人都在失去他们的亲人。物价在可耻地飞涨，并且从来不回跌。她还能回忆起披着斗篷的拉姆齐夫人的音容笑貌。

“晚上好，麦克奈布太太，”她说，并且吩咐厨娘给她留盆奶油汤——她拿着那沉重的篮子从城里一路走来，确实觉得自己要吃点什么。现在夫人的身影仍历历在目，她在弯腰俯视她的花卉；当麦克奈布太太跛着腿蹒跚而行，到处打扫整理之时，那身影儿缥缈闪烁，忽隐忽现，就像一道黄色的光束或望远镜末端的光圈，一位披着灰色斗篷的夫人，弯腰俯视她的花圃，在屋里来去徘徊，越过卧室的板壁，来到了梳妆台跟前，走过了脸盆架。那个厨娘叫什么来着？玛德蕾特？玛丽安娜？——有点儿像那个名字。啊，她忘了——她多健忘。那厨娘心急如火，和所有红头发的女人一样。她们在一块儿笑得可欢。她在厨房里总是大受欢迎。她会逗得她们哈哈大笑，她真有这个本事。那时候，日子可比现在好过多啦。

她叹了口气；这么多活儿，叫一个女人来干可实在太多了。她不住地摇头。这里过去是育儿室。哎哟，这儿全都潮湿了；石灰正在剥落。他们为什么把一只野兽的头颅钉在墙上？它也发霉了。顶层的小阁楼里全是耗子。雨水漏了进来。但他们从不来信；也不来人。有些锁已经脱落了，因此那些门在风中砰啪直响。她可不喜欢晚上一个人到这儿来。一个女人可受不了，受不了，实在受不了。

她的脚步声吱吱嘎嘎地响，她悲伤地感叹。她砰的一声关上门，把钥匙在锁眼里转了一圈，就离开了，留下了那幢孤零零的、关闭的、锁着的屋子。

9

那幢屋子被留下了，被遗弃了。它就像沙丘中一片没有生命的贝壳，积满了干燥的盐粒。漫漫长夜似乎已经开始；轻浮的海风在轻轻啮咬，湿冷的空气在上下翻滚，好像它们已经取得了胜利。铁锅已经生锈，草席已经朽烂。癞蛤蟆小心翼翼地爬了进来。那摇曳的纱巾懒洋洋地、无目的地来回飘荡。一片蓟草伸进了食品贮藏室的瓦片之间。燕子在客厅里做窝；地板上撒满了稻草；石灰大片地剥落；屋椽已经裸露；老鼠把东西弄到板壁后面去啃。鳖甲蝴蝶从茧子里钻出来，啪哒啪哒拼命往窗玻璃上撞。罂粟在大利花圃中播下了种子；长长的野草在草坪上波浪起伏；巨大的朝鲜蓟屹立在玫瑰丛中；一朵带穗的石竹在白菜畦里开了花；在冬天的夜晚，野草轻轻地拍打窗扉的声音变成了茁壮的树木发出的隆隆鼓声，在夏天，带刺的野蔷薇使整个房间里一片葱翠。

现在有什么力量能够阻挡那种繁殖能力，那大自然漫不经心的生育力呢？麦克奈布夫人还在梦想着一位夫人、一个孩子、一盆奶油汤，这梦想能够阻挡大自然的繁殖力吗？那幻影像一点阳光，颤动着越过墙壁，就消失了。她锁上了门；她走开了。她说，那屋子不是一个女人照管得了的。他们从不派人来。他们也从不来信。不少东西在抽屉里霉烂——这样把它们糟蹋掉是可耻的，她说。那地方已经破败不堪了。只有灯塔的光柱在那些房间里照耀片刻，它在寒冬的黑夜中突然凝视着床铺和墙壁，平静地瞅着那蓟草和燕子，老鼠和稻草。现在没有任何东西来抵挡它们；没有任何东西来对它们说个不字。就让海风吹拂，让罂粟自由播种，让石竹与白菜结伴吧。让燕子在客厅里筑巢，蓟叶推开了瓦片，蝴蝶在褪色的花布椅垫上晒太阳。让玻璃和瓷器的碎片躺在外面的草坪上，被纠缠在一起的青草和野莓覆盖了吧。

那个时刻已经来临，这是黑夜已经终止、黎明还在哆嗦的犹豫不决的时刻，如果一片羽毛降落到天平上，也会把一边的秤盘给压下去的。只要一片羽毛，这幢正在沉沦、坍塌的房屋就会翻身投入黑暗的深渊。在坍圮的房间里，来野餐的游客会生火煮水；情人们来这儿寻求荫蔽，躺在油漆剥蚀的地板上；牧羊人把他的午餐放在砖块上；流浪者睡在那儿，把外套裹在身上御寒。然后，屋顶会坍下来，荆棘和铁杉会遮蔽小径、石阶和窗户；它们会参差不齐地拼命生长，覆盖住那个小丘，直到迷路者闯入这块地方，只能根据荨麻丛中一根火红色的铁栅栏或者铁杉林中的一片瓷器，来判断这儿曾经有人住过，曾经有过一幢房子。

如果那片羽毛落了下来，把天平的一端轻轻捺了下去，整幢房子就会陷入深渊，躺在湮没无闻的沙滩上。但是，有一股力量在起作用；那是某种并不自觉的力量，某个斜眼瘸腿的身影，某种并非在庄重的宗教仪式和庄严的教堂钟声鼓舞之下进行工作的力量。麦克奈布太太在哼哼哈哈地抱怨；贝茨太太在吱吱嘎嘎地走动。她们老了，肢体僵硬，腰酸腿疼。她们终于带着扫帚和水桶来了；她们开始干活。麦克奈布太太突然接到那些年轻小姐中某一位的来信：请她把屋子打扫干净；把这个准备好；把那个准备好；真是匆匆忙忙。他们可能要来避暑；他们到最后曾经把一切都留了下来；现在他们盼望能见到一切都保持原状，和他们离开时一模一样。麦克奈布太太和贝茨太太缓慢而吃力地使用扫帚和水桶，扫抹冲刷，把腐朽和霉烂的过程抑制住了：她们从时间的深渊中打捞起一只即将淹没的脸盆，又抢救出一只快要沉没的碗橱；有一天早晨，她们从湮没的尘土中捡起了全套威佛利小说和一套茶具；那天下午，她们找出了一架黄铜的壁炉围栅和一副钢铁的火炉用具，把它们拿出来曝晒通风。贝茨太太的儿子乔治来捕鼠、割草。她们又请来了工匠。他们擦洗吱吱嘎嘎的铰链和生锈的插销，整修潮湿发胀、訇訇訇訇关不上门的木器家具。这两个女人弯下腰去，直起身来，哼着，唱着，噼呖啪啦掸着灰，砰的一声关上门，一会儿跑到楼上，一会儿钻进地窖，整幢房子就像正在经历一种极其艰难费劲的分娩过程。噢，她们说，这活儿可真是够呛！

有时她们在卧室或书房里喝茶，午休片刻；她们的脸上带着污垢，她们年老的双手因为扫帚握得太久，手指痉挛着舒展不开。她们噗的一声瘫倒在椅子里，一会儿想到她们了不起地征服了那些水龙头和那个洗澡间；一会儿又想起对于那一排排书籍更加艰难的、局部的胜利，这些书曾经是乌黑闪亮的，现在都染上了白斑，长出了淡色的霉菌，隐藏着鬼鬼祟祟的蜘蛛。她觉得喝下去的热茶使得她浑身暖洋洋的，那回忆往事的望远镜又自动举到麦克奈布太太眼前，于是在那圆形的光环中，她又看见了那位年迈的绅士，像一支钉耙一般瘦削挺直，当她带着洗好的衣服走过来时，他在摇着头，她猜想他必定是在那儿草坪上喃喃自语。他从来没注意过她。有人说他死了；也有人说夫人死了。究竟是哪一位死了呢？贝茨太太也拿不准。那位少爷死了，那她是肯定无疑的。她曾在报纸上的阵亡将士名单中看到过他的姓名。

现在那个厨娘又浮现在眼前了，玛德蕾特？玛丽安娜？反正她有这么个名字——一个红头发的女人，像所有和她同类的女人一样性格急躁，但是心地却很善良，如果你了解她的脾气的话。有多少次，她们曾经在一起开怀大笑啊。她总是给麦琪[1]留一盆汤；有时还有一片火腿，或者剩下来的随便什么东西。那年月，她们的日子可过得挺美。她们所需要的东西什么也不缺（她把热气腾腾的茶喝下肚去，就变得口齿伶俐、心情舒畅，她坐在育儿室栅栏旁边的柳

① 麦琪是麦克奈布太太的昵称。

条椅子里，她记忆的线索就像一球绒线似地拉开了）。那时总有许多活儿要干，有时屋子里住了二十个人，她洗衣服一直洗到深更半夜。

贝茨太太(她从来就不认识那些人，当时她还住在格拉斯哥)放下了手中的茶杯，她觉得奇怪：为什么他们把那只野兽的头颅挂在那儿？那一定是他们在国外什么地方打猎时被射杀的。

很可能是这样，麦克奈布太太说，他们在东方国家有些朋友；她的回忆飘忽不定地继续下去：先生们就待在那儿，夫人们穿着夜礼服；有一次，她从餐厅门口看到他们全都坐在那儿吃饭，有二十来人，她敢说太太们都佩戴着珠宝首饰，她被留下来帮着洗涤餐具，也许一直干到午夜以后。

啊，贝茨夫人说，他们会发现这地方已经变了样啦。她凭窗眺望，瞅着她的儿子乔治在那儿刈草。他们很可能会问：这片草地曾经整理过吗？看到原来掌管草地的老园丁肯尼迪已经多么老态龙钟，而且自从他从大车上摔下来之后他的腿又多么不便，他们会想：也许整年没一个人，或者一年的大部分时间没人来照管这块草坪；还有大卫·麦克唐奈在这儿，花种可能已经寄来了，可是谁又说得准它们究竟有没有被种上呢？他们一定会发现，这块地方已经改变了模样啦。

她瞧着她的儿子割草。他干起活来可是把好手——他是个静静地埋头干活的人。嗯，她猜想工匠们正在继续修理那碗橱。他们却自动停工了。

她们在室内辛苦打扫，在室外刈草挖沟，忙了几天之后，最后用鸡毛掸帚轻拂窗扉，把窗子都关上，把整幢房子的门都用钥匙锁起来，再把前面的大门砰地一声关上：大功告成了。

现在似乎响起了刚才被洗、刷、割、刈的声音所淹没了的隐约可闻的旋律，那一部分被耳朵所捕捉但随即任其消逝的间歇的乐声：一阵犬吠，一声羊咩，毫无规则、断断续续，然而似乎又有些关联；一只昆虫嗡嗡叫，刈下的青草在颤动，那彼此分开的声音，似乎又有些相互归属；金龟子的鸣声、辚辚的车轮声，一高一低，但又有着神秘的联系；耳朵紧张地把这些声音汇合在一起，并且差不多达到了和谐协调的程度，但却从来没有听得清清楚楚，也从来没有达到充分的和谐，最后，在黄昏时分，这些声音终于一个接着一个消逝了，那和谐的旋律结结巴巴地中断了，寂静终于降临了。夕阳西下，清晰的轮廓消失了，寂静像雾霭一般袅袅上升、弥漫扩散，风停树静，整个世界松弛地摇晃着躺下来安睡了，在这儿黑黝黝地没一点光亮，只有透过树叶间隙洒下来的一片绿色的幽光，或者被玻璃窗反射到花床中白色花瓣上的苍白的月色。

（在九月的一个黄昏，莉丽·布里斯库叫人把她的行李搬到这幢屋子面前。）

10

和平真的来临了。风儿把和平的消息从大海吹到了岸上。再也不会打破它的睡眠，而是哄着它进入更深沉的休憩，不论那些酣睡者神圣地、明智地做着什么好梦，总是证实了这个消息——除此之外，大海的喃喃自语还能带来什么别的信息呢？——在那清洁安静的房间里，莉丽·布里斯库把她的脸贴在枕头上，倾听着大海的涛声。从开着的窗户传来了这个世界的美丽的低语，声音太轻，听不清它在说些什么——但是，只要它的意义是清楚的，那又有什么关系？它在恳求那些酣然熟睡的人们（这屋子又住满了；贝克威斯夫人住在这儿，还有卡迈克尔先生）：如果他们不愿意真的走到海滩上来，至少也要拉起窗帘，向外眺望一番。那末，他们就能看见穿着紫袍的黑夜飘然降临，他的头上戴着王冠，他的王笏上镶嵌着珍宝；从一个孩子的眼中看来，他是多么威武庄严。如果他们仍然犹豫不决（莉丽因为旅途劳累几乎立即就睡着了；但卡迈克尔先生在烛光下看书），如果他们还是抱否定态度，把他那壮丽的夜色说成是一股水汽，并且说朝露比他更有力量，他们宁可睡觉也不愿起来观赏夜景，那末他既不抱怨，也不争论，他那轻柔的声音，就会唱出他的夜之歌。浪花轻轻地飞溅（莉丽在睡梦中听见它们的声音），灯光温柔地俯照（灯塔的光柱似乎掠过她的眼睑）。而它看上去，卡迈克尔先生想道，它看上去完全和往昔一模一样。他合上书本，进入了梦乡。

当黑夜的帷幕笼罩了这幢房屋，贝克威斯夫人、卡迈克尔先生和莉丽·布里斯库躺在那儿，眼皮上遮盖了几层黑暗的纱巾，那夜之声的确可以旧调重弹；为什么不接受它，不以此为满足，不顺从默许呢？大海环绕着那些小岛发出有节奏的叹息，抚慰着他们；黑夜包围着他们；没有什么东西惊醒他们的好梦，直到鸟儿开始啁啾，黎明把它们单薄的鸣声织进它白色的晨衣，一辆大车发出隆隆的响声，一条狗在什么地方吠叫，阳光揭开了黑暗的帷幕，撕开了蒙着他们眼睛的纱巾，惊动了酣睡的莉丽·布里斯库。她一把抓住床上的毯子，就像一个失足下坠的人紧紧抓住悬崖边缘的草根。她的眼睛睁大了。她又重新回到这儿来了，她直起身子坐在床上想道。她完全清醒了。

第三部　灯塔

1

这是什么意思？这一切又能意味着什么？莉丽·布里斯库想道。她不知道该到厨房里去再拿杯咖啡呢还是等在这儿，因为餐厅里只有她独自一人。这是什么意思？——这是从某一本书上看到的一句时髦话儿，它大致上和她当时的思想合拍，因为这是和拉姆齐一家重逢的第一个早晨，她约束不住自己的感情，只能让这句话反复回响着，来掩盖她思想的空虚，直到这种惆怅的心情云消雾散。真的，过了这么多年又重游故地，可是人去楼空，拉姆齐夫人已经去世，她的感觉究竟如何？没有什么，没有什么——她根本没什么可说的。

她昨晚很迟才到达，神秘的黑夜笼罩着一切。现在她醒来了，又坐在餐桌旁边的老位置上，但是无人相伴。时间很早，还没到八点。这次远征即将举行——他们打算到灯塔去：拉姆齐先生、凯姆和詹姆斯。他们早就该动身了——他们必须在涨潮顺风的时刻启航。凯姆没准备好；詹姆斯也没准备好；南希忘了吩咐厨房准备三明治。拉姆齐先生发火了，他砰的一声关上门，走出了房间。

“现在去还有什么用？”他咆哮道。

南希突然不见了。拉姆齐先生怒气冲冲地在平台上来回踱步。你似乎可以听到乒乒乓乓的关门声和互相呼喊的声音，响彻了整幢屋子。现在南希闯了进来，她环顾四周，用一种奇特的、一半茫然一半绝望的态度问道：“给灯塔看守人送些什么东西去呢？”似乎她在强迫自己去做一件早就认为没有希望做到的事情。

真的，该送些什么东西到灯塔去呢？！要是在别的时刻，莉丽一定能够很明智地建议，送一些茶叶、烟草和报纸去。但是，今天早晨，似乎一切都非常奇特，南希提出的那个问题——该送些什么到灯塔去？——打开了她心灵中的许多门户，它们在不停地乒乒乓乓打开又关上，使她茫然不知所措，只是目瞪口呆地不断问道：该送些什么东西？该做些什么事情？我究竟又为什么坐在这儿？

她独自一个(因为南希又出去了)坐在长长的餐桌旁边，面对着那些洗净的茶杯，她觉得被切断了和其他人之间的联系，只能继续观望、询问、诧异。这幢房子、这个地方、这天早晨，对她说来，似乎都是陌生的。她觉得自己对这儿毫无依恋，与它毫无瓜葛，任何事情都可能发生，而无论发生了什么事情——外面有脚步声，一个声音在呼喊(“它不在碗橱里，在楼梯平台上，”有人嚷道)——这都是个疑问，好像平时把各种东西束缚在一起的锁链被砍断了，它们就上下飘浮、四处纷飞。她瞅着她面前的空咖啡杯想道：人生是多么漫无目标，多么混乱，多么空虚。拉姆齐夫人溘然仙逝；安德鲁死于非命；普鲁香消玉殒——她也可能会重复同样的命运，因此，这一切并没有在她心中激起任何感情的波澜。在今天这样一个早晨，我们又在这样一幢屋子里重逢了，她一边说一边向窗外望去。这是一个美丽的、风平浪静的日子。

正在低头徘徊的拉姆齐先生经过窗前时，突然抬起头来，用他那激动、狂热而又非常锐利的目光盯着她瞧，好像只要他对你瞧上一秒钟，只要他一看见你，他就永远在瞅着你；她举起空杯，假装在喝咖啡，借此来避开他的目光——来回避他对她的请求，来把那个非常迫切的要求再耽搁一会儿。他对她摇摇头，继续踯躅（“孤独”，她听见他叹息；“死亡”，她又听到他悲鸣），在这个奇特的早晨，这些言词像其他一切东西一样，成了一种象征，涂满了那灰绿色的墙壁。她觉得，只要她能够把这些象征凑到一块儿，用一些句子把它们写出来，那末她就有可能把握住人生的真谛。年迈的卡迈克尔先生穿着拖鞋，轻轻地啪哒啪哒走进来，倒了一杯咖啡，拿着杯子走出去坐在阳光下。那异乎寻常的空虚叫人害怕，但是它也令人兴奋。到灯塔去。但把什么送到灯塔去呢？死亡。孤独。对面墙上灰绿色的幽光。那些空着的座位。这就是构成人生的一些成分，然而，怎样才能把它们凑合成整体呢？她问道。似乎任何微弱的干扰，都会把她正在餐桌上建造的脆弱的形体打个粉碎，因此，她转过身来背对着窗户，免得和拉姆齐先生的目光相遇。她必须躲到什么地方去，清静独处。她突然想起，十年前，当她坐在这儿的时候，桌布上有一个小小的树枝或叶瓣的图案，她曾对它凝视片刻，受到了启发。她曾经考虑过一幅图画的前景的布局问题。她曾说过，要把那棵树向中间移动一下。她一直没有完成那幅作品。她现在要把它画出来。这些年来，这幅画一直在叩击着她的心扉。她想：她把绘画颜料放在什么地方啦？对，她的颜料。昨天晚上，她把它撂在门厅里了。她要马上动笔。在拉姆齐先生踱到平台末端转过身来之前，她赶快站了起来。

她给自己端了把椅子。她用精确的、老处女式的动作，在草坪边缘支起了画架，离开卡迈克尔先生不太近，但在受到他保护的范围之内。对，十年前，她一定恰恰就站在这儿。前面就是那墙壁、藩篱、树木。问题在于这些物体彼此之间的某种关系。这些年来，她心里一直惦记着它。似乎问题的答案就在眼前：现在她知道她想要干什么了。

然而，在拉姆齐先生的不断干扰之下，她什么也干不了。每一次，当他走近她的身旁——他还在平台上徘徊——她就觉得灾难和骚乱在向她逼近。她没法作画。她弯下腰去；她转过身来；她拿起擦笔的抹布；她挤一下那管颜料。她所干的这一切，不过是暂时把他挡开罢了。他使她什么事也干不了。因为，只要她稍微给他一点机会，只要他看见她有片刻的空闲，只要她向他那边瞥上一眼，他就会走过来对她说(就像他昨晚说过的)：“你发现咱们家里变化不小吧。”昨天晚上，他从椅子里站起来，站在她的面前，说了那句话。他们惯常用英国国王和王后的名字来称呼的那六个孩子——红色的某某、美丽的某某、任性的某某、冷酷的某某[1]——虽然都默默地坐在那儿，瞪着眼睛瞅着他们的父亲，她感觉到他们的心中是多么愤怒。好心肠的贝克威斯老太太说了几句通情达理的话来安慰他。但是，这一家人充满着各种互不相干的强烈感情——整个黄昏，她都有这种感觉。在这混乱的情绪达到顶点之时，拉姆齐先生站了起来，紧紧地握着她的手说：“你将会发现，咱们家的变化可不小。”孩子们没有一个动弹一下，或者说一句话，他们都坐在那儿，好像迫不得已只好就让他那末说。只有詹姆斯（当然是那忧郁的詹姆斯）愤怒地瞪着眼睛，凝视着那灯光，还有凯姆，在手指上绞着她的手帕。然后他提醒他们，明天他们将到灯塔去，在七点半钟，他们必须准备好，等候在大厅里。他的手放在门上，他停下了脚步，转过身来面对着他们。难道他们不想去吗？他要求他们回答。如果他们胆敢说半个不字（他有某种理由想要得到一个否定的回答），他就会凄惨地往后一仰，倒在地上，流下绝望的眼泪。他就有这种装腔作势的天才。他看上去就像一个被放逐的落泊君主。詹姆斯倔强地表示同意。凯姆更加沮丧地吞吞吐吐答应了。噢，好

---

① 在第一部第四章中，班克斯先生把这些孩子称为“任性的凯姆，冷酷的詹姆斯，公正的安德鲁，美丽的普鲁”，请参阅本书第25页。

的，他们会准备好的，他们说。这使莉丽大为震动，这是悲剧——不是灵柩、尘土和尸布；而是受到强制胁迫的孩子，他们活泼的精神被抑制了。詹姆斯十六岁，凯姆也许十七岁。莉丽环顾四周，寻找一个不在场的人物，可想而知是在寻找拉姆齐夫人。但是，只有善良的贝克威斯夫人，在灯下翻阅她的速写。她疲倦了，她的思潮还在随着大海的波涛起伏，这些阔别多年的地方的特殊气味熏醉了她，烛光在她眼前摇晃闪烁，使她心醉神迷、不能自已。那是一个奇妙的夜晚，星斗满天；他们上楼之时，听见阵阵涛声；当他们经过楼梯的窗口时，一轮巨大而苍白的明月，使他们感到惊异。她一上床就睡着了。

她把一幅干净的油画布稳固地安放在画架上，作为一种脆弱的屏障，但是她希望它足以有效地阻挡拉姆齐先生和他的激动心情的干扰。当他的背脊转过去时，她尽可能盯着她的画瞧：那儿一根线条；这儿一堆油彩。但是，毫无用处。让他站在五十英尺之外，即使他没对你说话，甚至没看见你，但他的影响渗透弥漫，压倒一切，他把他的影响强加于你，叫你无从回避。他的存在改变了一切。她看不见那些色彩；她看不见那些线条；甚至在他的背脊对着她时，她也在想：再过一会儿，他就会走到我的面前提出要求——要求某种她觉得自己无法给予他的东西。她丢下一支画笔；她另外又选了一支。孩子们要什么时候才出来？他们什么时候动身？她心情烦躁、坐立不安。她的怒火燃烧起来，她想，那个男人只想攫取别人对他的同情，他自己从来就不给别人一点儿同情。另一方面，她就会被迫给他以同情。拉姆齐夫人就曾给予他同情。她慷慨地把自己的感情施舍，施舍，施舍，现在她已死去——留下了这一切后果。真的，她对拉姆齐夫人感到不满。画笔在她手里轻轻颤抖，她凝视着树篱、石阶和墙壁。这都是拉姆齐夫人干的好事。她死了。现在，莉丽待在这儿，四十四岁了，却在浪费她宝贵的时间，站在这儿什么也干不了，把绘画当作儿戏，把她一贯严肃对待的工作当作儿戏，这都是拉姆齐夫人的过错。她死了。她过去经常坐的石阶空着。她死了。

但是，为什么老是旧调重弹？为什么总是要企图激起她并不具备的某种感情？这里面包含着一种亵渎。她的感情早已干涸、枯萎、消耗殆尽。他们本来就不应该邀请她；她也不应该来。一个人到了四十四岁，就不能再浪费时间。她痛恨把绘画当作儿戏。一支画笔，是这个处处是斗争、毁灭和骚乱的世界上唯一可以信赖的东西——决不能把它当作儿戏，即使是明知故犯也不行：她对此极为厌恶。但是，他迫使她这样做。他似乎在向她走来，对她说：在你把我所要求的东西给我之前，你休想动笔。现在他又贪婪而激动地逼近过来了。好吧，莉丽坠下握笔的右手，她绝望地想道：比较简单的办法，还是让这件事情早点了结吧。她肯定能够根据回忆来模仿她在许多妇女脸上(譬如拉姆齐夫人脸上)看到过的那种激动、狂热、俯首听命的表情，当她们遇到这样的场合，她们的热情就燃烧起来(她还记得拉姆齐夫人脸上的表情)，陷入一种狂热的同情，由于她们所得到的报答而万分喜悦，虽然她并不明白其中的缘故，这种报答，显然是人性可能给予她们的最高的幸福。他走了过来，停留在她的身旁。她将尽她所能地给他以同情。

2

她似乎消瘦了一点，他想道。她看上去有点干瘪、憔悴，然而不无风韵。他喜欢她。曾经传说她要和威廉·班克斯结婚，但后来并未实现。他的夫人很喜欢她。今天吃早餐时，他有点儿暴躁。然而，然而——目前有一种不可遏制的需要(他并不意识到这是什么需要)，驱使他去接近任何女性；他的需要是如此迫切，他不论用什么方法，都要强迫她们给予他所需要的东西：同情。

有人照应她吗？他问道。她所需要的一切都有了吗？

“噢，谢谢，一切都有了，”莉丽局促不安地说。不，她办不到。她应该马上顺水推舟、随波逐流，对拉姆齐先生表示同情；她精神上受到的压力实在太大了。但她仍漠然不动。出现了一阵可怕的沉默。他们俩凝视着大海。拉姆齐先生想，为什么我在她眼前，她却凝视着大海呢？她说，她希望风平浪静，好让他们顺利抵达灯塔。灯塔！灯塔！灯塔又有何相干？！他不耐烦地想。出于某种原始的冲动(因为他确实再也按捺不住了)，他马上发出一声如此凄凉的悲叹，世界上任何女人听到了，都会做点儿什么，或者说点儿什么，来安慰他——但我可是个例外，莉丽想。她辛辣地嘲讽自己说，我可不是个女人，我不过是个暴躁易怒的、干巴巴的老处女罢了。

拉姆齐先生长叹一声。他在等待她的反应。难道她不打算说点儿什么吗？难道她没看出他对她有什么要求吗？于是他说，有一个特殊的原因，促使他想要到灯塔去。他夫人在世的时候，经常送东西去给那些灯塔看守人。其中有一个臀部患了骨痨的男孩，是灯塔看守人的儿子。他深深地叹息。他的叹息是意味深长的。莉丽心中的唯一希望，是这股巨大的伤感的洪流、这种对于同情的贪婪的渴望、这种要她完全俯首听命的要求（即使他有着无穷的忧愁，足以使她永远给他以同情）别老是缠着她不放，最好在这股洪流把她冲倒之前，它就被引向别的地方（她不断向那屋子张望，希望有人出来干扰这个局面）。

“这种远游，”拉姆齐先生用脚尖刮着地面说，“是非常令人难受的。”她还是一声也不吭。（他想，她可真是泥塑木雕、铁石心肠。）“航行是很劳累的，”他一边说一边带着一种使她作呕的忧郁表情，注视他自己美丽的双手（她觉得他在演戏，这个伟大的人物可真会做作）。这太可怕了，太卑鄙了。孩子们怎么还不出来？她问道。因为她再也承担不了这悲哀的重荷，再也忍受不住这伤感的压力了（他装出一种极其衰老的姿态，甚至站在那儿有点步履不稳)。

她还是什么话也说不出来；极目四顾，似乎找不到任何可以谈论的东西；她只能惊奇地感觉到，当拉姆齐先生站在那儿的时候，他的忧郁的目光似乎使阳光下的草地也黯然失色，使躺在帆布椅上念法国小说的脸色红润、昏昏欲睡、心满意足的卡迈克尔先生的形象，也蒙上一层丧礼的黑纱，似乎在这样一个灾难的世界上夸耀其成功的人物，他的存在就足以唤起种种最忧郁的思想。瞧瞧我吧，他似乎在说，瞧瞧我吧；真的，他一直有这种情绪：想想我吧，想想我的处境吧。啊，她多么希望这浓重的悲伤气氛能从他们身旁随风飘散；希望刚才她把画架放得更靠近卡迈克尔先生一点；只要是个男子汉，任何一个男子汉，都能阻挡住这倾泻不止的洪流，抑制住这漫无节制的哀伤。作为一个妇女，她激起了这可怕的感情波澜；作为一个妇女，她应该知道如何处理这种局面。站在那儿哑口无言，作为一名女性，是很不光彩的。一个女人该说——说什么呢？——噢，拉姆齐先生！亲爱的拉姆齐先生！像贝克威斯夫人这种画画速写的老太太，马上就会很得体地说出几句那样的话。但是，不，她可说不出来。他们俩默然相对，和世界上其他人都隔绝了。他的顾影自怜，他对同情的渴求，好似一股洪流在她的脚旁倾泻，形成了一潭潭的水洼，而她这个可怜的罪人，她的唯一行动，就是提起她的裙边，以免沾湿。她紧握画笔，默然伫立。

谢天谢地！她终于听到了屋里的人声。詹姆斯和凯姆一定快要出来了。但拉姆齐先生好像也知道他的时间不多了，他把他的年迈衰朽、他的孤独寂寞、他的一切苦难集中起来，对茕茕孑立的莉丽施加巨大的精神压力，以期打动她的心弦；他觉得心情烦恼——究竟有什么女人能抗拒他的要求？——他不耐烦地把头往后一仰，突然注意到他的鞋带散了。真是品质优异的皮鞋，莉丽想；她俯视这双鞋：像雕塑工艺品一般精美绝伦，就像拉姆齐先生身上穿戴的每一件东西，从他松散的领带到他解开一半钮扣的背心，无可争辩地表现出他个人的风格。她简直可以想象，这两只鞋会自动地走到他的房间里去，即使拉姆齐先生不在场，它们也会表现出他的悲怆、乖戾、暴躁、风度。

“多漂亮的皮鞋！”她惊叹道。她觉得很羞愧。当他恳求她安慰他的灵魂之时，她却去称赞他的皮鞋；当他展示他流血的手、刺伤的心，并且请求她怜悯之时，她却高高兴兴地说：“啊，但是你的皮鞋多漂亮！”她知道自己罪有应得，就举目望着他，准备他突然大发雷霆，把她痛骂一番。

可是，拉姆齐先生反而露出了笑容。他阴暗的脸色、忧郁的心情、虚弱的神态都烟消云散了。啊，说得对，是第一流的皮鞋，他说着就把脚提起来让她瞧。在全英国，只有一个人能制出这样好的鞋。皮鞋是人类遇到的最大祸害之一，他说。“鞋匠们干的好事，”他嚷道，“就是蹩伤和折磨人们的脚。”皮鞋匠也是最顽固倔强的人。他把少年时代的大部分精力，都用来寻找做工地道的皮鞋。他要让她仔细瞧瞧(他先抬起右脚，然后抬起左脚)，她还没见过这种式样的皮鞋呢。它们是用世界上最好的皮革制造的。其他鞋匠所用的大多数皮料，不过是像棕色的硬纸板一般的次品罢了。他心满意足地注视着他仍旧悬空提着的脚。她觉得他们到达了一个充满阳光、和平安宁的岛屿，这个上帝保佑的优质皮鞋之岛，由健全清醒的头脑统治着，永远在温暖的阳光照耀之下。她的心窝温暖了，对他有了好感。现在让我来看看你是否善于系鞋带，他说。她系得不扎实的鞋带结儿，他可瞧不顺眼。他把他自己发明的系鞋带方法试给她看。一旦把结扎牢，它就永不松散。一连三次，他解开她的鞋带，又重新把它系紧，作为示范。

为什么在这完全不适当的时刻，当他弯腰替她系鞋带的时候，她对他的同情心如此折磨着她呢？她也弯下腰去，热血涌上了她的面颊，想起她自己的铁石心肠(她刚才竟把他称为装腔作势的演员)，她觉得泪珠儿在眼眶里滚动。如此全神贯注地系着鞋带，他在她的眼中，似乎化为一个无限悲怆的形象。他自己系鞋带。他自己买皮鞋。在拉姆齐先生的人生旅途上，没有谁来给他一点儿帮助。然而，刚巧在她想说点儿什么的时候(也许她本来有可能说点儿什么)，他们却来了——凯姆和詹姆斯。他们出现在平台上。他们并肩而行，拖拖沓沓地走过来，神态严肃而忧郁。

但是，他们为什么要像那个样子哭丧着脸走过来呢？她不禁觉得他们讨厌。他们本来应该高高兴兴地走过来；他们本来应该把她没有机会(因为他们就要出发了)给予他的东西献给他。她感到一阵突如其来的空虚，一种受到挫折的失望。她的感情来得太迟缓了，她的同情心终于油然而生，但是他已经不再需要它了。他已变成一位非常高贵的长者，已经对她一无所求。她觉得被冷落了。他把一个背包撂到肩上。他把那些纸包——好几个用棕色的纸张马马虎虎扎起来的小包——分给两个孩子。他叫凯姆去取一件斗篷。他看上去完全像一个准备远征的领队。于是，他拿着棕色的纸包，穿着优质的皮鞋，跨着坚定的军人般的步伐，带头走上那条小径。他的两个孩子尾随着他。她想，孩子们看上去好像命运已经赋予他们某种严肃的使命，他们正在奔赴这个目标，他们还很年轻，可以顺从地默默跟在他们的父亲后面前进；但是，他们黯淡无光的眼色，却使她感觉到：他们正在默然忍受着某种超越他们年龄所应承受的痛苦。他们就这样越过了草坪的边缘，莉丽似乎感到她正在瞧着一支队伍前进，尽管它的步伐不齐、士气不振，但有某种强有力的共同感吸引着他们，使他们结成一个小小的整体，给她留下了奇特的印象。当他们越过草坪之时，拉姆齐先生彬彬有礼而疏远冷淡地向她挥手致意。

他的容貌多么苍老啊，她想道。她立刻就发觉，现在没人要求她同情，那同情心却烦扰着她，需要得到表达的机会。是什么使他的容貌如此苍老呢？她猜想，大概是由于日以继夜的思考——思考那张并不存在的厨桌的现实性——她还记得，当她闹不清他在想些什么时，安德鲁给了她那个象征性的解答。（她想起安德鲁已经被一枚炮弹的弹片杀死了。）那张厨桌是某种出于空想的、质朴的东西；某种朴素的、坚硬的、不是用来当作装饰品的东西。它并未涂上任何色彩；它边缘清楚、棱角突出；它有一种毫不妥协的朴素品质。但是，拉姆齐先生的目光一直盯着它瞧，从来不允许自己分散注意，或者受假象蒙骗，直到他的容貌变得衰老，并且和那桌子同样具有这种质朴无华的美，给她留下了深刻的印象。后来，她又想起了（她站在刚才和他分手的地方，手中仍握着画笔），他的脸上也曾闪过各种忧虑的表情——它们并不如此崇高。她猜测，他一定对于那张桌子也有过怀疑：怀疑它是不是一张真实的桌子；怀疑他为它所花的时间是否值得，怀疑他究竟是否能够发现什么结论。她觉得，他自己必定有所怀疑，否则他就不会经常征询别人的意见。她推测，有时他们夫妇俩在深夜讨论的就是这个问题（他的研究是否有价值），第二天，拉姆齐夫人看上去疲劳不堪，而莉丽为了微不足道的小事，就对他十分恼火。但是，现在可没人来和他谈论那张桌子，他的皮鞋，或他的鞋带了；于是他就像一头追寻猎物的狮子，他的脸上就带有那种绝望的、夸张的表情，使她看了心惊肉跳，使她提起裙边退避。后来她又想起了，当她称赞他的皮鞋时，他的精神突然振奋起来，他的眼中突然闪烁着火花，他突然恢复了他的活力和对于合乎人情的普通事物的兴趣，这一切也都是一闪而过，他的心情一下就改变了（他的情绪瞬息万变，而且显露无遗），进入了最后那另外一种状态，这是一种她没见过的新的精神状态，她承认，这使她对于自己的神经过敏感到羞愧，当时，他似乎抛弃了各种忧虑和抱负，抛弃了对于同情和赞扬的渴望，进入了另外一种境界；他似乎被好奇心所吸引，在默默无声的谈话中（不管是自言自语还是和别人交谈），率领着那支小小的队伍，走出了她的视野之外。多么不平凡的容貌啊！花园的大门砰地一声关上了。

3

他们终于走了，她想。她宽慰地叹了口气，同时又感到心中若有所失。她的同情心好像被掷了回来，像一枚多刺的黑莓，弹到她的脸上。她有一种奇特的被分裂的感觉，似乎她的一部分被吸引出去——这是一个风平浪静的日子，海上烟雾朦胧，那座灯塔今天早晨看上去无限遥远——而她的另一部分，仍倔强而稳固地钉在这片草地上。她似乎看到她的油画布飘浮而起，颜色苍白、寸步不让地逼近她的眼前。它以冷冰冰的目光瞪着她，似乎为了所有这些匆忙、骚乱、愚蠢和感情的浪费而指责她；当她的各种混乱骚动的心情（他走了；她对他极感同情，但是丝毫没有表白）离开了这块场地，那幅画使她恢复了平静，起初，一种和平静谧之感在她心中扩展；随后，她又怅然若失，心中感到一片空虚。她茫然地望着那幅画布，那寸步不让地、苍白地瞪着她的画布，然后她的目光转向那个花园。有某种东西(她站在那儿，她那张干瘪的小脸蛋上那对中国式的小眼珠往上一转)，她想起了，在那些纵横交错的线条的互相关系中，在这绿、蓝、棕色彩斑驳的一片篱栅中，有某种东西一直留在她的脑海里，在那儿打了一个结，使她在沿着布罗姆顿路散步之时，在梳头整容之际，在各种零零星星的瞬间，她都会身不由己地发现自己正在心中绘着那幅图画，她的目光掠过那画面，并且正在解开那个想象中的结。但是，离开了画布凭空想象地筹划，和真正执笔在手抹上第一道色彩，这完全是两码事。

由于刚才在拉姆齐先生面前心慌意乱，她拿错了一支画笔，而且因为神经紧张，她把画架的脚插入土中之时，摆错了角度。现在她摆正画架，从而抑制了那种分散她的注意力并且使她想起她是如此这般的人物、想起她和人们有着这样那样的关系的不适当的、和作画毫不相干的念头，她抬起手来，提起了画笔。在一阵痛苦而兴奋的沉醉状态中，她的手在空中哆嗦着停留了片刻。从何处落笔？在画布的哪一点涂上第一道色彩？这可是个问题。抹在画布上的一根线条，就意味着她承担了无数的风险，作出了许多不可挽回的决定。一切在想象中似乎很简单的事情，在实践中马上变得复杂起来；当浪涛从悬崖峭壁的顶端形态匀称地滚滚而来时，对于在浪涛中游泳的人们说来，他们却被深深的漩涡和泛沫的浪峰所分隔。尽管如此，这风险还是非冒不可；画布上终于抹上了第一道色彩。

带着一种奇妙的肉体上的激动，好像她被某种力量驱使着，而同时她又必须抑制住自己，她迅速地画下了那决定性的第一笔。画笔落了下来。它把一抹棕色飘洒到画布上去，留下了一道流动的笔迹。她又画上了第二笔——第三笔。就这样，她停留片刻，再添上一笔，停了又画，画了又停，画笔的起落形成了一种带有节奏的舞蹈动作，似乎那些停顿构成了这节奏的一部分，那些笔触又构成了它的另一部分，而这一切都是互相关联的；她就这样轻柔地、迅捷地画画停停，在画布上抹下了一道道棕色的、流动的、神经质的线条，它们一落到画布上，就围住了(她觉得它在她面前朦胧地浮现出来)一块空间。在一个浪涛的波谷中，她看见第二个浪涛在她的上方越来越高地汹涌而至。还有比这一块空间更加不可轻视的东西吗？她又来到了这儿，她想，她又回到这儿来瞅着它，她从生活、闲聊、交际的圈子中脱身出来，被吸引到她的这个强劲的宿敌面前——这另一个境界，这个真理，这个现实，它突然抓住了她，在各种表面现象的背后赤裸裸地显露出来，支配着她的注意力。她一半觉得不愿意，一半觉得厌恶。为什么总是被诱骗出来，被硬拉着走呢？为什么不留下来平静地和卡迈克尔先生在草坪上聊聊天呢？无论如何，这还是一种恰当的思想交流形式。其他可尊敬的对象，都因获得崇拜而心满意足；男人、女人、上帝都让人匍匐拜倒在他们脚下；但是这种交流形式，它只是一个白色的灯罩投射到一张柳条桌上的灯影儿，它使你参加无休止的论战，挑起一场你注定要失败的战斗。情况总是如此(她不知道这是出于她的天性还是性别)，在她把流动不居的生活转化为集中凝炼的图象之前，她总有片刻赤身露体毫无遮蔽的感觉，好像她是一个尚未诞生的灵魂，一个被剥夺了躯体的灵魂，在通风的塔尖上犹豫不决，毫无屏障地暴露在一阵阵疑虑的狂风之中。那末，她为什么还要画呢？她瞧瞧那幅画布，它被轻轻地抹上了许多流动的线条。它将被挂在仆人的卧室里。它将被卷起来，塞到沙发下面去。那末把它画出来，又有什么用处呢？她听到有某种声音在说，她不能绘画，不能创作，似乎她被卷入了一个习惯的漩涡之中，在这漩涡中经过一定的时间之后，某种经验就在心灵中形成了，结果她就重复地说一些话，而再也意识不到是谁首先说这些话的。

不能绘画，不能写作，她机械地喃喃自语，焦急地考虑着她的进攻方案应该如何。因为那片篱栅赫然呈现在她面前；它突出地耸立着；她感觉到它迫在眉睫。然后，似乎有某种为了发挥她的才能所必需的润滑液被喷射出来，她开始犹疑不定地蘸着蓝色和赭色的颜料，这儿一点那儿一抹地挥动她的画笔，但是，这支笔现在似乎更加沉重迟缓了，好像它已经和她所看到的景色(她不停地望望篱栅又看看画布)传递给她的某种节奏合拍一致了，因此，当她的手带着生命颤抖着，这强有力的节奏足以支持她，使她随着它的波浪前进。毫无疑问，她正在失去对于外部事物的意识。而当她对于外部事物，对于她的姓名、人格、外貌，对于卡迈克尔先生是否在场都失去了意识的时候，不断地从她的心灵深处涌现出各种景象、姓名、言论、记忆和概念，好像她用绿色和蓝色在画布上塑造图象之时，一股出自内心的泉水洒满了那一片向她瞪着眼的、可怕地难以对付的、苍白的空间。

她回忆起来了，查尔士·塔斯莱老是说女人不能绘画，不能写作。当年她就在这同一个地点作画，他从后面走过来，贴近地站在她背后，她最恨别人这样。“我吸粗劣的烟草，”他说，“五个便士一盎司。”他向她显示他的贫穷、他的原则。（但是，那场战争拔除了她女性的螫刺。可怜的家伙们，她想，这些男男女女的可怜虫。）他老是在腋下夹着一本书——一本紫色封面的书。他在“工作”。她记得他坐了下来，在一片阳光之下工作。在吃晚饭时，他总是坐在她视野的中央。但是，她回想起来，毕竟还有海滩上的那幕情景。她应该记得那幕情景。那天早晨风很大。他们都来到了海滩上。拉姆齐夫人在一块岩石旁坐下来写信。她写了又写。“噢，”她抬起头来望着漂浮在大海中的什么东西说道：“它是一只捕龙虾的竹篓吗？它是一条颠覆的小船吗？”她的目光如此近视，她什么也瞧不清楚。于是，查尔士·塔斯莱尽可能耐心周到地给她说明。他开始用石片打水漂儿。他们选择黑色扁平的小石片，把它们投掷出去，让它们在水面上漂跃。拉姆齐夫人不时停笔，从她眼镜的上方举目望着他们，取笑他们。她记不起他们说了些什么，只记得她和查尔士一起掷着石片，突然感到相处得相当融洽，而拉姆齐夫人正在望着他们。她非常清楚地意识到那一点。她向后退了一步，她的眼珠往上一转，心里想道：拉姆齐夫人。（要是她和詹姆斯坐在那石阶上，一定会使画面大为改观，那儿一定会有一个阴影。）当她想起她自己和查尔士一起打水漂儿，想起海滩上的整个情景，似乎在某种意义上说来，这一切全靠坐在岩石下把一本拍纸簿放在膝盖上写信的拉姆齐夫人。（她写了好多信，有时风把信纸吹走。她和查尔士刚好抓住一页信纸，没让它给吹到海里去。）但是，在人类的心灵中，蕴藏着多么伟大的力量啊！她想：那个坐在岩石下写信的女人，把一切事情都由矛盾复杂转化为单纯和谐；她使愤怒、烦躁的心情涣然冰释；她把各种各样因素凑合在一起，并且从那可怜的愚蠢和厌恶之中（她和查尔士经常争论口角，十分愚蠢，彼此怀恨）提炼出某种东西——例如在海滩上的这幕景象，这片刻的友谊和好感——它经历了这些年月，仍旧完整地保存下来，她只要稍微沉浸于这片景色之中，就刷新了她对于塔斯莱的记忆，它就像一件有感染力的艺术品一样，留存在心中。

“就像一件艺术品，”她喃喃自语，看看画布，瞧瞧客厅的石阶，再回过头来看看她的画布。她必须休息片刻。而当她一边休息，一边模模糊糊地从一样东西望到另一样的时候，那个永远在心灵的苍穹盘桓的老问题，那个在这样的瞬间总是要把它自己详细表白一番的宏大的、普遍的问题，当她把刚才一直处于紧张状态的官能松弛下来的时候，它就停留在她的上方，黑沉沉地笼罩着她。人生的意义是什么？那就是全部问题所在——一个简单的问题；一个随着岁月的流逝免不了会向你逼近过来的问题。那个关于人生意义的伟大启示，从来没有出现。也许这伟大的启示永远也不会到来。作为它的代替品，在日常生活中，有一些小小的奇迹和光辉，就像在黑暗中出乎意料地突然擦亮了一根火柴，使你对于人生的真谛获得一刹那的印象；眼前就是一个例子。这个，那个，以及其他因素；她自己，查尔士·塔斯莱，还有飞溅的浪花；拉姆齐夫人把他们全都凝集在一起；拉姆齐夫人说："生命在这儿静止不动了；"拉姆齐夫人把这个瞬间铸成了某种永恒的东西(就像在另一个领域中，莉丽自己也试图把这个瞬间塑造成某种永恒的东西)——这就具有某种人生启示的性质。在一片混乱之中，存在着一定的形态；这永恒的时光流逝(她瞧着白云在空中飘过、树叶在风中摇曳)，被铸成了固定的东西。生命在这儿静止不动了，拉姆齐夫人说过。"拉姆齐夫人！拉姆齐夫人！"她反复地呼喊。所有这一切，她都受赐于拉姆齐夫人啊。

万籁俱寂。似乎那幢屋子里还没人走动。她望着它沉睡在清晨的朝阳中，它的窗户上反映出蓝色、绿色的树叶。她对拉姆齐夫人模糊的思念，似乎与这幢寂静的屋子、这一缕轻烟、这明媚的早晨的清新空气和谐一致。模糊而缥缈，它令人惊异地纯洁而动人。她希望没有人会打开窗户或从屋里走出来，让她可以独自一个继续沉思，继续绘画。她转向她的画布。但是，受到某种好奇心的驱使，受到她的没有表白出来的同情心的推动，她走了几步，来到草坪的尽头，去看看她是否能看见那支小小的队伍扬帆出发。在海面上，在那些漂浮的小船中间——有些小船的帆还收卷着，有些小船缓慢地、非常平稳地驶开去——有一艘小船和其他船只离得相当远。它的帆正在被扯起来。她认定了，就在那艘遥远的、完全寂静的小船里，拉姆齐先生正与凯姆和詹姆斯坐在一起。现在他们已经曳起了帆；那些帆篷无力地飘垂、犹豫了片刻之后，现在已灌饱了风，在深沉的静谧中扯满了，她瞅着那条船深思熟虑地选定了它的航道，越过了其他船只，向着大海乘风破浪而去。

4

那些帆篷在他们的头顶上方微微飘动。水声潺潺，浪花拍打着船舷，小船在阳光下打着瞌睡，滞留不进。偶尔有一丝微风轻轻拂动那些帆篷，但是它们飘摆波动了一下，风就停了。那条船完全静止不动了。拉姆齐先生坐在小船中央。詹姆斯想，他马上就要觉得不耐烦了；凯姆心中也有同感。她望着她的父亲，他坐在小船中央，介于他们两者之间(詹姆斯在船尾掌舵；凯姆独自坐在船首)，他的两条腿紧紧地蜷缩着。他痛恨随波漂荡，徘徊不前。果然如此，他烦躁不安地等了一会儿之后，就厉声呵斥船夫麦卡力斯特的儿子，后者就拿出双桨开始划船。但是，他们知道，除非小船疾驶如飞，他们急躁的父亲是不会满意的。他会不住地盼望海面上刮起一阵顺风，他会坐立不安地喃喃自语，麦卡力斯特父子会听到他的低声抱怨，他们俩一定会感到很不自在。是他叫詹姆斯和凯姆来的。是他强迫他们俩来的。出于愤怒的心情，他们希望那阵风永远别刮起来，他们希望他尽可能地受到挫折，因为他是违背了他们本人的心意，强迫他们来的。

在刚才走到海滩去的一路上，他们俩一起拖拖拉拉地走在后面，虽然父亲无声地命令着他们，“快走，快走。”他们耷拉着脑袋；某种残酷无情的风暴，在压着他们低头。他们没法和他讲话。他们非来不可；他们必须俯首听命。他们必须拿着装食品的棕色纸袋，跟在他后面走。但是，当他们在跟着走的时候，他们在心中默默发誓：他们俩要齐心协力，来实现那个伟大的誓约——抵抗暴君，宁死不屈。因此，他们一个在船头，一个在船尾，默然对坐。他们一声不吭，只是偶尔瞅一眼盘膝而坐的父亲，他皱眉蹙额，如坐针毡，一会儿轻蔑地啐一声，一会儿喃喃自语，不耐烦地盼着海上会刮起一阵大风。他们却但愿风平浪静。他们希望他受到挫折。他们希望这次远征完全失败，希望他们被迫中途折回，带着他们原封不动的食品袋走上海滩。

但是，当麦卡力斯特的儿子把小船向外划了一小段路程之后，那些帆慢慢地转过来兜满了风，小船的速度增加了，船身平稳了，它像离弦的箭一般疾驶而去。好像极度紧张的神经立刻就松弛了，拉姆齐先生伸开他原来盘着的腿，拿出他的小烟袋儿，喉咙里轻轻哼了一声，把它递给麦卡力斯特，不管詹姆斯和凯姆多么痛苦失望，他们知道，他现在完全心满意足了。现在他们会连续几个小时这样航行下去，拉姆齐先生会向老麦卡力斯特提出一个问题——也许就是关于去年冬天的那场大风暴——那老船夫会回答他的问题，他们俩会一起悠闲地抽他们的板烟，麦卡力斯特会拿起一条涂过柏油的绳索，在手里打结，或把它解开，而他的儿子会蹲在那儿钓鱼，不和任何人讲一句话。詹姆斯就会被迫一直盯着那张帆。因为，如果他疏忽了他的职责，那帆就会缩拢、晃动，船速就会减慢，于是拉姆齐先生就会厉声喝道："注意！注意！"而老麦卡力斯特就会缓慢地在他的座位上转过身来瞅着他。就这样，他们听见拉姆齐先生提起了关于去年圣诞节大风暴的问题。"那条船就从那个地点驶过来，"老麦卡力斯特说；他在描述那场风暴，当时还有十条船也被迫到这个海湾里来避风，他看见"一条在那儿，一条在那儿，一条在那儿"（他动作缓慢地指点着海湾的四面八方，拉姆齐先生随着他所指点的方向转动他的脑袋）。他看见四个人爬上一条船的桅杆。随后它就沉没了。"最后我们终于用篙把船撑开去，"他继续说道(但是，他们在愤恨和沉默之中，只是偶尔听到一两句话。他们分别坐在船的两端，那宁死不屈地抵抗暴君的誓约，把他们的心联结在一起)。最后，他们终于用篙把船撑开了，他们放下了救生艇，他们把它驶离了那个地点——麦卡力斯特在讲着那个故事；虽然他们只是偶然听到一两句话，但是他们始终意识到他们父亲的存在，意识到他如何俯身向前，他和麦卡力斯特互相问答的声音如何协调一致；他如何吞云吐雾地吸着板烟，随着麦卡力斯特所指的方向四面眺望，细细玩味渔民们在狂风暴雨的黑夜中生死搏斗的情景。他就喜欢那样：在夜晚，男子汉应该在大风呼啸的海滩上奋斗流汗，用他们的血肉之躯与聪明才智去和狂风暴雨、惊涛骇浪对抗；他喜欢男子汉像那样工作，让妇女们管理家务，在屋里守着熟睡的孩子们，而男子汉就在外面的风暴中葬身海底。从他那摇晃的身躯、警惕的眼神、高亢的声音和异常的语调里，詹姆斯能够理解他此时此刻的这种心情；凯姆对此也完全理解（他们瞧瞧父亲，又彼此相望），当他向麦卡力斯特问起那被风暴驱赶到海湾里来的十一条船的时候，他的语调里混入了一点苏格兰腔，使他看上去就像一个农民。在这十一条船中，沉没了三艘。

他向麦卡力斯特所指的方向望去，眼里射出骄傲的光芒；不知道为什么，凯姆为他感到自豪，她想，要是他当时在场的话，他会亲自放下那艘救生艇，他会赶到那条遇难的船只那儿去。凯姆想，他是多么勇敢，他多么富于冒险精神。但是她忽然想起，还有那条誓约：抵抗暴君，宁死不屈。他们的满腹牢骚，把他们俩压得喘不过气来。他们被迫服从他的命令。他又一次利用他的忧郁情绪和家长权威来压倒他们，迫使他们执行他的命令，在这个明媚的早晨，带着这些纸包到灯塔去，因为这是他的愿望；他迫使他们来参加这场为了满足他个人悼念死者的心愿而举行的朝圣仪式，他们对此非常痛恨，因此，虽然他们磨磨蹭蹭地跟着他来了，但是这次出游的全部乐趣都给糟蹋完了。

拂面的微风令人心旷神怡。小船倾斜着划破水面，激起的浪花像绿色的泡沫和大小瀑布，向两侧倾泻。凯姆低首俯瞰浪花的浮沫，注视着大海和它的全部宝藏，小船飞快的速度把她给催眠了，她和詹姆斯之间的联盟稍微松散了一点，减弱了一点。她开始想：船开得好快。我们在往哪儿去啊？她被那船身的颠簸催眠了；而詹姆斯的目光盯着船帆和地平线，神色严峻地驾驶着那条船。但是，当他掌着舵，他心里开始想，他有可能逃脱，他有可能逃避这一切。他们有可能在什么地方登陆；于是就自由啦。他们俩互相凝视了片刻，一半是由于飞快的速度，一半是因为景色的变换，他们产生了一种超脱和升华的感觉。但是，那阵微风也在拉姆齐先生心中激起了同样的兴奋，所以，当老麦卡力斯特转过身来把他的钓索向船外抛出去时，他大声嚷道：

“我们灭亡了，”然后又接着嚷道：“各自孤独地灭亡了。”随后，带着那种习惯的忏悔和羞愧的激动，他控制住自己，向海岸挥手。

“瞧那幢小屋，”他指着岸上说，想要凯姆往那边看。她勉强地直起身来眺望。但它是哪一幢呢？她认不出在那个山坡上哪一幢是他们的屋子。所有的房屋看上去都十分遥远、静谧、奇异。那海岸似乎变得非常优美、遥远、缥缈。他们已经航行的那段小小的距离，使他们远离了海岸，并且使它看上去与原来不同，看上去有一种镇静自若的气氛，好像那是某种距离遥远、与他们全不相干的东西。究竟哪一幢是他们的屋子呢？她可认不出。

“但我曾卷入更加汹涌的波涛，”拉姆齐先生喃喃自语道。他已经找到了那幢屋子，而发现了它，也就在那儿发现了他自己：他看到自己在那平台上来回踯躅，孑然一身。他看到自己正在那些石瓮之间徘徊；他似乎看到自己弯腰曲背、老态龙钟。坐在小船里，他低头弯腰、缩拢身躯，马上就开始进入他的角色——一个丧失了亲人的、孤独的鳏夫——并且在想象之中，把成群的人们吸引到他的面前，来对他表示同情；他就坐在小船里，为他自己上演一出小小的戏剧；这场戏需要他装出老态龙钟、精疲力竭、无比沉痛的样子（他举起双手，望着瘦削的手指，借此证实他的梦想），来使妇女们对他大感同情，接着，他又想象她们会如何安慰他、同情他，并且在他的梦想中反映出女性的同情所给予他的那种微妙的喜悦。他叹了一口气，悲哀地低声吟诵：

但我曾卷入更加汹涌的波涛
被更深的海底漩涡所吞没，

他们都相当清晰地听到了那悲哀的词句。凯姆在她的座位上几乎大吃一惊。这使她震惊——也令她愤慨。她的举动惊醒了她的父亲；

他哆嗦了一下，他的梦想中断了，他高呼道：“瞧！瞧！”他的呼声如此迫切，使詹姆斯也转过头来瞧他背后的那个岛屿。他们大家都望着那个小岛。

但是，凯姆什么也没看见。她正在想，他们曾经在那儿居住过的、和他们的生活紧密地纠结在一起的那些小径和草坪都消失了：它们给抹去了，给扔在后面了，变得虚无缥缈了；而现在眼前的这些东西是现实的：这条小船和它打了补丁的帆篷，麦卡力斯特和他所戴的耳环，那轰鸣如雷的涛声——这一切都是现实的。想到这些，她喃喃自语道：“我们灭亡了，各自孤独地灭亡了，”因为她父亲的话在她的头脑里一再闪现。她的父亲看见她如此神思恍惚地凝视着远方，就开始逗她。她懂得罗盘仪上那些圆点所代表的方位吗？他问道。她分得清东西南北吗？她真的认为他们就住在那个方向吗？他指点着告诉她，他们的屋子在什么地方：就在那儿，在那些树木旁边。他希望她的方位感更加精确一点，他说：“告诉我——哪儿是东，哪儿是西？”他一半是取笑她，一半是责备她，因为，对于并非绝对低能的那些看不懂罗盘仪的人们，他无法理解他们的思想状态。但她仍然辨不出方向。看到她刚才恍惚地凝视远方，现在又惊慌失措地把眼睛盯着没有房屋的地方瞧，拉姆齐先生忘记了他的梦想，忘记了他如何在平台上徘徊于那些石瓮之间，忘记了那些妇女如何向他伸出同情之手。他想，女人总是那个样子；她们的头脑糊涂是无可救药的；那是一桩他永远也没法了解的事情；但情况就是如此。他的夫人——她一向就是如此。她们没法让任何概念清晰地印在她们的头脑里。但是，他对她大发雷霆是错误的；更有甚者，他不是相当喜欢这种女性的糊涂吗？这是她们异乎寻常的魅力的一部分。我要使凯姆对我微笑，他想。她看上去受惊了。她是如此沉默。他握紧拳头，决定把他的声音、他的面部表情、他富于表现力的姿势都收敛起来，这些年来，他曾随心所欲地利用这一切，来赢得人们的同情和赞扬。他要使她向他微笑。他要找一些简单的话题来和她谈谈。但是谈什么呢？因为，像他这样埋头工作，他已忘记了人们通常所谈的话题。对，有一条小狗。他们有一条小狗。今天谁在照料那条小狗呀？他问道。詹姆斯看见他姊姊脑袋的后方衬托着船帆，他冷酷地思忖：不错，现在她可要让步屈服啦；那就会只剩下我一个人来孤独地对抗那个暴君。那个誓约将留给他一个人来加以贯彻。瞧着她脸上悲哀、阴沉、让步的表情，他严峻地想道：凯姆永远不会宁死不屈地反抗暴君。有时会出现这样的情况：当一朵乌云飘落在一片绿色的山坡上，出现了一种严重的气氛，四周的群山之间弥漫着一片阴暗和忧伤，似乎那些山峦必须认真考虑那个被乌云笼罩在阴影中的山坡的命运，或者寄予同情，或者幸灾乐祸。就这样，凯姆现在感觉到她被乌云所笼罩了，她坐在安详坚定的人们中间，不知道应该如何回答她父亲提出的关于那小狗的问题，不知道应该如何抵挡他的哀求——原谅我吧，体贴我吧；另一方面，立法者詹姆斯似乎把永恒智慧的法规摊开在他的膝盖上（他握着舵柄的手对她说来已经成为一种象征）对她说，反抗他，和他斗。詹姆斯说得多么公平正直。因为，他们必须宁死不屈地和暴君斗争，她想。在人类所有的品德中，她最推崇的就是正直。她的弟弟最像一个公正不阿的神祇，她的父亲最善于死乞活赖地哀求。她坐在他们两人中间，凝视着景色陌生的海岸，一面想着那些草坪、平台、房屋已被平静地遗留在远方而在视野里消失了，一面在考虑她应该向这两者中的哪一个让步。

“杰斯泼，”她愁眉不展地说。他会照料那条小狗的。

她打算给它起个什么名儿呢？她的父亲坚持追问下去。当他自己还是个小男孩的时候，他有过一条小狗，它叫弗立斯克。詹姆斯看见她的脸上出现了一种表情，一种在他记忆之中熟悉的表情，他想，她会屈服的。他想，她们会垂首俯视她们正在编织的绒线，或者什么别的东西；然后她们会突然抬头仰望；一道蓝光闪过，他想起来了，后来和他坐在一起的什么人笑了，屈服投降了，使他怒不可遏。那个人肯定就是他的母亲，他想，她坐在一把矮脚椅子里，他的父亲站在她身旁俯视着她。他开始在岁月一页页、一册册、轻轻地、不断地积存在他头脑里的一连串无穷无尽的记忆之中寻找：在各种景象和音响之间，在各种严厉、空虚、甜蜜的声音之中，在掠过的灯光、轻轻触及地板的扫帚、冲刷海岸的波涛之间，他看到一个男子如何来回踱步、突然停留、笔直地站在那儿，俯视着他们母子俩。与此同时，他注意到凯姆把她的手指浸在海中玩水，她呆呆地望着海岸，什么也不说。不，她不会屈服的，他想；她和母亲不一样，他想。好吧，要是凯姆不愿回答他的问题，他就不再打扰她了，拉姆齐先生下了决心，他伸手到衣袋里去摸一本书。但是，她愿意回答他的问题；她迫切地希望能够搬开放在她舌头上的某种障碍，并且说：噢，对啦，弗立斯克。我就叫它弗立斯克吧。她甚至还想问：它是不是那条独自从荒野里寻到回家道路的小狗？但是，尽管她努力尝试，她可说不出那样的话，因为，她既害怕又忠于他们的誓约，然而，詹姆斯可没料到，她已把她感觉到的对于父亲的爱慕之情，悄悄地向他传送过去。因为，她一边用手戏水，一边在心里琢磨（现在麦卡力斯特的孩子钓到一条鲭鱼，它在甲板上直蹦，鱼鳃上淌着鲜血）；她一边瞅着漠然凝视船帆或偶尔注视地平线的詹姆斯，一边在想：你可没有遭遇到这种感情的压力和分裂，没有遭遇到这种异常强烈的诱惑啊。她的父亲伸手到兜里掏书，再过一秒钟，他就会把书掏出来了。对她来说，没有别人比他更富于吸引力的了：他的双手是美丽的，还有他的双脚，他的声音，他的语言，他的匆忙急躁，他的怪癖热情，他敢于直言不讳地在众人面前扬言我们将各自孤独地灭亡，还有他的疏远淡漠，这一切都对她有一种独特的吸引力。（他已经打开了他的书本。）她坐直了，一边瞧着麦卡力斯特的孩子从另一条鱼的鳃帮里把鱼钩取出来，一边想道：然而，叫人难以忍受的是他那种极端的盲目和横暴，它损害了她美好的童年生活，掀起了痛苦的风暴，甚至到现在，她还会在半夜惊醒，气得直哆嗦，并且回忆起他蛮横无理的强迫命令："干这个，""干那个，"回忆起他支配一切的欲望和他那种"绝对服从我"的要求。

因此，她什么也没说，只是倔强而忧愁地凝视那包围在一片和平静谧气氛中的海岸，她想，似乎那儿的人们都已酣然入睡，像一缕轻烟或幽灵一般来去自由。在那儿，他们可没有痛苦折磨，她想。

5

对啦，站在草坪边缘的莉丽断定，那条就是他们的船。那条就是那灰棕色帆篷的小船，现在她看见它船身平稳地在水面上飞快地穿越那个海湾。她想，他就坐在船中，孩子们依旧保持着沉默。她又不可能到他那儿去。她没有向他表白出来的同情使她心情沉重，难以作画。

她一向认为他难以相处。回想起来，她从来没能当面称赞他一句。这使他们之间的关系成为某种中性的东西，其中没有性感的因素，而正是那种因素，使他在敏泰面前如此温柔体贴，几乎是兴高采烈。他会采一朵花儿献给她，把他的书借给她。但是，他真的相信敏泰会认真读那些书吗？她随身带着它们在花园里到处跑，把树叶夹到书中来标出她读到什么地方。

“你还记得昔日的情景吗，卡迈克尔先生？”她瞅着那老人，很想问问他。但是，他把帽子遮住了半个额角；她猜想，他已经睡着了，或者正在梦想，或者正在推敲诗句。

“你还记得昔日的情景吗？”她经过卡迈克尔身旁，就忍不住想要问问他。她又想起了拉姆齐夫人坐在海滩上的情景；那只漂浮在水面上的木桶，随着波涛一上一下地晃动；那一页页的信纸随风飘散。为什么过了这些年月之后，这幕景象在记忆中保存了下来，萦回缭绕，闪闪发光，连细枝末节都历历在目，而在它以前或以后很长一段时间里的其他景象，都是一片空白呢？

“它是一条小船吗？它是一只捕虾的竹篓吗？”拉姆齐夫人问道。莉丽把她当时说的话复述了一遍，转过身来，勉强地回到她的画布面前。谢天谢地，她重新拿起画笔想道，那个空间的问题依然悬而未决。它瞪着眼睛瞅她。整幅画面的平衡，就取决于这枚砝码。这画的外表，应该美丽而光彩，轻盈而纤细，一种色彩和另一种色彩互相融合，宛若蝴蝶翅膀上的颜色；然而，在这外表之下，应该是用钢筋钳合起来的扎实结构。它是如此轻盈，你的呼吸就能把它吹皱；它又是如此扎实，一队马匹也不能把它踩散。于是她开始在画布上抹上一层红色、一层灰色，她开始用色彩一层一层填补那片空白，把她心目中的画面逐渐体现出来。与此同时，她又似乎和拉姆齐夫人一起坐在海滩上。

“它是一条小船吗？它是一只木桶吗？”拉姆齐夫人问道。她开始在周围寻找她的眼镜。找到了眼镜，她就坐着默默地眺望大海。正在从容不迫地作画的莉丽觉得，似乎有一扇门户打开了，她走了进去，站在一个高大而非常阴暗、非常肃穆，像教堂一般的地方，默默地向四周凝视。从一个遥远的世界，传来了喧嚷的声音。几艘轮船化为缕缕轻烟，在远处的地平线上消失了。查尔士在掷着石片，让它们在水面上漂跃。

拉姆齐夫人默然端坐。莉丽想，她很高兴在默默无言的状态中休息；在这人类相互关系极端朦胧暧昧的状态中休息。谁知道我们是什么样的人，我们的内心感觉又如何？甚至在亲密无间的瞬间，谁又能知道这一切？这就是学问吗？拉姆齐夫人很可能会问（在她身旁，这种沉默的场面似乎经常会发生）：如果把这些全说了出来，不会反而把事情弄糟吗？我们如此默然相对，不是能够表达更为丰富的内容吗？至少在目前这一瞬间，似乎有着异常丰富的内涵。她在沙滩上戳了一个洞，再用沙子把它盖没，好像这样就把这完美的瞬间埋藏了进去。它就像一滴银液，人们在其中蘸了一下，就照明了过去的黑暗。

莉丽往后退了一步，使她的画布——就这样——处于她视野的中心。画家所走的可是一条奇特的道路。你往外走得越来越远，直到最后，你好像走到了海上的一条狭窄的跳板上，孑然一身，形影相吊。当她用画笔去蘸蓝色的颜料之时，她也在笔端上蘸满了往昔的回忆。她想起来了，现在拉姆齐夫人已经从沙滩上站了起来。是回家的时候了——快吃午饭了。他们大家一起从海滩上往回走，她和威廉·班克斯并肩走在后面，敏泰走在他们前面，她的袜子上破了一个洞。那个小小的圆窟窿里露出来的粉红色的脚后跟多么扎眼！威廉·班克斯看到它感到多么厌恶！虽然就她记忆所及，他什么也没说。对他说来，这个窟窿意味着女人的毁灭性打击，意味着不整洁的习惯，意味着仆人纷纷离去、到了中午还没把床铺好——意味着他所最憎恶的一切。他有一个习惯性的动作：哆嗦着伸开他的手指，好像去遮蔽一件不堪入目的东西。现在他就做了这个动作——把手遮在他面前。敏泰继续往前走去，大概保罗遇见了她，他们俩就一块儿进了花园。

莉丽·布里斯库想起了雷莱夫妇，把绿色的颜料挤到调色板上。她把对于雷莱夫妇的印象在心里集中起来。在她眼前浮现出他们婚后生活的一连串景象；其中有一幕，在拂晓时分发生在楼梯上。保罗早就回家上床安寝了；敏泰迟迟未归。大约在凌晨三点钟，敏泰走上了楼梯，她戴着花环，浓妆艳抹，打扮得花枝招展。保罗穿着睡衣走了出来，他手里拿着一根拨火棍，以防碰上小偷。敏泰站在半楼梯的窗口，在苍白的晨曦中啃着三明治，楼梯的地毯上破了一个窟窿。但是，他们说了些什么呢？莉丽问她自己。似乎在想象之中瞅上一眼，她就能听见他们说话。敏泰继续讨厌地啃着她的三明治，保罗说了些激烈的话来责备她，他压低了嗓子，以免惊醒孩子们——那两个小男孩。他面容憔悴，拉长了脸；她轻浮艳丽，满不在乎。大约在婚后一年左右，他们之间的关系就垮了；他们的婚姻结果很不理想。

莉丽用画笔蘸了一点绿色颜料，她想，这样来想象有关他们夫妇的情景，就是所谓“了解”人们、“关心”他们、“喜爱”他们！其中没有一句话是真实的；全是她想象出来的；但是，尽管如此，她对于他们情况的了解，就是如此。她继续深入到她的绘画中去，继续深入挖掘往昔的岁月。

另外有一次，保罗说他“在咖啡馆里下棋”。根据这句话，她又想象出一幕完整的景象。她想起来了，当他说这句话的时候，她就想象他如何打电话回家，女仆如何回答说“先生，太太不在家”，于是他就打定主意也不回家。她在想象中看见他坐在某个阴暗场所的角落里，红色长毛绒面的座位上布满了烟尘，那些侍女总是对你熟悉亲昵，他和一个小个子男人下棋，他是做茶叶生意的，住在塞尔别顿，这就是保罗所了解的关于他的全部情况。当他回家时，敏泰不在家，随后就是楼梯上的那一幕。为了防备小偷，他手里拿了一根拨火棍(毫无疑问，也是为了向她示威)，他讲的话十分令人痛心，他说她毁了他的一生。无论如何，当莉丽到雷克曼斯华绥附近的一所小别墅去看望他们时，他们之间的关系可怕地紧张。保罗带她到花园里去看他所饲养的比利时兔子，敏泰寸步不离地跟随着他们，她嘴里唱着歌，把裸露的手臂搭在保罗的肩膀上，以免他向莉丽泄漏任何情况。

莉丽想，敏泰对兔子烦腻得要命。但是，敏泰守口如瓶，她从来不提起保罗在咖啡馆里下棋之类的事情。她可要谨慎得多、小心得多。把他们的故事继续讲下去吧——现在他们已经通过了那个危险阶段。去年夏天，她曾经和他们一起待过一阵子。有一次，他们的汽车在中途出了毛病，敏泰不得不给他传递工具。他坐在路旁修车，她把工具递给他时，一副公事公办的样子，直截了当，态度友好——这证明他们之间的关系现在还不错。他们俩不再“相爱”了；不，他爱上了另一个女人，一个严肃的女人，她留着发辫，手里拿着公文包(敏泰曾经感激地、几乎有点钦佩地描述过她)，她和保罗一起参加各种会议，对于地价税和资产税等问题，她和保罗持有相同的观点(他们越来越多地发表他们的见解)。他的外遇并未使他和敏泰的婚姻关系破裂，反而适当地调整了它。当他坐在路旁修车而她把工具递给他时，他们夫妇俩显然成了相互默契的好朋友。

这就是雷莱夫妇的故事，莉丽想道。她想，她自己正在把这个故事讲给拉姆齐夫人听，她一定会充满着好奇心，想要知道雷莱夫妇的近况。要是她能告诉拉姆齐夫人那桩婚事结果并不成功，她会有一点儿得意洋洋。

但是，那位死者！莉丽想道。她的构图遇到了某种障碍，使她停笔沉思，她向后退了一两步，喟然叹息：噢，那位死者！她喃喃自语说，人们同情死者，把他们撇在一边，甚至对他们有点儿轻蔑。他们现在可是任凭咱们来支配摆布啦。她想，拉姆齐夫人已经隐没、消失了。现在我们可以超越她的愿望，把她那种带有局限性的老式观念加以改进。她已经后退到离我们越来越远的地方。带着几分嘲笑意味，她似乎看见拉姆齐夫人在岁月长廊的末端，讲着那些不合时宜的话：“结婚吧，结婚吧！”（在黎明时分，她身躯笔直地坐在那儿，小鸟开始在外面的花园里啁啾。）现在你不得不对她说，事情的发展全都违背了您的心愿。他们是幸福的，他们的生活就像那个样子；我是幸福的，我的生活就像这个样子。生活已经完全改变了。在这种情况下，拉姆齐夫人的整个存在，甚至还有她的美丽，在转瞬之间已经成为明日黄花，化作尘土。莉丽在那里站了一会儿，火热的太阳晒着她的背脊，她在心里总结雷莱夫妇的情况，觉得她自己战胜了拉姆齐夫人：她永远也想不到保罗会在咖啡馆里下棋，并且有一个情妇，想不到他会坐在路旁修车，而敏泰给他递工具；她也永远想不到莉丽会站在这儿作画，从来没结过婚，甚至也没跟威廉·班克斯结婚。

拉姆齐夫人早就把这件事盘算好啦。如果她还活着的话，也许她会强迫他们结婚。那年夏天，拉姆齐夫人对她说，威廉·班克斯是“心肠最好的男人”。他是“当代第一流的科学家，我的丈夫说的”。他又是“可怜的威廉——真叫我伤心，我去看望他，发现他屋里没一件像样的东西，甚至连花也没人给他插”。因此，她就经常叫他们俩一块儿去散步。拉姆齐夫人带着那种可以使她从别人手指缝里溜过去的轻微嘲讽告诉莉丽：她有一个科学的头脑；她和威廉一样喜欢花卉；她的作风又如此严谨。莉丽向她的画架走近又后退几步，她一边看画一边在心里琢磨：为什么拉姆齐夫人这样热衷于婚姻问题呢？

（突然间，就像一颗流星滑过夜空那样突然，一道红色的火光似乎在她头脑里燃烧起来，笼罩着保罗·雷莱，那火光就是从他身上发出来的。它就像是一群野蛮人为了庆祝某种盛典而在一个遥远的海滩上燃起的篝火。她听见了火焰的欢呼咆哮和木柴在噼呖啪啦地燃烧。周围几英里路以内的海面，化为一片火红和金黄。烟火中夹杂着某种醇酒的芬芳，使她沉醉，因为，她又重新感觉到那种轻率的渴望，想要从悬崖上纵身一跃，淹没到大海中去，寻找沙滩上的一枚珍珠别针。那欢呼咆哮、噼呖啪啦的火焰，使她带着恐惧而厌恶的心情向后退却，似乎当她看到这火焰的壮丽和力量之时，也看到了它如何贪婪可恶地吞噬着这幢屋子里的财富，于是她对它感到厌恶。但是，作为一种辉煌华丽的景象，它胜过了她以往所看到过的任何东西，它作为一种信号的烽火，年复一年地在大海边缘的一个荒岛上燃烧，只要人家一提起“爱情”这个词儿，这保罗的爱情之火马上就熊熊地燃烧起来，就像现在发生的情况那样。这火焰渐渐熄灭下去，她笑着对自己说，“雷莱夫妇，”她想起了保罗如何到咖啡馆里去下棋。）

她想，真是千钧一发，她总算侥幸逃脱了爱情的罗网。她当时注视着桌布的图案，心里闪过一个念头：她要把那棵树移到画面中央，她永远不需要和任何人结婚，而且她为此感到无比喜悦。她曾感觉到拉姆齐夫人的威力，现在她能够勇敢地站起来面对拉姆齐夫人——对拉姆齐夫人惊人的支配别人的能力表示一种敬意。只要她说，去做这件事情，别人就会遵命照办。甚至她和詹姆斯一起坐在窗前的影子，也充满着权威。她想起了当时威廉·班克斯发现她对于这幅母子图的重要意义熟视无睹，感到多么震惊。难道她不赞赏他们的美丽吗？他问道。她记得，威廉·班克斯带着聪明懂事的孩子般的眼色，听她解释她的构图毫无不敬之处：不过是这儿的一片亮色，需要有一个阴影在那儿加以衬托罢了。她并非存心亵渎一个拉斐尔[①]曾经虔诚地描绘过的神圣题材。她可不是玩世不恭。情况恰恰相反，她是严肃认真的。多亏他的科学头脑，他充分理解了她的意图——这证明了没有偏见的智慧能使她高兴，并且给她很大的安慰。那么，她毕竟能够严肃认真地和一位男子谈论绘画啦。真的，他的友谊曾经是她弥足珍贵的人生乐趣之一。她爱慕威廉·班克斯。

他们一块儿去游览汉普顿宫廷，他有着完美的绅士风度，经常到河边散步，给她足够的时间去盥洗。这是他们相互关系中的典型事例。许多事情他们都相互默契，不言自明。一个又一个夏季，他们在庭院间漫步，欣赏匀称的建筑和美丽的花卉，在他们散步的时

① 拉斐尔(1483—1520)，意大利文艺复兴时期大画家，画过不少抱着孩子的圣母像。

候，他会给她讲解关于透视法和建筑学的各种知识，他还会停步凝视一株树木或湖上的景色，或者欣赏一个天真的孩子——(他非常惋惜自己没有一个女儿)，他那种毫无表情的、孤零零的样子，对于一个在实验室里消磨了这么多岁月的人来说，是十分自然的，当他走出了实验室，外面的世界似乎使他头晕目眩，因此他缓慢地走着，把手举到眼睛上方去遮蔽阳光，并且时常停下脚步，把头往后一仰，只是为了深深地吸一口新鲜空气。然后，他会对她说，他的管家去度假了，他必须为他家的楼梯买一条新的地毯。也许她愿意和他一块儿去选购吧。有一次，他们的话题转到了拉姆齐夫妇身上，他说，他第一次遇见拉姆齐夫人时，她戴着一顶灰色的帽子，那时她还未超过十九或二十岁。她惊人地美。他站在那儿凝视着汉普顿宫廷的林荫大道，似乎他在那些喷泉之间看到了她亭亭玉立的倩影。

现在莉丽往客厅的石阶望去。她通过威廉的眼睛，看见一个女人的身影，安详沉静，目光低垂。她默默地坐着，沉思冥想(莉丽觉得她那天穿着灰色的衣服)。她的目光俯视着地面。她永远不会把眼睛抬起来。对，她在专心致志地凝视着地面，莉丽想道，我一定也看见过她这种神态，但不是穿着灰衣服，也不是如此沉静、如此年轻、如此安详。那个形象随时会浮现在眼前。正如威廉所说，她是惊人地美。但美并不是一切。美有它的不利因素——它来得太轻易；它来得太完整。它使生命静止了——凝固了。它使人忘记了那些小小的内心骚动：兴奋的红晕、失望的苍白、一些奇特的变形、某种光亮或阴影；这些会使那个脸庞一下子变得认不出来，然而也给它增添了一种叫人永远不能忘怀的风姿。在美的掩盖之下，把这一切都轻轻抹去，当然更简单一些。但是，莉丽可拿不准：当拉姆齐夫人把猎人的草帽往头上一戴，或者奔跑着穿过草地，或者在责备园丁肯尼迪之时，她的容貌看上去是什么模样？谁能告诉她？谁能帮助她解答这个问题？

她的思绪已经不由自主地从心灵深处浮到了外表，她发现自己的注意力有一半脱离了那幅图画，有点惘然若失地望着卡迈克尔先生，好像在望着什么虚无缥缈的东西。他躺在椅子上，双手合拢放在他的大肚皮上，他不在阅读，不在睡觉，而是怡然自得地晒着太阳，就像一只吃饱了东西的动物一样。他手里的书早已掉到草地上去了。

她想马上走过去对他说，“卡迈克尔先生！”于是他就会像往常一样，用他那双烟雾朦胧的绿色眼珠，仁慈地向上望着你。但是，只有当你知道你想要对别人说些什么的时候，你才去唤醒他们。她想要说的可不是一件事情，而是一切事情。三言两语只会打断思路，割裂思想，等于什么也没说。“让我们来谈谈生和死；谈谈拉姆齐夫人。”——不，她想，你和别人什么也讲不清楚。顷刻之间的紧迫感，总是难以击中目标。从嘴里吐出来的言辞向旁边飘逸，击中了靶子以下好几英寸的地方。于是你就放弃了希望，于是那没有表白出来的思想又重新沉没到心灵深处，于是你就像大多数中年人一样——谨小慎微，吞吞吐吐，两眼之间布满了皱纹，并且有一种无限了悟的神态。因为，你怎能用言辞来表达肉体的感情，来表达那儿的一片空虚呢？（她正在望着客厅的石阶，它们看上去异乎寻常地空虚。）是人的肉体，而不是人的心灵在感觉。那空荡荡的石阶在肉体上激起的感觉，突然变得极端令人不快。欲求而不可得，使她浑身产生一种僵硬、空虚、紧张的感觉。随后，又是求而不得——不断的欲求，总是落空——这是多么揪心的痛苦，而且这痛苦是一而再、再而三地绞着她的心房！噢，拉姆齐夫人！她在心里无声地呼喊，对那坐在小船旁边的倩影呼唤，对那个由她变成的抽象的幽灵、那个穿灰衣服的女人呼唤，似乎在责备她悄然离去，并且盼望她去而复归。思念死者，似乎是很安全的事情。幽灵、空气、虚无，这是一种你在白天或夜晚任何时候都可以轻易地、安全地玩弄于股掌之上的东西；她本是那空虚的幽灵，然而，她突然伸出手来，揪着你的心房，叫你痛苦难熬。突然间，空荡荡的石阶、室内椅套的褶边，在平台上蹒跚而行的小狗，花园里起伏的声浪和低语，就像精致的曲线和图案花饰，围绕着一个完全空虚的中心。

她重新转向卡迈克尔先生，想要问他："这是什么意思？你如何解释这一切？"因为，在早晨的这个瞬间，整个世界已经溶化为一个思想的水池，一个现实的深潭，你几乎可以想象，如果卡迈克尔先生开口说话，就有可能在这思想水池的表面上汲取一滴水珠。然后又怎么样呢？某种景象可能出现。一只幽灵的手会被人往上挡开，一把利刀在空中闪着寒光。当然，这全是无稽之谈。

她有一种奇怪的感觉：那些她没法表达出来的思想，他竟然全都心领神会了。他是一位不可思议的老人，胡须上染着一丝黄色的污渍，心里蕴藏着他的诗歌和不解之谜，他在世界上一帆风顺地航行，而这世界也满足了他的一切欲求，因此她想，只要他躺在草地上，把手往下一伸，就可以轻而易举地捞到他所需要的任何东西。她望着自己的画。据她推测，很可能这就是他的回答——“你”、“我”、“她”都随着岁月流逝而灰飞烟灭，什么也不会留存，一切都在不断变化之中；但是，文字和绘画却不是如此，它们可以长存。她想，然而她的画会挂在阁楼上；它会被卷起来，扔到沙发底下去；尽管如此，尽管是像这样一张画，它还是可以留存，这是确切不移的。你可以说，甚至是这张草图，也许还不是那张真的作品，而是它所企图表现的意念，它也会“永久留存”。她想把这种想法说出来，或者不言而喻地暗示出来，因为，这些话要是明讲出来，甚至她自己听起来也会觉得有点太自吹自擂了；当她瞧着这画的时候，她惊讶地发现，她看不清楚。她的眼眶里充满着一种滚烫的液体(起初她没意识到这是眼泪)，它并未牵动她嘴唇的坚定线条，只是使空气显得阴霾；热泪滚下了她的面颊。她对于自己有完善的控制能力——噢，是的！——在所有其他方面。那么，她是在为拉姆齐夫人而哭泣，一点儿也没有意识到任何不愉快的感觉吗？她重新和卡迈克尔老先生攀谈。那么，它是什么东西？它意味着什么？幽灵能够伸出手来揪住你吗？那把利刀会伤人吗？那拳头会攥紧吗？难道没有安全的地方吗？心灵无从理解这个世界的规律吗？没有向导，没有安全的藏身之处，一切都是奇迹，只能盲目地从宝塔的尖顶望空中纵身一跃吗？是否可能，甚至对于老年人来说，这就是生活——大吃一惊、出乎意料、一无所知？她忽然觉得，如果他们俩现在从这草地上站起来要求解释：为什么人生如此短促，为什么它又如此不可捉摸，如果他们像两个充分武装起来的人(对于他们什么也隐藏不了)那样说话，用强硬激烈的语气来要求解释，那么，美就会卷拢身躯、悄然退避，这个空间就会填满，那些空虚的花饰就会构成一定的形体；如果他们的呼声足够响亮，也许拉姆齐夫人就会归来。“拉姆齐夫人！”她大声喊道，“拉姆齐夫人！”泪珠滚下了她的面颊。

6

〔麦卡力斯特的儿子在捕到的那些鱼中拣出一条，从它的腹部剜下一小方块鱼肉，装在他的钩子上作为鱼饵。那尾受伤的鱼(它还是鲜蹦活跳的)被掷回了大海。〕

7

“拉姆齐夫人！”莉丽喊道，“拉姆齐夫人！”但是毫无动静。她更加觉得痛苦。她想，那剧烈的痛苦竟会使她干出这样的傻事！不管怎样，幸亏那位老人没有听见她的呼喊。他依旧仁慈安详——如果你愿意这样想的话——崇高庄严。谢天谢地，没人听见她那丢人的喊声。停止吧，悲痛，停止吧！她显然还没有丧失理智。没有人看见她跨越足下狭窄的跳板，纵身跃入毁灭的湍流。她依旧是一个手持画笔的干瘪老处女。

现在，那求而不得的痛苦和剧烈的愤怒渐渐减轻了(当她想到自己不要再为拉姆齐夫人悲伤，她就把她的痛苦和愤怒收敛起来。在她坐在那些咖啡杯之间吃早餐时，她想念拉姆齐夫人了吗？一点儿也没有)；对于遗留下来的痛苦来说，作为解毒剂，一种宽慰松弛的感觉本身就是止痛的香膏，而且，还有一种某人在场的更加神秘的感觉：她觉得拉姆齐夫人已经从这个世界压在她身上的重荷下暂时解脱出来，飘然来到她的身旁(显示出她全部的美)，她正在把一只她临终时戴着的白色花环举到她的额际。莉丽又挤了一点颜料到调色板上去。她挥动画笔，着手描绘那个篱栅。这可真怪，她多么清楚地看见拉姆齐夫人，迈着她往常那种轻盈的步伐，穿过田野，在紫色的、柔和起伏的田垄中，在风信子或百合花丛中消失了。这是画家的眼睛所玩的把戏。在她听到拉姆齐夫人的噩耗之后的几天之内，她曾看到她就这样把花环戴在额上，毫不犹豫地和她的同伴——一个影子——一起越过那片田野。那个景象，那个片断，自有它安慰人的力量。不论她在什么地方作画，在这儿，在乡间，在伦敦，那个幻影总会来到她的面前，她半闭着眼睛，寻找一件东西来作为安放这个幻影的基石。她俯视着火车车厢和公共汽车；她从肩膀或面颊上取下一根线条；她瞧瞧对面的窗户，望着黄昏时刻点着一串串电灯的皮卡迪利广场。所有这一切，都曾经是死亡的坟场的一部分。但是，往往有某种东西——它可能是一个脸庞，一个声音，一个报童喊着：《旗帜报》，《新闻报》——猛然闪过，刹住了她的幻想，惊醒了她，使她努力集中注意，结果这个幻象就必须不断地加以重新塑造。现在，出于对辽阔的天地和蔚蓝的大海的某种本能的需要，她俯视下面的海湾：一排排蓝色的波浪如丘峰叠起，更加深紫的空间宛若铺着石块的田野，她像往常一样，又被某种不协调的东西惊动了。在海湾的中央，有一个棕色的小点。是的，过了一秒钟，她就明白过来：那是一叶孤舟。那是谁的船？就是拉姆齐先生那条船，她回答道。拉姆齐先生，那位穿着漂亮的皮鞋、高高地举起右手、率领一支队伍从她面前经过的男子，他曾要求她同情而被她所拒绝。那条小船现在已经穿越了半个海湾。

那天早晨是如此晴朗，只是偶尔有一丝微风，极目远眺，碧海与苍穹连成一片，似乎点点孤帆高悬在空中，或者朵朵白云飘坠于海面。在远处的大海上，一艘轮船吐出一缕浓烟，它在空中翻滚缭绕、久久不散，装饰点缀着这片景色，好像海面上的空气是一层轻纱薄雾，它把万物柔和地笼罩在它的网眼中，让它们轻轻地来回荡漾。有时晴空万里，波平如镜，那悬崖峭壁看上去似乎意识到那些驶过的帆船，那些小船看上去似乎也意识到悬崖峭壁的存在，好像它们彼此之间灵犀相通、信息互传。有时候离海岸很相近的灯塔，在这天早晨的朦胧雾霭中，望上去似乎距离十分遥远。

莉丽眺望着大海想道：“他们现在到了什么地方？”那位腋下夹着一只棕色纸包默然经过她面前的老人，他在什么地方？那条小船正在海湾的中心。

8

凯姆望着一上一下波动着的海岸，它越来越显得遥远、静谧，她想，人们在那儿是什么也感觉不到的。她的手浸没在水中，在海面上划出一道波痕，在她的心目中，那些绿色的涡流和线条形成了各种图案，她的思想麻痹了，蒙上了一层帷幕，她在想象中漫游那个水下的世界，在那儿，成串的珍珠和白色的浪花粘在一起，在那绿色的光芒中，她的整个心灵起了变化，她的躯体裹在一件绿色的大氅里，在阳光照耀下变成了半透明的。

后来，围绕着她手的漩涡减弱了。哗哗的湍流停止了；整个世界充满了轻微的吱吱嘎嘎、叽叽喀喀的声音。你可以听到浪花飞溅，拍打着船舷，好像他们已经在港湾里下锚停泊了。所有的东西都显得和你非常接近。詹姆斯的眼睛一直盯着船帆，到后来它好像成了他的一个老相识，现在它完全瘪下去了；他们停在那儿，小船漂荡着，等候海面上刮起一阵顺风，他们曝晒在炎热的阳光下，离开海岸已经相当遥远，离那个灯塔还有一段距离。在整个世界上，似乎一切都静止了。那灯塔岿然不动，远处的海岸线也变成固定的了。太阳变得更加灼热，似乎船上的每一个人都非常接近地聚在一起，并且意识到对方的存在，但刚才大家却各有所思，几乎把别人给忘记了。麦卡力斯特的钓索垂直沉没到大海中。但是拉姆齐先生仍盘膝而坐，继续阅读。

他正在读一本闪闪发光的小书，封面像鹬蛋一般色彩斑驳。他们在那可怕的寂静中飘泊，他过一会儿就翻一页书。詹姆斯觉得，他每翻一页，都带着一种针对着他的特殊手势：一会儿显得专断独行，一会儿带有权威命令的意味，一会儿又企图使人们同情他；当他父亲在一页一页地翻阅那本小书之时，詹姆斯一直提心吊胆，唯恐他会突然抬起头来望着他，对他说出什么刺耳的话。他们干吗磨磨蹭蹭待在这儿？他会提出这样的问题，或者诸如此类相当不合情理的疑问。詹姆斯想，要是他如此蛮不讲理，我就拿起一把刀子，直捅他的心窝。

在他的头脑里，一直保留着这个拿刀直捅父亲心窝的象征。不过现在他年龄大了一点，他坐在那儿，心里怒火中烧而外表漠然不动地瞅着他的父亲，他要杀的不是他，不是那个在看书的老人，而是降临到他身上的某种邪恶的东西——也许他自己对此一无所知——那头展开黑色的翅膀突然猛扑过来的狰狞的怪鹰，它那冰凉而坚硬的鹰爪和利喙，一再向你袭击(他能够感觉到鹰喙在啄他裸露的腿部，在他的童年时代，它曾啄过这个部位)，随后它就飞走了，于是他又恢复原状，只是一个非常悲怆的老人，坐在那儿看书。他要杀的是那头怪鹰，他要用刀直捅它的心窝。不论他干什么事业——他望着灯塔和远处的海岸，觉得他可能干任何事情——不论他是商人、银行家、律师或某个企业的首脑，他要和那怪物搏斗，他要追捕它、消灭它——他把它称为横行霸道和专制主义——因为它迫使别人去干他们所不想干的事，并且剥夺他们申辩的权利。当他说“到灯塔去”的时候，他们中间谁又能说一声“但我不愿去”呢？去干这个！把那个给我拿来！那黑色的翅膀张开了，那坚硬的鹰嘴无情地撕裂它的猎物。过了一会儿，他又坐在那儿看书，并且他可能会抬起头来望着你——你可永远也拿不准——显得十分通情达理。他可能会去和麦卡力斯特父子攀谈。詹姆斯想，他可能会在街上把一件纪念品塞到一个冻僵的老妇人手中，他可能会给钓鱼的渔民们呐喊助威，他也可能会兴奋得手舞足蹈。或者，他可能会坐在餐桌的首席，从晚饭开始直到结束，一声也不吭。詹姆斯想道：是的，当这小船在灼热的阳光下随波逐流地飘荡，在远方有一片非常荒凉而单调的荒原，上面是积雪，底下是岩石；近来，当他父亲有什么令人惊讶的言论或举动之时，他往往有这样的感觉：在那片荒原上，只有两对足迹——他自己的和他父亲的。只有他们俩互相了解。那么，为什么还有这种恐惧和仇恨的感觉呢？他拨开了遮蔽他目光的往昔岁月的层层叶瓣，窥探那座树林的心脏地带，在那儿，光和影互相交错，扭曲了万物的形态，一会儿阳光令人目眩，一会儿阴影遮蔽了视线，他在其中慌乱地摸索，他要寻求一个形象，用一个具体的形态来把他的感情冷却下来，把它分散，使它转换方向。是否可以这样设想：他像一个软弱无能的孩子，坐在摇篮车里或大人的膝盖上，看见一辆马车在无意之中碾碎了什么人的脚？假定起先他看见那只脚在草丛中，光洁而完整；然后他看见那车轮碾过；随后他又看见那只脚鲜血淋漓，被压得粉碎。但是，那车轮可不是故意伤人。就这样，今天一大早，他父亲穿过走廊来敲门唤他们起床，叫他们到灯塔去，那车轮就碾过了他的脚，碾过了凯姆的脚，碾过了大家的脚。你只能坐在那儿眼巴巴地瞧着它。

但是，他看到的是谁的脚？这件事发生在哪一座花园里？因为，一个人心目中想象的场面总得有个布景：那儿有花草树木，有一定的光线，还有几个人物。这一切将布置在一个没有这种阴郁气氛的花园里。在那儿，没有人这样指手划脚；人们用普通的正常语调说话。他们整天走进走出。有一个老妇人在厨房里唠叨；窗帘在微风中飘动；一切都在大声呼吸，一切都在不断生长；到了夜晚，就会拉起一层极薄的黄色纱幕，像葡萄藤上的一瓣叶片一般，覆盖了所有那些碗碟和长长的、摇曳多姿的红色黄色的花朵。在晚上，一切都变得更加安静、更加黑暗。但是，那叶瓣一般的纱幕是如此精美纤细，光线能使它飘起，声音能使它皱缩；透过这层薄纱，他能看见一个人影儿，她弯下腰来，屏息谛听，走近过来，再走开去，他还能够听见衣裾窸窣、项链叮咚的轻微响声。

就是在这个世界里，那车轮碾过了一个人的脚。他记得，有什么东西在他上方逗留，把他笼罩在阴影之中；它不肯走开，它在空中耀武扬威；甚至就在那儿，在那个幸福的世界里，某种毫无生气的、尖锐锋利的东西降落下来，就像一片刀刃，一把弯刀，在叶瓣和花丛中砍伐，使百花枯萎、枝叶凋零。

他还记得，他的父亲说道："会下雨的。明天你不能到灯塔去。"

当时，那灯塔对他说来，是一座银灰色的、神秘的宝塔，长着一只黄色的眼睛，到了黄昏时分，那眼睛就突然温柔地睁开。现在——

詹姆斯望着灯塔。他能够看见那些粉刷成白色的岩石；那座灯塔，僵硬笔直地屹立着；他能看见塔上划着黑白的线条；他能看见塔上有几扇窗户；他甚至还能看见晒在岩石上的衣服。这就是那座朝思暮想的灯塔啰，对吗？

不，那另外一座也是灯塔。因为，没有任何事物简简单单地就是一件东西。那另外一座灯塔也是真实的。有时候，隔着海湾，几乎看不见它。在薄暮时分，他举目远眺，就能看到那只眼睛忽睁忽闭。那灯光似乎一直照到他们身边，照到他们坐着的凉爽、快活的花园里。

但他抑制住自己飘忽的思绪。无论什么时候，只要他说起“他们”或“某一个人”，他就开始听见有人衣裾窸窣响着走过来，项链叮咚响着走开去，这时候，他对于房间里有什么人在场，是极度敏感的。现在，这个人就是他的父亲。当时空气极其紧张。因为，只要再过一会儿还没有风，他的父亲就会啪的一声阖上书本抱怨：“怎么回事？咱们干吗磨磨蹭蹭待在这儿？”就像有一次在平台上，他把刀子往他们母子两人中间直砍下来，使她浑身僵硬，手足无措，如果他手边有一把斧子，一把利刀，或者任何锐利的东西，他就会一把抓到手中，捅穿他父亲的心窝。她浑身麻木地愣了一会儿，随后她原来搂着他的手臂松开了，他觉得她不再理睬他了，她不知怎么站起来走了，把他留在那儿，独自一个垂头丧气地、可笑地坐在地板上，手里拿着一把剪刀。

海上没有一丝微风。在船舱底部，水声扑腾扑腾直响，有三四尾鲭鱼，在不能浸没它们身子的一潭浅水中拍打着它们的尾巴。拉姆齐先生（詹姆斯几乎不敢正眼瞧他）随时随刻可能从沉思中惊醒过来，合拢他的书，说出什么刺耳的话；但是，目前他还在看书，因此詹姆斯就悄悄地(好像他在光着脚下楼，唯恐楼板嘎吱一响，把守门的狗惊醒)继续回想：她像什么模样？那天她到什么地方去了？他开始尾随着她，走过了好几个房间，最后他们走进了一间蓝光映照着的房间，似乎那反光是从许多瓷器碟子上反射出来的；她在和什么人说话，他听着她讲。她在和一个仆人讲话，想到什么就说什么。只有她一个人说真话；他也只能对她一个人说真心话。也许，这就是她对他持久不衰的吸引力的源泉；她是你可以对她推心置腹想说什么就说什么的人。但是，在他追忆母亲之时，他意识到他的父亲始终在追随着他的思路，监视着它，使它颤抖，使它犹豫。最后，他停止了回想。

他坐在阳光中凝视着灯塔，一只手放在舵柄上，他没有力气动弹，没有力气来轻轻地拂去一颗接着一颗落在他心头的这些悲哀的微尘。好像有一根绳索把他捆在那儿，他的父亲把它打了一个结，他要逃脱的话，只有拿起一把刀子，把它刺进……但是，这时那张帆慢慢地转了过来，渐渐地兜满了风，那条小船似乎把它的身子摇晃了一下，半睡半醒地启航了，随后它清醒过来，乘风破浪飞速前进。这可是异常令人宽慰。他们似乎又互相疏远了，各人悠闲自在互不相扰，那几条从船舷上抛出去的钓索，倾斜着绷得紧紧的。但他的父亲还在埋头读书。不过他把右手神秘地高举在空中，又让它落到膝盖上，好像他正在指挥一首奥秘的交响乐。

9

〔莉丽·布里斯库依旧站在那儿眺望着海湾，她想，那海面上连一个斑点也没有。大海伸展开去，像丝绸一般光滑，铺满了整个海湾。辽阔的距离具有异乎寻常的力量；她觉得，他们被它吞没了，他们永远消失了，他们已经和宇宙万物化为一体，成为它的组成部分了。它是如此安详，如此宁静。那艘轮船已经不见了，但是那缕浓烟仍悬在空中，像一面低垂的旗帜，惆怅地依依惜别。〕

10

凯姆又把她的手指浸在波涛中，她想，原来他们居住的这座岛屿就是这般模样。以往她从来没有在大海上瞧过它。它就那样躺在海面上，中间有一个凹痕和两块陡峭的巉岩，海水就从那凹陷处冲激而过，浪花蔓延到小岛两旁几英里之外。这岛屿很小；它的形状有些像一片竖起的树叶。她开始给自己编造一个从沉船上死里逃生的故事，她想，我们就这样乘上了一叶轻舟。海水从她的指缝间流过，一丛海藻在手指后面分散消失了；然而，她并不是认真地想给自己编个故事，她需要的是这种死里逃生和冒险的感觉，因为，小船往前航行之时，她心里在想：为了她不懂得罗盘的方位，她父亲是多么生气；詹姆斯又多么固执地坚持那个同盟契约；还有她自己是多么痛苦；现在，这一切都悄悄地溜掉、消逝、漂走了。接踵而至的将是什么？他们正在往哪儿去？从她深深地浸没在海水中的冰凉的手心里，好像冒出一股欢乐的喷泉，对于那气氛的变化，对于那死里逃生和冒险的感觉（她居然幸存，来到了这儿），她感到喜悦。从这股无意之中突然涌现的欢乐的喷泉中迸射出来的水珠，四散溅落到一片朦胧黑暗的地方，飘洒到沉睡在她心底里的模糊的形体上，这是一个未被理解的、在黑暗中辗转反侧的世界，偶尔从各处——希腊、罗马、君士坦丁堡——捕捉到一闪而过的光芒。她想：尽管它不过是像一片竖立的树叶那样的弹丸之地，金光闪烁的海水涌过它的凹陷处，并且在它四周流动，即使是这样一个小小的岛屿，它不是也在宇宙间占了一定的位置吗？她想，在书房里的那些老先生们一定能够给她解答这个问题。有时候，她故意从花园里溜达到那儿去逮住他们，瞧瞧他们在干啥。他们在书房里（可能是卡迈克尔先生或班克斯先生和她父亲在一起），在低矮的扶手椅里相对而坐。她从花园里走进来时，他们正在他们面前哗哗地翻阅一页页的《泰晤士报》，其中有某人关于耶稣基督的评述，或者在伦敦某街挖出了猛犸遗骸的消息，或者对于拿破仑是什么模样的推测，这些全都乱七八糟地混在一起。然后，他们用干净的手拿起这一切（他们穿着灰色的服装，闻上去有石楠花的香味），他们把剪下的纸片扫到一块儿，翻转报纸，交错着两条腿，偶尔说几句非常简短的话。只是为了使她自己高兴，她会从书架上取下一本书来，站在那儿，瞧着她父亲非常均匀整洁地从一页纸的一头写到另外一头，偶尔轻轻咳嗽一声，或者和坐在对面的另一位老先生说几句简短的话。她站在那儿，手里拿着那本翻开的书本想道：在这儿，你可以把你所想到的不论什么东西，像一片泡在水里的树叶一般铺展开来；如果它在这两位抽着烟、剪着《泰晤士报》的老先生中间能够通过，那么它就是正确无误的了。当她瞧着她的父亲在书斋里写作的时候(现在他在小船里)，她想，他并不是虚荣自负的人，也不是一个暴君，他也不想迫使别人去同情他。真的，如果他看见她站在那儿读一本书，他会像任何人一样和颜悦色地问她：他没有什么可以帮助她的吗？

她唯恐这个念头是错误的。她瞅着他阅读那本封面闪闪发光、像鹬蛋一般色彩斑驳的小书。不，它是对的。现在她瞧着他，想要大声地对詹姆斯说。(但是，詹姆斯的眼睛仍盯着那张帆。)詹姆斯会说，他是一头喜欢讽刺挖苦别人的畜生。詹姆斯会说，他老是把话题扯过来，围绕着他自己和他的著作。他的任性自负，简直叫人难以忍受。最糟糕的是：他是一个暴君。但是，瞧啊！她说，瞧他一眼吧。现在瞧瞧他吧。她瞧着他盘膝而坐，正在阅读那本小书；那黄色的书页她是熟悉的，但不知道上面写些什么。那本书小巧玲珑；字迹印得密密麻麻；她知道，在书后的衬页上，他记下了他曾为晚餐花了十五个法郎，买酒花了多少，给服务员小费花了多少，所有这一切，在那一页的下角都整整齐齐加在一起。但是，这本他经常放在口袋里把书角都弄卷了的小书，其中究竟写了些什么，她可不知道。他究竟在想些什么，他们谁也不知道。然而，他在全神贯注地阅读，当他像现在那样举目仰望之时，他并不在看任何东西，他不过是要更加确切地把握住某种思想罢了。这个目的达到了，他的心思又飞了回去，他又埋头阅读起来。她想，他阅读的时候，好像在为什么东西指引方向，或者在赶着一群羊，或者在一条羊肠小道上不断地往上攀登；有时候，他披荆斩棘迅速地笔直前进，有时候，好像有一条树枝打着了他，一片荆棘挡住了他，但他决不让自己被这些困难所打败；他继续奋勇前进，翻过了一页又一页。她继续给自己讲那个从沉船上死里逃生的故事，因为，当他坐在那儿的时候，她是安全的；正如当年她觉得自己是安全的，那时她从花园里蹑手蹑脚走进屋去，从架上取下一本书来，那位老先生突然放下手中的报纸，非常简短地说几句关于拿破仑个性的话。

她重新往后凝视大海，眺望那个岛屿。但这张树叶已经失去了它鲜明的轮廓。它非常渺小，非常遥远。现在大海比海岸显得更为重要。波涛在他们四周翻腾起伏，一段木头在一个浪涛的波谷里打滚，一只海鸥在另一个波涛的浪峰上翱翔。她把手指泡在海水里想道，大约在这个地点，曾经有一条船沉没了。于是她半睡半醒地喃喃自语：我们都灭亡了，各自孤独地灭亡了。

11

莉丽·布里斯库凝视着大海，在碧蓝澄净的海面上，几乎连一个斑点也没有，它是如此柔和，片片孤帆和朵朵白云似乎镶嵌在蓝色的波涛中。她想，距离的作用多么巨大：我们对别人的感觉，就取决于他们离开我们距离的远近；因为，当拉姆齐先生乘着帆船越来越远地穿过海湾之际，她对于他的感觉正在起着变化。它似乎在延伸，在扩展；他似乎离开她越来越遥远了。他和他的孩子们似乎被那蓝色的波涛、被那段距离所吞没了；但是在这儿，在草坪上伸手可及之处，卡迈克尔先生突然打了一个呼噜。她笑了。他从草地上一把抓起了他的书。他重新坐到椅子里去，气喘吁吁、鼾声如雷，好像大海里的什么妖魔鬼怪。那种感觉是完全不同的，因为他离得这样近。现在又是一切都静悄悄的了。她猜想，这时他们一定都起床了，她望着那屋子，然而毫无动静。随后她想起来了，他们总是一吃完饭就走开，去忙着干他们自己的事情。这一切，和清晨时刻的这种寂静、空虚、缥缈的气氛完全协调。她逗留了片刻，注视着闪耀着阳光的长玻璃窗，和屋顶上羽毛一般的蓝烟，她想，这是事物有时候特有的一种状态：它们变得虚无缥缈了。当你旅行归来或久病初愈，在各种习惯尚未织好它们的网络覆盖住事物的外表之前，你会有同样虚无缥缈的感觉，这种感觉是多么令人惊异；你会感到有某种东西在浮现出来。这是最为生意盎然的时刻。你可以悠闲自在，了无牵挂。你可以不必穿过草坪，去迎接从屋里走出来找个角落坐一会儿的贝克威斯夫人，并且非常轻松活泼地对她说："噢，早上好，贝克威斯夫人！今儿天气多好！您不怕坐在太阳里晒着吗？杰斯泼把那些椅子全藏起来了。您得让我去给您找把椅子！"还有其他的一切客套话，也全都可以避免了。你什么也不必说。你抖动一下你的船帆，从各种事物之间滑行过去，把它们远远地抛在后面（在海湾里出现了频繁的活动，许多小船在扬帆出海）。海湾不再是空荡荡的，而是充溢着生命。她似乎深深地站在某种物质之中，在其中运动、漂浮、沉没，是的，因为这些水域是深不可测的。已经有这么多的生命倾注到这激流中去。拉姆齐夫妇的生命；孩子们的生命；此外还有各种各样零零星星的事物。一位提着篮子的洗衣妇；一只白嘴鸦；一根火红的拨火棍；花卉的深紫和灰绿；某种共同的感觉，把这一切全都包含容纳了。

十年以前，她几乎站在相同的地点，也许就是某种像这样圆满完整的感觉，使她对自己说，她一定是爱上了这块地方。爱有一千种形态。也许，有一些恋爱者，他们的天才就在于能从各种事物中选择撷取其要素，并且把它们归纳在一起，从而赋予它们一种它们在现实生活中所没有的完整性，他们把某种景象或者（现已分散消逝的）人们的邂逅相逢组合成一个紧凑结实的球体，思想在它上面徘徊，爱情在它上面嬉戏。

她的目光停留在拉姆齐先生的帆船这个棕色的斑点上。她猜测，到吃午饭的时候，他们一定可以到达那座灯塔了。但是，刮起了一阵更加强劲的风，苍穹和大海发生了轻微的变化，一条条小船也在改变着它们的位置，在不久之前似乎还是奇迹一般固定不动的景色，现在显得不那么令人满意了。海风已经把悬在空中的那缕浓烟吹散了；那些船只的位置有某种令人不快之处。

在那儿出现的不相称的景象，似乎扰乱了她内心的和谐。她感到一阵无名的惆怅。当她转过身来面对她自己的图画之时，这种惆怅之感更加强烈了。她一直在浪费今天早晨的大好时光。不知道为了什么原因，她没有能够在拉姆齐先生和那幅图画这两种对立的力量之间维持微妙的平衡；而这种平衡是必要的。也许画面的布局有谬误之处？她在思忖：那围墙的线条是不是需要隔断，那一丛树木是不是画得太浓密了？她露出了讽刺的笑容；因为，在她开始动笔之时，她不是认为自己已经把这个问题解决了吗？

那末，问题何在呢？她必须试图抓住某种从她手里逃走的东西。当她想到拉姆齐先生之时，它从她手里溜走了；现在，当她想到自己的图画之时，它从她手里逃跑了。各种言辞和形象纷至沓来。美丽的画面。美妙的言辞。但是，她想要抓住的，就是那对于神经的刺激，就是那事物本身，要在它被变成任何别的事物之前抓住它。她重新坚定地站在画架面前，不顾一切地说：抓住它，从头画起；抓住它，从头画起。她想，人类的绘画器官和感觉器官真是一种可怜的、低能的机械，它总是在紧要关头出毛病；然而，你必须英勇顽强地坚持下去。她皱着眉头，目不转睛地瞧着。毫无疑问，那就是树篱。但是，你苦苦哀求，却一无所得。你望着围墙的线条，或者回想——她戴着一顶灰色的帽子——结果你得到的回报，仅仅是被愤怒的目光瞪了一眼。她是惊人地美。让它来吧，她想，如果它要来的话。因为，有时候你既不能思考，也没有感觉。而如果你既不思考又无感觉，她想，那么你在哪儿呢?

在这儿，在草坪上，在地面上，她想道。她坐了下来，用她的画笔拨开一丛丛车前草，仔细察看。因为那片草坪很不平整。她想，她就在这儿，坐在地球上，因为她不能摆脱那种感觉，认为今天早晨的一切，都是第一次发生，或许也是最后一次发生，就像一个旅行者，即使他是在半睡半醒状态中从火车的窗口望出去，他知道他现在一定要看一眼，因为，他永远不会再看到那个城镇，那辆驴车，或那个在田里干活的女人了。她瞅着卡迈克尔老先生，他的想法似乎和她的一致(虽然在这段时间里他们一句话也没说)，她想，那片草坪就是这个世界，他们在这儿一起攀登到这个崇高的境地。也许她将永远不会再见到他了。他日见苍老。他也日益闻名。想到这一点，她望着吊在他脚上晃来晃去的拖鞋，不禁哑然失笑。人们说他的诗“非常美”。他们甚至去出版他四十年前写的作品。现在出现了一位叫做卡迈克尔先生的知名人士，她微笑着想道，一个人可以有多少不同的形象啊，他在报纸上是一位那样显赫的人物，但在这儿，他还是依然故我。他看上去还是老样子——就是头发更灰白了一点。是的，他看上去一点没变，然而，她记得有人说过，自从安德鲁·拉姆齐的噩耗传来(他被弹片击中，立刻就死了；不然的话，他会成为一位大数学家)，卡迈克尔先生就“完全丧失了生活的兴趣”。那到底是什么意思？她可不知道。当时他是否拿起一支手杖，大踏步穿过伦敦的特拉法加广场？他有没有坐在他圣约翰林的房间里，把书翻了一页又一页，却一个字也没看进去？她不知道当安德鲁去世时他干了些什么，但是，她同样能够感觉到这个打击在他身上引起的变化。他们只是在楼梯上相遇时，含糊地打个招呼；他们仰望着天空，随口谈谈天气的好坏。她想，然而这就是了解人的唯一途径：只了解轮廓，不了解细节；就像一个人坐在自己的花园里，望着山坡上一片紫色的远景，延伸到远处的石楠丛中。她就是通过这种方式来了解他的。她知道他已多少有所改变。她从来没读过他一行诗。然而她想，她知道他的诗念起来是什么味道。它节奏缓慢，音律铿锵。它老练洒脱，韵味无穷。那是关于沙漠和骆驼的诗。那是关于夕阳和棕榈的诗。它的态度是极其客观的；它有时涉及死亡；它很少谈到爱情。他本人就有一种超然物外的客观态度。他对于别人没有什么要求。当他腋下夹着报纸，不自然地摇摇晃晃走过客厅的窗口之时，他不总是想避开拉姆齐夫人吗？为了某种原因，他不太喜欢她。因此，她当然总是设法要使他停下脚步。他会向她鞠躬。他会勉强止步，向她深深鞠躬。看到他对她一无所求，拉姆齐夫人在失望之余，就会问他（莉丽听见的）：您要不要大衣、毯子、报纸？不，他什么也不要。（这时他又鞠躬。）她具有某种他所不喜欢的品质。也许就是她颐指气使、过于自信的态度和讲究实际的脾气。她是多么直率。

（一阵声音——铰链的轧轧声——引起了莉丽的注意，使她向客厅的窗户望去。一阵清风在和那窗子嬉戏。）

莉丽想，一定有人不喜欢她（是的；她明知客厅窗前的石阶上空荡荡的，但她对此并没有什么感触。现在她不需要拉姆齐夫人。）——他们认为她太自信，太严厉。也许她的美貌也会令人不快。他们也许会说：总是那副模样，多么单调！他们喜欢另一种类型的美——深暗的肤色，活泼的性格。她在她的丈夫面前太软弱了。她让他大发雷霆，不加制止。她是沉默寡言的。没有人确切地知道她有过什么经历。而且（回过头去谈卡迈克尔和他所不喜欢的东西吧），你不能想象，拉姆齐夫人会整个早晨站在草地上绘画，或者躺在那儿看书。这是不可想象的。她一句话也不讲，手臂上挽着一只篮子作为她出去办事的唯一标志，她动身到城里去探望穷苦的人们，坐在什么人家闷热狭小的卧室里。莉丽经常发现，在人们的游戏或讨论进行到一半之时，她悄悄地离开，手臂上挽着一个篮子，身子笔挺地走开了。她也注意到她的归来。她曾经一半觉得好笑（她多么有条不紊地安放那些茶杯）、一半觉得感动（她的美是多么惊人）地想过：那些现在痛苦地闭上的眼睛，刚才曾注视着你。

你曾在那儿和他们待在一起。

拉姆齐夫人会因为某人迟到，因为黄油不新鲜，或茶壶有缺口而不高兴。当她在唠叨埋怨黄油不新鲜的时候，你会想起希腊的神庙，想起美神曾在那闷热狭隘的小房间里和那些贫民待在一起。她从来不提起这件事——她准时直接前往。她到那儿去是出于她的本能，就像燕子南归和洋蓟向阳一样，本能使她不可避免地转向整个人类，在他们的心窝里筑巢。而它和一切本能一样，使没有这种本能的人感到烦恼；对于卡迈克尔先生来说，也许是如此；对于她自己来说，则肯定是如此。对于拉姆齐夫人行动的无效和思想的崇高，他们俩具有共同的见解。她去探望穷苦人家，是对他们的一种谴责，是给予这个世界一种不同方向的逆转力，结果导致他们提出异议；他们看见自己的偏见正在消失，就在它们化为乌有之前，紧紧地抓住它们不放。查尔士·塔斯莱先生也会干那种与众不同的事情；这是人们不喜欢他的原因之一。他破坏了别人的世界的平衡。她一面懒洋洋地用她的画笔拨弄那一丛丛的车前草，一面猜测他的境遇。他已经获得了研究员的职称。他结了婚，住在戈尔德格林住宅区。

在大战期间，有一天，她到一个大会堂去听他演讲。他正在谴责某种现象，指责某些人物。他正在鼓吹同胞友爱。她的全部感觉，就是他怎么可能爱上他的同胞？他不能辨别两幅不同的图画，他站在她后面抽粗劣的板烟（“五个便士一盎司，布里斯库小姐”)，他认为有责任来告诫她：妇女不能写作，不能绘画。他这样说，并不是因为他相信这一点，不过是为了某种奇特的原因，他希望如此。他身材瘦削，涨红着脸，粗着嗓子，在讲坛上声嘶力竭地鼓吹爱的福音(她的画笔惊扰了在草丛间爬着的蚂蚁——那些红色的、精力充沛的、闪闪发光的蚂蚁，真像查尔士·塔斯莱)。在一半座位空着的大厅里，她在自己的位置上嘲笑地望着他向冷冰冰的空间倾注着友爱，在她眼前，又浮现出那只陈旧的木桶，它随着波涛的起伏一上一下地漂浮，还有拉姆齐夫人，在那些鹅卵石堆中寻找着她的眼镜盒子。“噢，天哪！真讨厌！又不见啦。别麻烦了，塔斯莱先生，每年夏天我要遗失一千个眼镜盒呢。”听到这话，他把他的下颌缩回来紧贴着他的衣领，好像他不敢赞许这种过甚其词的夸张，但是，它出自他所喜欢的人物之口，他可以忍受，于是他就十分可爱地微笑着。在一次长时间的漫游之后，当人们分散开来各自回家之时，他一定已经向她倾吐了内心的秘密。拉姆齐夫人曾经告诉她，塔斯莱正在使他的小妹妹有机会念书。他这种精神非常值得赞扬。她自己对他的看法是荒唐的，这一点莉丽知道得很清楚。她用画笔拨弄着草丛。归根结蒂，一个人对于别人的看法，有一半是荒唐的。这种看法完全出于一个人自己的个人动机。他在她的心目中担当着“受鞭者”[①]的角色。当她怒不可遏之时，

① 指宫廷中陪王子读书而代他受老师鞭笞的少年。

她发现自己在想象中狠狠地鞭挞他瘦骨嶙峋的两胁。如果她想要认真地对待他，她就不得不借助于拉姆齐夫人的观点，用她的眼光来看他。

她垒起了一座小山冈，让那些蚂蚁来攀越。她这种对它们小天地的干扰，使它们陷入犹豫不决的狂躁状态。有些蚂蚁奔向这边，另外一些冲往那边。

她思忖：一个人需要有五十双眼睛来观望。她想，要从四面八方来观察那个女人，五十双眼睛还不够。在这些眼睛中，必然有一双对于她的美是完全盲目的。一个人极其需要某种神秘的感觉，它像空气一般缥缈，可以穿过钥匙洞眼，在她坐着结绒线、谈天或独自默坐窗前之时，把她包围起来，把她的思想、她的想象、她的欲望蕴蓄珍藏，就像空气容纳了那轮船的一缕浓烟一般。对她说来，那篱栅意味着什么，那花园意味着什么，一个浪花的飞溅又意味着什么？（莉丽抬头仰望，就像她曾经看到过拉姆齐夫人抬头仰望；她也听到一阵浪涛落到海滩上，浪花四散飞溅。）当孩子们在玩板球时喊道："怎么啦？怎么回事？"这时有什么感觉在她心里翻腾、颤抖？她会暂时停止编织绒线。她看上去正在屏息凝神。随后，她又会陷入沉思，突然，正在踱方步的拉姆齐先生在她面前站住不动，某种奇特的战栗通过她全身，在极度的激动不安之中使她震惊，这时拉姆齐先生站在那儿，弯下身来俯视着她。莉丽可以看见他的身影。

他伸出手来，把她从椅子里搀扶起来。好像他以前也曾这样做过；好像有一次他曾经以同样的方式把她从一条小船里搀扶出来，那条船离开一个岛屿好几英寸，需要先生们来搀扶女士们上岸。那是一个老式的场面，它差不多要求女士们穿着有衬架扩撑的长裙，先生们穿着臀宽踝窄的陀螺形猎裤。让他搀着她的手扶她上岸之时，拉姆齐夫人心里想(莉丽猜测)：现在时机终于到来了。是的，现在她要把心里的话说出来。是的，她愿意和他结婚。于是，她从容、安详地上了岸。也许，她只说了一个词儿，让她的手仍旧留在他的手心里。也许，她让他握着手对他说，我愿意嫁给你；但是再也没别的话了。在他们之间，一次又一次地产生同样的激动——情况显然如此，莉丽用画笔在草地上给蚂蚁扫平一条道路时想道。她并非虚构捏造；她不过是试图把多年来隐藏起来的某种东西摊出来罢了；那是她曾经目睹的某种东西。因为，在那崎岖不平、充满波折的日常生活道路上，周围还有那些孩子和宾客，你会不断地有一种老调重弹的感觉——感到曾经有一样东西掉下去的地方，又落下了另一样东西，响起了一阵回声，在空气中振荡不已。

她想，然而这是一个错误。她想起了他们怎样手挽着手一起走开，走过了那座暖房，去解开他们夫妻之间的疙瘩。她冲动而急躁；他阴郁而易怒——那可不是一种单调平静的幸福生活。噢，决不是。一大早，卧室的门就会砰的一声猛然关上。他会在早餐桌上就开始大发脾气。他会把他的盘子嗖的一声从窗口扔出去。于是整幢房子里就会有一种山雨欲来风满楼的感觉，好像门户在乒乒乓乓直响，窗帘在风中飞舞飘扬，人们匆匆忙忙四处奔跑，设法关上天窗、把被风刮散的东西整理好。有一天，她在楼梯上遇到保罗·雷莱，当时的情况就是那个样子。显然有一条蚰蜒掉到他盘子里去了。别人还可能会发现蜈蚣呢。他们笑个不住。

然而，像这样嗖的一声将碟子飞出窗外，砰的一声把门关上——这可实在使拉姆齐夫人感到厌烦，感到气馁。有时候，他们两人之间会长时间地僵持沉默，这种心理状态使莉丽感到烦恼，使她既忧郁又愤慨。拉姆齐夫人似乎不能对这种风暴处之泰然，或者像他们一样付之一笑，但是，在她的厌倦之中，也许还隐藏着什么东西。她低头沉思，默然端坐。过了一会儿，他会悄悄地在她周围留连——在她坐着写信或谈天的窗下徘徊，在他经过的时候，她会故意忙着干些什么事情，来避开他，假装没瞧见他。于是，他就会变得像丝绸一般光滑柔软，谦逊和蔼，文质彬彬，试图赢得她的欢心。她还是不容他接近，她一反常态，暂时摆出和她的美貌相应的傲慢骄矜的气派，她会转过脸去，或者转过身去，老是面对着在她身边的敏泰、保罗或威廉·班克斯。最后，站在圈子外面的那像条饿狼似的身影(莉丽站起来离开草坪，她望着石阶和窗口，在那儿她曾经看到过他)，他会呼叫她的名字，只叫一次，活像一条在雪地里嗥叫的狼，但她还是不容他接近；他就会再叫她一次，这一次的声调中有某种东西惊动了她，她就突然离开他们，走到他身边，他们俩就会一起走开，在梨树、菜畦和野莓丛中散步。他们会在一起坦率地解开心中的疙瘩。但是，当时他们是抱着什么态度，使用了什么语言呢？这时，在他们的相互关系之中，有一种庄严的气氛，使莉丽、保罗和敏泰转过身去，掩盖起他们的好奇心和不快之感，开始摘花、扔球、谈天，直到晚餐时刻，他们俩又回来了，像平时一样，分别在餐桌两端就座。

“为什么你们没人研究植物学？……你们都有腿有胳膊，为什么一个也不去研究……？”就这样，他们会像平时一样，在孩子们中间又说又笑。一切都和平时一模一样，只是有什么东西在颤动，好像有一把刀刃在空气中闪晃，往他们中间砍将下去；好像在梨树和菜畦之间散步了一个小时之后，孩子们坐在他们周围喝汤这个司空见惯的景象，在他们俩眼中看来，也显得特别新鲜。特别是拉姆齐夫人，莉丽想，她会瞅着普鲁。她坐在中央，夹在兄弟姊妹们中间，似乎总是忙着、留神照应着，使一切都能顺利进行、不出差错，因此她自己几乎不说话。为了落在牛奶里的小虫，普鲁多么埋怨责备自己啊！当拉姆齐先生把他的盘子从窗口扔出去时，她脸色变得多么苍白啊！父母之间长时间的沉默，又多么使她颓丧啊！无论如何，现在她的母亲似乎在给她弥补方才的损失，向她保证一切顺利，向她许诺总有一天她会得到同样的幸福。然而，她后来享受婚姻的幸福，还不到一年之久。

她让她篮子里的鲜花掉到地上了，莉丽想道。她把小眼珠儿往上一转，往后退了一步，好像在看她的图画，然而，她并不在绘画，她所有的感官都处于神思恍惚的梦幻状态，她的外形呆若木鸡，但内心以极快的速度活动着。

她让她的花朵从篮子里掉出来，撒落、滚散在草地上，她自己也带着勉强犹豫的心情离去，但是没有疑问或抱怨——她不是具有完全服从的本能吗？田野和溪谷里一片白色，遍地撒满了鲜花——她本来应该那样地把它描绘出来。那些山峦是质朴无华、巉岩陡峭的。波涛低沉地拍打着下面的岩石。他们走了，他们母子三人一起走了，拉姆齐夫人相当快地走在前头，好像盼望到路角去和什么人相会。

突然，在她注视着的窗子后面，出现了白色的人影。最后终于有人走进客厅，坐在椅子里了。上帝保佑！她在心里祈祷：让他们安安静静坐在那儿，千万别乱哄哄地跑出来和她谈话。谢天谢地，不管他是谁，他仍待在屋里，而且碰巧在石阶上投射出一个三角形的奇特阴影。它稍微改变了画面的布局。它非常有趣。它可能有点用处。她的兴致又回来了。你必须死死地盯着它瞧，一秒钟也不能放松那种紧张集中的情绪和决不迷惑上当的决心。你必须抓住那景象——就这样——就像用老虎钳把它牢牢夹紧，不让任何不相干的东西搀杂进来，把它给糟蹋了。她一面用画笔从容不迫地蘸着颜料，一面深思熟虑地想道：你必须和普通的日常经验处于同一水平，简简单单地感到那是一把椅子，这是一张桌子，同时，你又要感到这是一个奇迹，是一个令人销魂的情景。归根结蒂，这个问题是可能解决的。啊，但是出了什么事情？一阵白色的波浪掠过了玻璃窗。一定是那空气的幽灵在房间里引起了某种骚乱。她的心向她猛扑过来，抓住了她，折磨着她。

“拉姆齐夫人！拉姆齐夫人！”她失声喊道，感到某种恐惧又回来了——不断地欲求，却一无所得。她还能克制那种恐惧的心情吗？后来她安静下来，好像她已抑制住自己，让那种情绪也变成了日常经验的一部分，和那椅子桌子处于同一水平。拉姆齐夫人——那个身影是她完美品德的一部分——就坐在椅子里，轻巧地来回抽动着她手里的钢针，编织着那双红棕色的绒线袜子，并且把她的阴影投射到石阶上。她就坐在那儿。

好像她有某种东西要和别人共享，然而她又几乎离不开她的画架，她心里充满着正在想到和看到的东西，莉丽经过卡迈克尔先生面前，手持画笔一直走到草坪边缘。现在那条小船又在哪儿？还有拉姆齐先生呢？她需要他。

12

拉姆齐先生差不多已经把书看完了。他的一只手停留在书页上方，好像已经准备好，书一看完就把那一页翻过去。他坐在那儿，光着脑袋，完全暴露在阳光空气之中，让海风吹散了他的头发。他看上去非常苍老。他的头部一会儿衬托着那座灯塔，一会儿衬托着向开阔的海面奔流的茫无边际的波涛，詹姆斯想，他看上去就像躺在沙滩上的古老岩石；他好像已经把一直存在于他们俩心灵背后的感觉——对于他们说来就是万物之真谛的那种寂寞感——化为有形的躯体了。

他阅读得非常迅速，好像他急于把书看完。他们现在确实已经非常接近那座灯塔。它赫然耸现在眼前，光秃秃、直挺挺地巍然屹立，黑白分明，十分醒目，而且你还可以看到浪花在飞溅，迸裂成白色的碎片，就像在岩石上摔得粉碎的玻璃。你可以看到岩石上的线条和褶缝。你可以清楚地看到灯塔的窗户；在一扇窗上糊了一小块白色的纸，在岩礁上有一小片绿色的青苔。一个男人走出来用望远镜瞭望他们，然后又进屋去了。詹姆斯想，这些年来隔海相望的灯塔，原来就是这般模样；它不过是光秃秃的岩礁上的一座荒凉的孤塔罢了。但是它使他感到心满意足。它证实了他对于自己性格的某种模糊的感觉。他想起了家里的花园。他想，那些老太太们正拖着椅子在草坪上走。譬如说，那位贝克威斯老太太，她老是说它多么美丽，多么可爱，并且说他们应该为此感到多么骄傲，多么幸福。但实际上呢，詹姆斯望着屹立在岩礁上的灯塔想道，它不过如此而已。他瞅着他父亲紧紧地盘着腿，狂热地阅读。他们有着共同的认识。“我们在一阵狂风之前疾驰——我们注定要淹没，”他开始一半大声地喃喃自语，就像他父亲讲这句话时一模一样。

似乎好久没人说话了。凯姆望着大海，感到厌倦了。一片片黑色的小木块在水面上漂过，养在舱底的活鱼已经死了。她的父亲仍在看书，詹姆斯瞅着他，她也瞅着他，他们发誓要至死不渝地反抗暴君，而他仍在继续阅读，一点也没意识到他们在想些什么。他就这样逃避开去了，她想。对，他额角宽宽的，鼻子大大的，手里紧紧地捏着那本色彩斑驳的小书，把它放在面前，他逃避到另一个世界里去了。你也许想一把逮住他，但他像一只展翅飞翔的鸟儿，飞到你不能达到的远方，栖息在荒凉的树桩上。她凝视着一望无际的大海。他们居住的那个岛屿变得如此渺小，它看上去几乎不再像一片树叶了。它看上去就像一块岩石的顶端，比较大一点的浪涛就可以把它淹没。然而，尽管它渺小脆弱，它容纳了所有的小径、平台、卧室——那些数不尽的东西。但是，就像一个人在入睡之前，眼前的一切景物都简化了，结果在无数琐事之中，只有一桩有力量把它自己表现出来，因此，当她瞌睡地望着那个岛屿之时，她觉得所有那些小径、平台和卧室都隐没消失了，只剩下一只淡蓝色的香炉，它有节奏地在她的头脑里来回摆动。它是一个悬在空中的花园；它是一个山谷，其中到处是小鸟、鲜花、羚羊……她睡着了。

“来吧，”拉姆齐先生突然把书合拢说道。

到什么地方来？去参加什么不平凡的探险？她蓦然惊醒了。到什么地方去着陆？到什么地方去攀登？他将率领他们到什么地方去？因为他在长时间的沉默之后突然开口，他说的话使他们吃了一惊。然而这是荒唐的。他饿了，他说。是吃午饭的时候了。此外，他又说，“瞧！那就是灯塔。咱们快到啦。”

“他干得挺不错，”麦卡力斯特说，“他舵把得稳极了。”

但是，他的父亲可从来不赞扬他，詹姆斯反感地想道。

拉姆齐先生打开纸包，把三明治分给他们。现在他和那两个打鱼的一起吃着面包和干酪，觉得十分舒畅。瞅着他父亲用小刀把黄色的干酪切成薄片，詹姆斯想，也许他会喜欢住在小茅屋里，在码头上闲逛，和别的老人一块儿唾沫横飞地说笑。

这下可对了，这就是那灯塔，凯姆一面剥着熟鸡蛋一面继续想道。现在她的感觉和当年她在书斋里看着两位老人家读《泰晤士报》时完全相同。现在我可以继续思考我所喜欢的任何问题，我不会从悬崖峭壁上摔下去，或者掉在水里淹死，她想，因为他就在这儿注视着我。

这时，他们正在岩礁附近飞速航行，这十分令人兴奋——好像他们在同时干着两件事情：他们在阳光下吃着午餐；他们又在一艘大船沉没之后驾着小舟在暴风雨中挣扎，逃向安全地带。她问自己：救生艇上的淡水足够维持吗？食物供应能够支持下去吗？她正在给自己讲一个故事，但同时又完全明白，真实情况究竟如何。

拉姆齐先生对老麦卡力斯特说，他们不久就会脱离尘世，但是他们的子女还会看到一些新奇的事物。麦卡力斯特说，去年三月他七十五岁；拉姆齐先生今年七十一岁。麦卡力斯特又说，他从来没瞧过大夫，没掉过一颗牙齿。我就希望我的孩子们能过这种生活——凯姆认为她的父亲一定会在心里这样想，因为他阻止她把一块三明治扔到海里去，并且对她说，如果她不想吃，就把它搁回纸包里去，好像他心里正在考虑着那些渔民和他们的生活。他说话的态度非常明智，好像他十分懂得这个世界上发生的一切事情，因此她立刻把面包放了回去。随后，他从自己的纸包里拿出一块姜汁饼干递给她。她想，好像他是一位高贵的西班牙绅士，正在把一朵鲜花献给在窗口的一位女士(他就是那样殷勤有礼)。他衣冠不整，其貌不扬，正在吃着面包干酪；然而，他正率领着他们去进行伟大的远征，他们将要被波涛吞没，虽然她知道这不过是幻想。

“那儿就是那条船沉没的地方，”麦卡力斯特的儿子突然说道。

三个男子汉在我们现在这个地点淹死了，那老渔夫说。他亲眼看见他们紧紧抱住那根桅杆不放。拉姆齐先生朝那个地点瞥了一眼，詹姆斯和凯姆担心他会突然大声吟诵：

但我曾卷入更加汹涌的波涛

如果他那么干了，他们可受不了，他们会尖声怒吼，他们实在不堪忍受他内心沸腾着的热情再次爆发，但是，出乎他们意料之外，他只说了一声“啊”，好像他自己在思忖：那有什么可大惊小怪的？

在暴风雨中自然会有人淹死，这是显而易见的事情，而大海的深处（他把纸袋中的面包屑洒到海面上）不过是海水而已。然后他点燃了烟斗，掏出他的怀表。他全神贯注地看着表；也许他在心里计算着时间。最后他得意洋洋地说：

“干得好！”他称赞詹姆斯给他们掌舵就像一个天生的水手一样。

你听！凯姆想。她默默地向詹姆斯表示：你终于受到表扬啦。因为她明白，那是他梦寐以求的东西，她知道，现在他宿愿已偿，他是如此高兴，他不会向她或父亲或任何人瞧上一眼。他正襟危坐，一只手放在舵栓上，看上去有点儿绷着脸，皱着眉头。他是如此心满意足，他不准备让任何人来分享他的喜悦。他的父亲赞扬了他。他们一定会以为他对此完全无动于衷。但是，现在你如愿以偿啦，凯姆想道。

他们已经在逆风中调整了帆篷的方向，现在他们正在飞快地航行，排山倒海的波涛一浪又一浪地推着他们不断向前冲刺，帆船在那暗礁旁边驶过，船身有节奏地剧烈颠簸跳跃。在左侧，一排棕色的巉岩露出了水面，海水变浅了，显得更加青绿；在一块岩石上，一块更高的岩礁上，浪花不断地飞溅，迸射出一小股水柱，水滴像雨珠一般喷洒下来。你可以听到惊涛拍岸，水珠溅落，海浪呼啸之声，那波涛滚滚而来，奔腾飞跃，拍打着岩礁，好像它们是一群野兽，毫无绊羁，永远像这样自由自在地翻腾嬉戏。

现在他们可以看到灯塔上有两个人在瞭望着他们，并且准备迎接他们。

拉姆齐先生扣好上衣的钮扣，卷起了裤腿。他拿起了南希马马虎虎给他们扎起来的棕色大纸包，把它放在膝盖上。就这样，他完全作好了上岸的准备，坐在那儿回首眺望那个岛屿。也许他那双远视的老花眼可以清楚地看到那缩小了的像树叶一般形状的岛屿，耸立在一只金黄色的盘子上。他能看到什么？凯姆在猜测。对她说来，望出去完全是一片模糊。现在他在想什么？凯姆可拿不准。他如此执著、如此专心、如此沉默地在探索什么？他们姊弟俩瞅着他光着脑袋坐在那儿，膝盖上放着那只纸包，凝视着那缥缈的蓝色形象，它就像什么东西燃烧之后留下的一片烟雾。他们俩想要问他：您要些什么？他们俩想对他说：您不论向我们要什么，我们都愿意把它给您。但他什么也没向他们要。他坐着凝视那个岛屿，他可能在想，我们灭亡了，各自孤独地灭亡了；或者他可能在想，我终于到达了，我终于找到它了。但是他什么也没说。

随后他戴上了帽子。

“拿着那些纸包，”他向着南希给他们包扎好准备带到灯塔去的东西点点头吩咐道，“那些给灯塔看守人的纸包。”他立起来站在船艏，身材魁梧挺直。詹姆斯想，他瞧上去活像他正在宣布：“根本没有上帝。”凯姆想，好像他正在向空中纵身一跃，他拿着纸包，像年轻人一样轻快地一个箭步跳上岩礁，他们两个站了起来，跟着他跳上岸去。

13

“他一定已经到达了，”莉丽·布里斯库大声地说，她突然感到疲惫不堪。因为，这座灯塔已经变得几乎看不清了，已经化为一片蓝色的蒙蒙雾霭，她努力集中注意凝视着灯塔，集中注意想象他在那儿登岸，这两者似乎已经融为一体，这种翘首而望的期待，使她的躯体和神经都极度地紧张。啊，但是她松了口气。那天早晨他离去之时她想要给予他的东西，现在她终于给了他了。

“他已经到了，”她大声说，“大功告成啦。”接着，卡迈克尔先生懒洋洋地爬了起来，轻轻地喘着气，站在她后面，看上去就像一个年迈的异教神祇，他蓬松的毛发里夹着海藻，手里拿着海神尼普顿[①]的三叉戟(它不过是一本法国小说罢了)。他和她并肩站在草坪的边缘，他硕大无朋的身躯微微摇晃，他伸出一只手来遮在眼睛上方说道：“他们已经登岸了。”她觉得自己刚才想得不错。他们并不需要交谈。他们俩所想的如出一辙，而她什么也没问，他就回答了她心中的问题。他站在那儿，好像伸开双手遮盖了人类所有的弱点和苦难；她想，他正在宽容而慈悲地审视他们最后的归宿。

---

① 尼普顿，罗马神话中的海神，对于基督教国家来说，当然是异教之神。

现在他已宣布这个意义重大的场面圆满结束，她想；当他的手慢慢地放下来时，她好像看见他让一只紫罗兰和长春藤编成的花环从高处落下，它慢慢地飘荡，最后终于坠落到地面。

她好像忽然想起了在那边的什么东西，敏捷地转向她的画布。它就在眼前——她的那幅画。是的，包括所有那些碧绿湛蓝的色彩，纵横交错的线条，以及企图表现某种意念的内涵。她想：它会挂在阁楼上；它会毁坏湮灭。然而，她扪心自问：这又有什么关系？她重新提起了画笔。她望望窗前的石阶，空无人影；她看看眼前的画布，一片模糊。带着一种突如其来的强烈冲动，好像在一刹那间她看清了眼前的景象，她在画布的中央添上了一笔。画好啦；大功告成啦。是的，她极度疲劳地放下手中的画笔想道：我终于画出了在我心头萦回多年的幻景。

图书在版编目(CIP)数据

到灯塔去 /(英)伍尔夫(Woolf, V.)著;瞿世镜译.
上海:上海译文出版社,2008.12 (2025.6 重印)
(伍尔夫文集)
书名原文:To the Lighthouse
ISBN 978-7-5327-4632-3

Ⅰ.到… Ⅱ.①伍…②瞿… Ⅲ.长篇小说—英国—现代
Ⅳ.I561.45

中国版本图书馆 CIP 数据核字(2008)第 129500 号

Virginia Woolf
To the Lighthouse

到灯塔去
〔英〕弗吉尼亚·伍尔夫/著 瞿世镜 / 译
责任编辑/张建平 装帧设计/张志全

上海译文出版社有限公司出版、发行
网址:www.yiwen.com.cn
201101 上海市闵行区号景路 159 弄 B 座
上海市崇明县裕安印刷厂印刷

开本 890×1240 1/32 印张 8.75 插页 2 字数 150,000
2008 年 12 月第 1 版 2025 年 6 月第 28 次印刷
印数:112,801—117,800 册

ISBN 978-7-5327-4632-3
定价:40.00 元